世紀文庫 文學010

大地蒼茫（下）

楊念慈　著

大 蒼

上冊 ◆ 第一章——第八章

下冊 ◆ 第九章——第十八章

第九章

徐州，這地名兒是劉一民自幼就聽熟了的，好像是，部鼎集一帶的鄉親們，不出遠門兒則已，只要有人出去，也不管他是往南往北，這徐州府總是必經之地。有那出過遠門兒又回到家鄉落葉歸根的人，在豆棚瓜架之下，向人憶舊談往，也總會說到徐州府這個「大地方」。

對劉一民來說，因為自己的腿不夠長，雖然常常跟著爹到四鄉行醫，活動範圍就在部鼎集附近一二十里路以內，那徐州府也就像「天邊兒」一樣遙遠了。有一天，他拿著米達尺在地圖上一量，再按照比例折算，卻發現從山東省的城武縣，到江蘇省的徐州府，地圖上的距離不過只有二百五十里路左右，要是比起他小叔曾經到過的廣州，那簡直就算是近在自己的家門口，並非多麼遙遠的去處。戰爭在徐州一帶進行，雖然還聽不到槍炮聲，空氣卻另有一種騷動，連最不關心外界事務的村野老農，也能感受到它的不寧靜，而察覺出就在不遠的去處正有大事發生。到了這個階段，許多消息就從它的「原產地」越省穿縣而來，在人們的口頭上傳播得很快，那些要三日之後才能寄到的報紙，反而變得很「落伍」了。

人們傳說著，從南方來的蔣總司令，率領的「國民革命軍」，都是些「草鞋兵」，不像「北洋軍」那樣的披掛齊整，盔甲鮮明；可是，那些「草鞋兵」作起戰來卻十分驍勇，衝鋒陷陣，如入無人之境，把「北洋軍」殺得聞風喪膽，望影兒就逃。那個曾經擁有東南五省的孫傳芳，現在是一點兒地盤都沒了，他自己跑到魯南山區某處躲藏著，幾十萬部下也弄得七零八落，把和革命軍打仗的事兒都交給另一位山東老鄉張宗昌了。這個張宗昌出身行伍，原是張作霖手下的一個無名小卒，全仗著生來人高馬大，皮粗肉硬，在東北邊界收編了一批「老毛子兵」，是俄國沙皇的舊部，「十月革命」之後都成了亡命之徒，被張宗昌用大洋錢高價雇用，替張作霖的奉軍賣命打前鋒，第二次「直奉之戰」，很教吳佩孚吃了些苦頭，而張宗昌也由此發跡，衣錦榮歸，作了山東督軍兼省長，還兼著「直魯聯軍」總司令，在當時不計其數的北方軍閥當中，稱得上是一個握有實力的大頭目。這次碰上革命軍，也把他的威風銳氣煞盡。張宗昌在山東省督軍任內，裝瘋賣狂，鬧出不少笑話，尤其是他用十幾尊大炮在濟南城外千佛山上轟天求雨的那個怪招，更傳播各地，婦孺皆知，而在畏天敬神的老百姓心目中，是把他當妖魔一樣看待的，於是就把革命軍說成了天兵天將，下凡降世，專為了掃蕩群魔，收服妖孽，來替民間消災除害。因為有了這種說法，老百姓對革命軍的盼望就更加殷切，在菩薩座前焚香祝禱的，也就不止是劉一民他娘這一位老太太了。

經過一番劇烈的戰鬥，就在民國十六年的端午節前後，國民革命軍攻下了徐州。孫傳芳的部隊已經所餘無幾，張宗昌的「直魯聯軍」也吃了大虧，前方的敗兵紛紛撤退，後方的援軍又調上去迎敵，到處都亂鬨鬨的。部鼎集北寨門外那條古老的官道，常常在「過兵」，一片人喊馬叫的噪音，劉一民睡在「葆和堂」後院的臥房裏，這些聲音也清晰可聞，教人提心吊膽的，夜夜都睡不安穩。

「劉先生」本來也想帶著一家老小，暫時離開郜鼎集，找一處「安全」的地方避一避。可是，「過兵」這種災禍，就像發生一場大瘟疫，誰攤上了誰倒楣，根本沒有什麼預防趨避的良策。在各種天災人禍之中，要算是「兵禍」最難閃躲了。就以那片大平原上常有的幾種災禍來說，水災專淹低處，人可以往高處跑，只要跑得及，就算躲了過去。

而鬧旱災的時候，多半也是高處不收低處收，真正到了赤地千里、滴水皆無，那當然是不得了，不過，那種苦難的歲月，畢竟是少而又少，老天爺總會給人留一條活路。就連那打家劫舍、殺生害命的盜匪，也不是沒有辦法防治，官府無力保護，老百姓就守望相助，自求多福，設立「武場子」，組織「聯莊會」，一家有難，全村赴援，雖然都是些善良憨直的莊稼漢，手底下也沒有多麼合用的兵器，只要齊心協力，也就足夠教那些匪徒膽怯氣餒；那座大平原上的每一座村莊，幾乎都築有寨門、堡樓、土圩子，就是一種保家衛鄉的防禦設施，一向是很管用的。然而，這些組織和設施，只能用來對付土匪，卻不能用來抗拒軍隊，否則，那怕你有山一樣高的理，海一樣深的冤屈，也是一行抄家滅門的大罪！而那些「北洋軍」的官兵，倒有不少是盜匪出身的，就連那「奉軍」的大頭目張作霖，早年也只是一個「鬍子」，所謂「物以類聚」，他手下的一些「將軍」們，大多是他一條「桿兒」上的仁兄義弟，等而下之的那些校尉士卒，其品質自然也就可想而知。可是，英雄不怕出身低，儘管那些人品質依然如故，身分卻是早已經改變了的，披上那身「老虎皮」，就像滿清年間穿上皇帝御賜的「黃馬褂」一般，而軍官們腰裏佩著指揮刀，也就成了「先斬後奏」的「尚方寶劍」，對老百姓有生殺予奪的大權。在這種情勢之下，老百姓除了逆來順受，除了吞聲忍辱，其他，更有何法？甚至於，逃反避亂，東遷西移，都是在急難之間，出於忙迫無計，那種舉動也近乎是盲目的，遍地腥羶，滿街鷹犬，那裏才是「安全」的福地？要想在亂兵之中避凶趨吉，可並不像辨認地形的高低燥濕那樣容易，有時候，原先居住的甲地安然無事，避亂遷徙的乙地卻被捲進漩渦裏，只落得財產蕩盡，骨肉流離！……所以，逃反避亂是要碰運氣的，果真是在數應劫，逃也無益！就因為記得很多這一類的故事，「劉先生」一時徬徨迷亂，拿不定主意，剛好在這時候又聽了他小兒子劉一民的幾句言語，就決定不躲不避，冒著大險，在自己家裏「熬」下去。

劉一民向他爹「劉先生」是這樣說的：

「爹，這一回，咱們躲不得的呀！那些軍閥往後退，革命軍往前追，過不了多久，小叔就該回家啦，家裏總要有人等他啊！我猜想，在達成任務之前，小叔不會離開革命軍的，他回家也一定是臨時請假，停留一天半日，要是咱們全家都離開部鼎集，可教小叔到那兒找咱們去？不是就見不到面了嗎？如果爹一定要躲，那就讓我一個人留在家好了，反正娘的床後頭有一道夾壁牆，一看情形不對，我就把大門一鎖，再翻牆而入，爬到夾壁牆裏藏著，爹，您放心，那些兵絕對逮不到我！」

話雖然說得還帶著幾分稚氣，倒是經過一番思慮，可以行得通的。「劉先生」就點頭答應著：

「好，咱們就不躲！那道夾壁牆裏頭不小，足夠你、和你哥、和你嫂子躲藏的了，外面只賸下我和你娘還有『小泥鰍兒』這一小兩老，抓兵、拉伕，都不夠料兒，他們還能怎麼著？家裡也沒有什麼值錢的東西了，有就是前頭舖子裏這些個草藥，他們愛拿什麼就拿什麼！這幾年，也真是跑怕嘍，逃膩嘍，這一回，咱們就決定不躲嘍！」

決定了不躲，心裏存著一個「不信我就熬不過你」的念頭，不再畏畏縮縮，反倒踏實得多了。

每當夜深人靜，北寨門外傳過來一陣陣車輪和馬蹄的噪音，劉一民不但不感到驚慌，甚至還有幾分興奮。他知道，這些「直魯聯軍」越是調動繁忙，就表示前線情況緊張，革命軍越來越近了。有一個聲音在他的心底吶喊著：

「小叔就要回來了！小叔就要回來了！」

就在大白天裏，當著一些「外人」，那個聲音也會在他的喉舌間盤旋浮游，幾幾乎就要脫口而出，必須得時時當心著，才能把它管制住。對一個十六七歲的男孩子，這種「自我管制」是很不舒服的，劉一民覺得自己就像一枚特製的大「煙火」，一切準備就緒了，只等著把引信點著，他就要燦爛輝煌的噴灑滿空銀花，他就要轟轟烈烈的幻作一株火樹，把他內心的歡樂，毫不保留的向人間展示著。而如今佳期將屆，吉時未到，他只有一聲不響，靜悄悄的等候，等得他好心焦，「悶」得他難過極了，卻又無可如何。他想跑，想跳，想喊，想叫，想打著鼓、敲著鑼，用他最響亮的聲音，向四鄉，所有的親鄉們宣告：

「我小叔就要回來了！你們知道不知道？我小叔就要回來了！往後，你們再也不用逃反避難了！你們再也不用擔驚受怕了！」

「國民革命軍」在佔領徐州之後，又繼續向前推動，進入山東省境，一路攻下嶧縣、滕縣、鄒縣，直迫兗州；那幾座著名的大莊子，棗莊、韓莊、臺兒莊，還有靠著海邊的莒縣和日照，也都入於革命軍之手。鄒縣是孟子的家鄉，而到了兗州也就等於到了孔子的故里——曲阜，這幾座城市都在城武縣的東北方，小叔如果就在這支革命軍的隊伍裏，這表示他回鄉的路已經走過頭了。大概是因為城武縣不在交通線上，中間又隔著一大串湖泊，位置偏僻，不是軍事上的目標，所以就把它丟在後面了。不過，劉一民相信，等革命軍攻下了兗州，魯西南這幾縣的「直奉聯軍」必然立腳不住，怕被包圍，及早撤退，一個個腳底板兒抹油——溜之大吉，那時候，他小叔劉大德一定旋里省視，這個盼望絕對不會落空的。

從五月初等到六月末，他小叔一直沒有回家，而戰場上的情況卻突然起了極大的變化，「國民革命軍」在兗州城外自動解圍，沿著原先進攻的路線向南方撤退，而張宗昌的「直魯聯軍」就傾巢而出，啣尾直追，不久之後，就先奪回了徐州，又攻下了蚌埠，而「國民革命軍」一路不停留，全部退回到長江南岸去了。

劉一民內心惶恐已極，也顧不得有被「抓兵」的危險，就瞞住爹娘，跑到縣城裏，去找他的包老師：

「老師，怎麼會這樣呢？又發生了什麼事？」

包老師也是神情慘淡，目光晦暗，滿臉憂疑之色：

「個中情由，我也說不清楚。照報紙上所說的，好像是，國民黨內部不團結，寧漢分裂，南京一派，武漢一派。在武漢方面，是以汪兆銘為首，而有一個俄國人叫『鮑羅廷』的，在背後操縱擺布，對『國民革命軍』的行動處處掣肘，現在的情況是，蔣總司令宣布下野，革命軍群龍無首，救國救民的北伐大業就受到了阻撓。看樣子，咱們北幾省老百姓的災星還沒有全退，這苦日子又要拖下去了！」

多少天日思夜想，原來是春夢一場，劉一民難過得想哭，愁眉苦臉的問著：

「老師，我小叔就再也不能回家了麼？」

包老師也蹙起眉頭，罵道：

「胡說！你怎麼會有這種不吉利的想法？難道你不盼望你小叔快些回來嗎？」

劉一民像害牙疼似的呻吟著：

「唉呀，我想我小叔都快想出病來啦，只要我小叔能快些回家，只要革命軍能早日打倒那些軍閥，就是教我三天不吃飯，我也願意啊！可是，盼了這麼久，眼看著我小叔已經到了家門口，又一下子退回去上千里路，唉，這不是閃人麼？現在外頭有很多謠言，有人說，這是一場『南北大戰』，你來我往，旗鼓相當，到最後必然是勢均力敵，不分勝敗，那就會南北分治，以長江為界……要真是那樣的話，一個國家變成兩個國家，我小叔他怎麼能回得來呀？」

聽了這些「胡說」，包老師的鬍子一下子翹起好高，又生氣，又好笑，倒把他老人家那一臉愁容給沖淡了。

「這些鬼話，都是『劉老老信口開河』，胡編亂造，一點子道理都沒有！你要是連這些話都相信，書就算是白讀了！咱們中國，自古相傳，就有一個『漢賊不兩立，王業不偏安』的觀念，所以，四千年來，總以大一統的時代居多，分裂的局面都不會久遠。從南方來的革命軍，都是有主義、有思想的，他們為了削平亂世而使用武力，目標是求取全國統一，在沒有達成這個目標之前，決不會半途而廢！再說，革命軍起自南方，當然以南方人為多，可是，像你小叔這樣的血性青年，萬里迢迢，從北幾省專程趕赴廣州，去參加革命軍陣營的，為數也必不在少，那『長江為界，南北分治』的話，豈不是胡說八道？而且，在北幾省舉足輕重的閻錫山和馮玉祥，如今已經投向革命軍的一方，馮玉祥從陝西進軍河南，閻錫山自山西出兵河北，這種情勢，對革命軍十分有利，國民黨的首腦們一定不會放過這大好的時機！我預測，『國民革命軍』一定會捲土重來，蔣總司令也一定會東山再起，眼前這只是一時的橫逆，很快就會過去的！」

從包老師家裏出來，劉一民心裏比較好過了些，也稍稍的拾回了信心。而在他經過城門洞的時候，卻險些被「抓兵」的給逮了去。

這些日子，「抓兵」抓得很凶，他早就聽到風聲。大概是，張宗昌的部隊死傷慘重，急待補充，又為了對抗革命軍，要大量擴充武力，增編新的隊伍，各處都設有「募兵處」，投效的卻寥寥無幾，於是就出此下下之策。

只要看到年輕人，身體正常，不殘不廢，是塊當兵的料子，也不問對方願意不願意，就給「綁票」似的架了去。這類事件，在部鼎集附近地區，已經發生過許多次，有些年輕的莊稼漢子，抗著鋤頭下田幹活兒，也往往就這樣一去不歸。消息傳播，弄得雞飛狗跳，人人自危，年輕人都像老鼠一樣的躲起來了。劉一民今天進城，本來就是一樁很冒險的行動，所以他來的時候，放著大官道不走，全仗著本鄉本土路子熟，是拐彎兒抹角從一些村野小徑間穿過來的，甚至還特意不經過東南隅，而從城窪子裏繞了進去。可是，那座城門洞是唯一的通道，進城出城都非得經過它不可，幸虧進城的時候人多，一溜就進去了，沒有發生什麼嚕嗦；出城的時候人少，經過城門洞下的崗哨，就遇上麻煩了。

一個老兵油子嘻皮笑臉的把他叫住：

「喂，小伙兒，慢些走，咱們聊聊。」

劉一民就曉得這是惡煞攔路，大禍臨頭，但也無可奈何，只得軟軟的站住了腳：

「您是叫我麼?」

那老兵油子露出一臉奸笑，說：

「不錯，就是叫你。你就是本城的人麼?今年幾歲了?」

劉一民想想，反正自己還不到當兵的歲數，沒有隱瞞的必要，就老老實實的回答道：

「十六。」

那傢伙對他上上下下的打量著：

「才十六？不像！人長得這麼高，我看你總有十八、十九了！」

這不等於在指責他說謊麼？他心頭一惱，氣往上衝，忘了自己身在險地，說話也不再有什麼顧忌：

「奇怪咧，我的歲數，到底是你知道？還是我知道？我又不是和你一樣老，用得著瞞歲數麼？」

那麼一個老兵油子，多年行伍，養成了欺軟怕硬的習性，見了自己的長官，夾著卵子行敬禮，聲叫聲應的，比奴才還要恭順；在老百姓面前，他就像山中的老虎成了精，不但要吃人，還要張牙舞爪儘情的戲弄。一向就是這樣生活慣了的，忽然有一個半大的孩子不守常規，居然敢話裏帶刺，和他頂嘴，這倒是一樁新鮮事兒。老虎不發威，被人看成病貓了。於是他伸出巴掌往臉上一抹，把笑容完全抹掉，立即另換了一張面皮：

「嚇，臭小子，你說話還挺衝的！不管你是什麼來歷，本班長既然看中了你，諒你也插翅難飛！走，跟我上城樓，見我們連長去！」

說著，就要施展擒拿術，想上來扭住劉一民的胳臂。這些招數，劉一民從很小的時候，和野孩子們在沙土窩裏摔跤，早已經練熟了。順著勢子打一個旋磨，就脫離了對方的掌握。下一個招數應該是反賓為主，把對方的胳臂扭在背後，屁股上加一腳，就能讓他平著身子摔出去，跌一個「狗吃屎」。

可是，這不是打架的時候，劉一民把對方擺脫，就收住勢子，昂然而立，向那老兵油子說：

「不用你招呼，我會自己走！」

那老兵油子向他獰笑著：

「好你個小兔崽子，沒想到你還練過幾手！咱們騎驢看唱本兒——走著瞧！要不把你治得服服貼貼的，我這二十幾年的糧就算是白吃了！」

城門樓子上頭就是他們的連部。原是一個高大空曠、觀賞風景的好去處，現在被蹧踏得不成樣子。有些官兵服裝還算整齊，另一半就邋里邋遢的，赤身露背，坐臥了一地，更有的用繃帶吊著手、裹著頭，看上去就像一間傷兵醫院似的。

那老兵油子把劉一民帶到一個軍官的面前，腳跟相碰，「卡」的一聲，行了個舉手禮：

「報告連長，又逮住一個活的，你看看可中意？要是中意的話，就撥到我班上吧，這小子還有幾分野性，讓我來好好的調教調教他！」

那連長正坐在一張太師椅上抽煙，抬頭看了他一眼，就吐著煙圈兒，向他賣起「膏藥」來：

「倒是長得一表人才，只嫌年紀輕了些。不過，沒關係，只要你胸懷大志，本連長一樣可以提拔你。你大概也聽人說過的，南方來了一群蠻子，興兵犯界，已經被咱們趕了回去。當今正在用人之際，只要能把那群南蠻子打退，那東南五省的地盤，原先是孫傳芳的，那時候就到了咱們張大帥的手裏。現有的直、魯、豫，再加上湖南和湖北，你算算看，咱們張大帥豈不是就有了大半個中國？到了那時候呀，凡是張大帥的舊部，『月月關雙餉，人人升三級，』這是張大帥親口所許，當兵是有大前程的。此時不當兵，你更待何時？怎麼樣，小老弟？」

劉一民暗自忖思：落在老虎嘴裏，磕頭求饒也是沒有用的，不如就跟他硬到底！這麼想著，他就大模大樣的往那連長對面一坐，不慌不忙的說：

「我倒無所謂，只怕有個人不樂意！」

那連長瞿然注視：

「有人不願意？誰？」

劉一民反正是橫了心的，索性就跟他大吹大擂：

「誰？我小叔！本來我正打算跟著我小叔去當兵的，可是，我小叔嫌我太年幼，不許去。要是現在你把我留在這裏，我小叔知道了，問起這件事，我可該怎麼說呢？是說我自動投效？還是說被你們抓來的？」

那連長坐不穩太師椅，像猴子似的一躍而起，抓耳搔腮的，繞著劉一民轉圈子。最後，停在劉一民的背後，哈著腰，往劉一民的耳朵裏吹氣：

「小兄弟，你小叔究竟是誰？」

劉一民猛的轉過臉去，額角幾乎撞扁了那連長的鼻子，說話依然是不慌不忙的：

「不用問我小叔是誰，反正他能轄治得了你！」

那連長又繞了幾個圈子，再度停下來，這一回是站在劉一民的側面，說話的口氣更加和緩：

「只請教你貴姓，這總可以了吧？」

劉一民擺出一副「大丈夫行不更名坐不改姓」的態度氣宇軒昂的說：

「我姓劉！」

接下去又該那連長繞圈子了，只繞了半圈，就已經有了答案，向劉一民求證著：

「咱們督軍府有一位「劉參議」，你可認識？」

劉一民直搖頭：

「我不認識什麼『劉參議』！」

那連長說明「劉參議」的來歷：

「這位『劉參議』原籍就是你們城武縣的，是一個中醫師，幾年前遷到省城去，有一回，我們大帥的七姨太身染重病，是他治好的，大帥一高興，就『封』他作了督軍府的一名參議。督軍府的參議一大堆，不稀奇，這位『劉參議』卻是大帥跟前的紅人兒，為人又很四海，在濟南城裏最吃得開，公館裏經常有十幾桌的牌局，各行各界的人都一律招待，就連我——一個小小的連長，這次調防的前一夜，還在他公館裏贏了十幾塊大洋錢呢？……你也姓劉，和這位『劉參議』可是同族？」

劉一民這才聽出來那「劉參議」是什麼人。本來不想承認這層關係，又想到，在此時此地，承認了也不會吃虧，就淡淡的說：

「哦，你說的是我堂伯父。」

那連長一聽，對劉一民肅然起敬：

「這麼說，你就是『劉參議』的堂侄——劉少爺了？原來你們不但是同族，關係還如此的親！你那位小叔又是什麼人呢？得，我也不用細問，想來必不是泛泛之輩。……好啦，小兄弟，今日幸會，往後能跟你交個朋友，我就算高攀啦！」

劉一民對自己的好運氣將信將疑，問道：

「你是說，不要我在你這裏當兵了？」

那連長還以為劉一民是在挖苦他，哭笑不得，一張臉皺得像一隻大苦瓜：

「行啦，小兄弟，你就少說幾句，饒了我吧。剛才那是一場誤會，現在摸清了你的底細，你就是自願投效，我也不敢留你呀。小池塘，留不活你這隻大鯉魚！有一天你風雲際會，跳過了龍門，說不定我還能沾沾光，靠你的提拔呢！」

一場大驚嚇即將過去，臨末了兒，劉一民反倒有些心虛氣餒，說話也成了結巴嘴：

「那——你是說——我，我，我現在就可以——離開這裏啦？」

那連長只當劉一民還在生氣，又忙不迭的賠禮：

「小兄弟，你就別生氣啦。有道是，『不知者，不為罪。』是那個『驢』班長請你上來的，我教他恭恭敬敬的送你下去，這總成了吧？——『驢』得標！」

應聲而來的，就是那個抓他上來的老兵油子。

也許只是表演性質，也許那連長是真的肚裏有氣，把部下當作出氣筒，冷熱不拘，葷素無忌，請那「驢班長」吃了一頓很豐盛的宴席：

「『驢』得標，你他娘的給我記好，咱們大帥是山東人，來到這山東地面，本鄉本土，非親即故，隨便出來一個有根、有梢、有頭、有臉的，都能教我吃不了，兜著走！往後你『抓兵』的時候，要睜開你的驢眼，磨亮你的驢眼珠子，能抓的再抓，不能抓的，你他奶奶的少給我捅紕漏！我的話，聽清楚了沒有？」

那老兵油子表演的很賣力，腳後跟「卡」、「卡」的響了好幾回，一口一聲的應著「是」，最後還很用勁兒的大聲吶喊著：

「是！報告連長，都聽清啦！」

「聽清啦你就給我好好的記住！現在，你代表我送這位劉少爺下城樓，少說話，多磕頭，別總是拉長你那張驢臉，吊高你那條驢嗓子！——好啦，小兄弟，你請吧，有空常來玩兒，我們可能還要在貴寶地多住一陣子呢！」

那老兵油子送他走下城樓一側的「馬道」，前倨而後恭，對劉一民巴結的不得了。送出城門洞，還向劉一民行了個舉手禮，劉一民也不知道該怎麼回，就站住身子，也跟他哈腰點頭的。

「謝謝你，別客氣。我忍不住要問一句：你，真的是姓『驢』麼？」

那老兵油子乾笑著說：

「嘿嘿，只有姓牛、姓馬的，那有『驢』這個姓呢？回劉少爺的話，我姓呂，呂洞賓的呂，是我們連長喜歡跟老弟兄們開玩笑，整天『驢』過來『驢』過去的！有什麼法子呢？軍隊裏，大一級就是長一輩，他是上尉，我是中士，這就長了好幾輩啦，也只好隨他叫去！——劉少爺，您好走，剛才是『大水沖了龍王廟』，都怪我有眼無珠，就請您大人不記小人過，多多的海涵了！」

離開那座城門洞，劉一民覺得自己就像一隻被捕捉的獸，已經落進陷阱，又給莫名其妙的放了生。事後想想，更感到膽戰心驚。雖然他表現得很鎮靜、很「有種」，其實也是很意氣、很幼稚的。身在險地，又使出這種險招，如果對方不吃這一套，那就不敢想像會有什麼樣的後果，整個事件的經過實在太玄了。越想越覺得心虛，簡直就像一隻驚弓之鳥，一路飛跑，一路時時的回頭顧視，唯恐城門樓子上的那幫人再把他追了回去。

回到部鼎集，也不敢向家裏的人說知這件事。而從此越發的提高警覺，輕易不敢到外頭亂跑，經常在「葆和堂」中藥舖的後院裏「孵」著，一有風吹草動，就趕緊爬進夾壁牆內去藏躲。在這樣的世局之下，大人們心裏更是一團亂糟糟，跟著爹研讀醫書的課程也完全停頓下來了，日子過得懶散而又無聊。劉一民覺得自己就像一隻黑繭中的蛹子，咬不破身外的殼，也變不成有翅的蛾，一生大概就這樣報銷了。

然而，那怕你整日昏睡如死，只要你不會真的死去，在你的周圍，時序仍然是照常運行的。當院中的那棵大棗樹，收穫了果實，又落盡了葉子，就知夏天已經遠離，秋日正在行進，冬季即將光臨。而劉一民心裏渾渾噩噩，對節季的變換也毫無感覺，只是遵照娘的吩咐，過一陣子換上了袷衣，再過一陣子又穿上小棉襖。

就在那年冬季，郜鼎集又遭了一場劫數。有一支隊伍，好像是孫傳芳的手下，在一個深夜裏，來到郜鼎集，一來就徵草、徵料、「號」房子、要棉被……似乎有長期駐防、久留不去的意思。「葆和堂」中藥舖裏，也分配了七八個人，把櫃臺外頭靠門面的兩大間屋子，原先作為客廳和「劉先生」診病之所的，都被他們佔了去。郜鼎集幾百戶人家，差不多家家如此。這一來，不但許多店舖歇了業，就連每逢一、三、五、七、九趕集的日子，買的賣的都裏足不前，也陷於休市狀態。整個郜鼎集被軍隊占領，成了一座兵營。

這支隊伍來到郜鼎集的時候，劉一卿和劉一民兩兄弟都躲在夾壁牆裏，後來發現他們住定了不走，人就更不好露面兒了，只有繼續躲下去。白天，就在夾壁牆裏窩著，連一口大氣都不敢出；到了夜深人靜之時，要先把堂屋的外門閂好，才敢爬出來飲食便溺，也得偷偷摸摸，像兩隻老鼠似的。

劉一民的大嫂又有了身子，不能再爬上爬下，翻梁過屋，而且，「小泥鰍兒」快滿了兩歲，也正在最淘氣、最累人的時候，一眼看不見親娘，他會鬧得天翻地覆，既然不能帶著他一起躲，索性就不躲了。不過，她把自己打扮得很老，穿著一件婆婆的大棉襖，用一條黑布包住頭，怎麼看也不像一個過門才三年的新媳婦兒。在劉一民的印象裏，他嫂子就是這樣一下子老下來的，二十幾歲像三十幾歲，三十幾歲像五十幾歲，從此就不再年輕過。白天，不管做什麼，婆媳二人都是寸步不離，夜晚就帶著「小泥鰍兒」跟婆婆一起睡，她公公「劉先生」在外間另搭了一個床舖。

生活整個的亂了，天天都像在逃難似的。在自己的家裏，生活得這樣不方便，這樣不自由，任何人都會感到委屈，都會覺得受不了。連最老實、最沒有脾氣的劉一卿，都忍不住恨恨連聲的說：

「這算什麼年月？一群兵霸占了我們的房子，他們是『公』的，我們倒成了『私』的了！」

說話雖然不修辭，劉一民卻完全懂得他大哥的意思，所謂「公」的，是說他們有權有勢，堂而皇之；所謂「私」的是說自己露不了臉兒、見不得人，就像通緝犯似的。把劉一卿的話翻譯成文明詞兒，那就是：生在這種亂世，沒有國法，沒有公理，強者得勢，弱者受欺，就在自己的家裏，一個善良百姓的生命、財產也是沒有保障的！

夾壁牆這個東西大概是由來已久了！起初或許是富貴之家用來收藏財物的，就像房屋內部一座大型的保險箱，到了亂世，更多的人家有了這項隱密裝置，不只是用來收藏財物，也靠它——當那些寨門、圩子、院牆、屋宇都不足以阻止惡人的侵入，最後一步，也靠它來保護自己。說是保護，事實上到此地步已經是完全不設防的，夾壁牆只能算是一種「偽裝」而已，一旦被惡人識破，那就是甕中捉鱉，手到擒來，連一點騰挪閃躲的餘地都沒有。所以，人在夾壁牆內躲著，並無安全保險的感覺，正由於夾壁牆無門無窗，就像被封閉的山洞一樣漆黑如墨，躲在裏面的人目不能視，只賸下了兩隻耳朵，牆外稍微有些不正常的動靜，陌生的腳步聲或談笑聲，都能教牆內的人飽受驚嚇，再加上空間窄小，氧氣不足，置身其中，簡直就如同掉進深井，或陷入古墓，精神和肉體雙方面都受盡折磨，那滋味真是難過極了。劉一民躲在夾壁牆內，嘗夠了這種滋味，雖然靠著父母的掩護，暫得平安無事，心裏對夾壁牆這個東西卻是恨到了極點的！當時，他甚至有這樣的推想：夾壁牆的存在，正說明一項事實：生值濁亂之世，國家沒有法紀，社會就和蠻荒森林是一個樣子的，惡徒凶似虎狼，人命賤如螻蟻，為了苟且偷生，什麼榮辱是非都顧不得，就在自己家裏，一個清白無辜的人也要鑽土入洞，就像害了自虐狂似的，受這種不堪受的侮辱，忍這種不能忍的委屈！他暗暗發誓，只要能快些把這個亂世結束，把這個世間的污濁完全沖洗滌除，讓老百姓能安居在沒有夾壁牆的房屋裏，過著不需要藏躲的生活，這不正是人人應該享有的一項最低的生存權利麼?就為了達成這個目的,要他付出任何代價,他都絕不吝惜!

一個健康正常的年輕人,把自己封閉在夾壁牆裏過日子,究竟能過多久呢?劉一民這次的紀錄是整整半個月,他知道這紀錄不算很高,可是,他也知道自己的忍受能力不過如此,再多出個一天兩天,大概他就會心智昏迷,神經崩潰,整個的人都一垮到底,再也活不下去!

這支隊伍來到郜鼎集,照他們自己所說,是並不打算這麼快就離開的,可是,前線的戰局對他們大不利,才不能不提前離去,繼續向北方撤退。事實上,就只是這半個月的工夫,郜鼎集半數以上的人家,為了招待分配到自己家裏來的「客人」,都已經吃光用盡,再不走的話,只好請那些官兵陪著老百姓一塊兒挨餓吧。

臨開拔的那天夜裏,官兵變成土匪,郜鼎集又飽受最後一次的敲骨取髓,有些事先沒有躲起來的鄉親們,被用「徵伕」的名義裹脅而去,也有些人家防備得宜,人丁幸皆無事,而財物卻大有損失。劉一民家裏算是損耗最少的,只「丟」了一頭大草驢。

那天夜裏,還不到半夜該叫的時候,(北方農村裏有兩句話說:「雞叫天明,驢叫半夜。」幾乎是像時鐘一樣的準確。)大草驢突然放聲長嘯,把一家人——包括剛剛從夾壁牆裏出來「放風」的劉一卿、劉一民兩兄弟在內,都給驚動了。那頭大草驢,替「劉先生」作了十幾年的坐騎,現在已經是毛血日益衰,志氣日益微,進入了老年期,往往整日的垂頭假寐，無聲無息，不像前幾年那樣有脾氣、有個性了。這兩三年間，劉一民在家裏成了個「打雜的」，照顧大草驢的飲食起居，也由他一手負責。都說驢是直腸子，吃了就拉，拉了再吃，一天要餵好幾回，夜裏也得加草拌料，比人還難侍候呢。劉一民給牠取了個外號，不當著人的時候喊牠「老長輩」，不但把牠看作家庭裏的一分子，而且是勞苦功高、應該享享清福的。畜生老了，也跟人老了一個樣子，老態龍鍾，反應遲鈍，聽覺和視力都大為衰退，牙齒鬆動，胃口更不如往昔，雖然對牠格外照顧，好草好料，熱湯熱水，總也引不起牠的食慾，還得人好言好語，連勸帶說的，才能哄著牠多吃幾嘴。自從家裏住進了幾位兵大爺，劉一民躲在夾壁牆裏不能露面兒，那頭大草驢也就受了虧待，餵是有人餵的，可是，一個家弄得亂糟糟，人的心情不好，誰還能耐住性子去照顧一個畜生？草料不缺，吃不吃可就全在牠了。幸好「老長輩」年邁體衰沒有了火性，不像年輕的時期那樣愛吵愛鬧，就是事忙心亂餓了牠一頓，牠也不吭不哈的，好像吃與不吃都無所謂。聽牠這時候的動靜，又跳又蹦，大喊大叫，必然是受到極嚴重的驚擾，把「老長輩」惹火了，牠才會這樣大發雷霆，拚死命的抗爭。究竟發生了什麼事情？難道那驢棚裏來了老虎豹子不成？

劉一民當時正在大吃大喝，聽到外面的聲音，出乎本能的一躍而起，嘴裏啣著半個小米麵的窩窩頭兒，左手拉開門閂，右手扯過頂門棍，人就想衝了出去，被他爹「劉先生」

在屋門後頭一把拽住，緩了緩勢子，他才警覺到自己是個「私人」，不管外面發生了什麼事情，都應該避之唯恐不及，又怎敢出頭兒過問？「劉先生」把小兒子往旁邊一推，示意他和他大哥劉一卿都躲進套間裏，這才拉開門扇，自己走了出去。

驢棚就蓋在「屋山」頭上的角落裏，隔著一面油棉紙糊的窗子，外面的聲音都聽得清清楚楚，就像是中間毫無遮擋似的。

先是「劉先生」在吃驚的詢問著：

「老總，哎哎，老總，你這是在做什麼？深更半夜的，這畜生也沒有惹著你！」

然後，就有一個兵大爺在答話：

「牠倒是沒惹著我，我可看上牠啦！告訴你實話吧，老頭兒，我們的隊伍今兒晚上要開拔，想『借』你這匹牲口，送我一程路。」

「劉先生」很笨拙的說：

「哎呀，老總，你們軍隊裏，不一向是要騾子、要馬嗎？這是一頭驢啊！」

那兵大爺嘻嘻哈哈，笑聲像驢叫：

「什麼？你說牠是一頭驢？驢怎麼會長這樣大的個子？你不說，嘻嘻，我還當牠是一匹馬呢！個子長得這麼大，差不多也就抵得上一匹馬啦。你家裏不是只養了這一匹牲口？

那還有什麼挑選的？沒法子，也只好將就將就，驢就驢吧！來，老頭兒，我看這頭驢只聽你的話，你幫我牽到前頭去，免得我對牠用刑法！」

「劉先生」悲悲切切的求告：

「這不行啊，老總——」

那兵大爺就要發橫：

「什麼？不行？好，你要是不肯『借』，咱們就用『徵』的！」

「劉先生」很委婉的解說著：

「老總，『借』和『徵』都是一樣的，我一個小老百姓，怎麼敢不肯呢？實在是因為這頭驢太老啦，這幾年我下鄉行醫，也都很少騎牠，你要是把牠牽了去，走遠路，或者是馱重東西，那就能把牠給累死！……」

用這種口氣替那頭老驢求情，劉一民就知道是沒有用的。這些兵大爺對人都毫無同情心，又怎麼會推及禽獸呢？果然，那兵大爺硬繃繃的說：

「累死牠，總比累死我好啊，對不對？不過是一頭驢罷咧，又像你說的這麼老，值不了幾文錢的，你還有什麼捨不得？」

「劉先生」還是不肯放棄，苦苦的乞求著：

「老總，你就行行好，積積德，饒了牠吧！雖然是個畜生，也是條性命啊！」

那兵大爺又發出那種不懷好意的笑聲：

「真要想救牠，倒也有個辦法——」

「劉先生」還以為這個壞人動了惻隱之心，忙不迭的追問：

「什麼辦法呢？你說吧，只要我能辦得到的，我一定答應你。什麼辦法呢？」

那壞人立即擺出一副極凶惡的口吻：

「能不能辦得到，這要試過了才曉得。我的意思是，放了你的驢，你就跟我去當『伕子』，該牠馱的東西，都由你替牠背！」

劉一民在屋裏聽到這些混話，氣得他幾乎要出聲大罵，要使勁兒的用上排牙咬緊下嘴唇，才能阻止自己發出聲音。他真想掣起頂門棍，拽開兩扇門，衝到庭院裏，往那壞人頭上狠狠的敲下去，就算一棍把那壞人敲死，他也不認為自己是犯了什麼罪。章回小說裏常用的兩句話：「怒從心頭起，惡向膽邊生。」今天算是懂了這兩句話的意思，也才知道他爹「劉先生」常常掛在嘴上的那個「忍」字做起來是多麼的不容易。

窗外的「劉先生」竟然一口答應：

「好，我去！能不能請教你，讓我背的是些什麼東西？又要我背多遠呢？」

那兵大爺咭咭呱呱的笑個不停：

「咳，都說鄉下老頭兒要錢不要命，看起來還真是實情！好吧，我既然這麼說啦，就不能說話不算話，咱們做成這筆交易，拿你，換這頭老驢。你問要背些什麼東西？這軍事機密，那能告訴你呢？只說重量吧，約摸是兩百斤左右的樣子！至於路程遠近，那可由不得咱們，要看那些南蠻子來得快不快，追得緊不緊。不過，你放心，只要你這把老骨頭能挺得住，到了地頭兒，我一定會放你回來的，當兵嘛太老，肉又不中吃，留你做什麼呢？哪，就這麼說啦，驢是你的，你是我的，把驢拴好，跟我走吧！」

聽到這裏，作兒子的是不能不出頭了。軍隊過境，老百姓被抓去當「伕子」，這種事本來是稀鬆平常的，很多人都有過這一類的遭遇，運氣好的話，也許三天五日就給放回，不過就是吃些苦，受些累，餓上幾頓飯，挨上幾鞭子，只要祖宗有德，不會碰到更倒楣的事。可是，對「劉先生」來說，他年將半百，已經有資格被那位兵大爺喊作「老頭兒」了，雖然身體也沒有什麼不好，到底是比不得那些整年在田裏工作的人，要他背著重負，行走遠途，再加上挨罵受氣，忍飢耐餓，一個文質彬彬的鄉下醫生，他怎麼能受得了？去了，恐怕就是死路一條！要去，也只能讓年輕的兒子去，最多是掉幾斤肉、脫一層皮，或許還有活著回來的機會。

老大劉一卿站起來抖了抖身子，被老二劉一民扯住胳臂，兩下裏發生了爭執。不敢出聲兒說話，只好在燈影裏比著手勢，傳達彼此的心意。劉一民用手指頭戳戳他大哥的肩胛骨，再往腳底下一指，又拍拍自己的胸膊，豎起大拇指往屋門外的方向一倒，這意思是說：「你留下，我去！」劉一卿像搧風似的揮舞著兩隻手，很堅決的表示他反對。弟兄倆各有私心，互不相讓，於是就拉拉扯扯的，造成了僵局。

就在這時候，只聽得屋門晃蕩一響，劉一民的娘拐動著兩隻小腳，一大步跨過門檻，人就到了屋門外頭。

這位鄉下醫生的太太，本來是膽子極小的，見了外人就畏縮退避，「劉先生」常常嘲笑她「上不得臺面」，她尤其是怕這些不講理的兵大爺，比怕土匪還怕得厲害。今天卻不知道她向誰借來了膽子，忽然變得勇敢起來，她跳出屋門，一衝就衝到兩個人中間，把那個抓住「劉先生」的兵大爺給一掌推開，擺出一副拚命的架勢，兩手叉腰，氣虎虎的說：

「不行！你不能把我當家的帶走！我當家的是個醫生，這部鼎集幾十里路以內的鄉親們，都靠著他治病救命，你把他逮了去，那些鄉親們可怎麼辦呢？要抓伕子，你就該去找那年輕力壯的。我當家的這個年紀，還禁得住折騰麼？想要那頭驢，你儘管牽了去；想要帶走我當家的，那可不行！」

劉一民兄弟倆躲在屋門兩側的陰影裏，向外面窺視。這天大概是農曆二十日左右，子夜時分，月正當頭，雖然月已半缺，被冷風吹得又瘦又小，仍舊灑下滿院清輝，比屋裏的菜油燈要明亮得多了，不但看得見人影，就連娘那滿臉的怒容，也看得清清楚楚。劉一民自幼及長，從來不曾看見娘有過這樣的神情。就在他頑皮淘氣的時候，娘對他施行家法，又打又罵，氣得滿臉是淚，恨得咬牙切齒，也讓人一看就知道娘那副樣子是裝出來的，有三分是真，七分是假。現在娘是真的動了怒，雖然娘的身高體重，就在女性當中，也是屬於瘦小纖弱的一型，可是，當她顫巍巍的叉腰而立，任何人都看得出來這位小老太太招惹不得，她已經下定決心，為了衛護親人，而不惜一死相拚。劉一民屏聲止氣，暗暗的把那根頂門棍掣在手裏，劉一卿也在屋門背後摸索到一件「兵器」，可能是家常使用的鐵鍬、抓鎬之類，弟兄倆都拉好架子，準備一看情勢不對，就衝了出去，把陷身在惡人手中的父母救回，這是情勢所迫，沒有時間多做思考，那怕因此而闖下滅門大禍，此時也都顧不得了。

所幸那個兵大爺原不是為抓人而來，剛才所說的以人換驢，那是故意撒刁耍賴出難題，現在正好趁機下臺，還順便把一個斗大的人情，送給面前這位潑辣凶悍的小老太太：

「好來，老大嫂，您既然這麼說了，我就一切都聽您的，不勞動您當家的去當『伕子』，只要你家那頭老不死的大個子驢，這總行了吧？不過，你家的那頭驢呀，個子大，脾氣也大，我還真是牽不動牠，就麻煩你們那一位給我牽到大門口去，等到牠馱了東西上了路，就不怕牠不聽話啦！」

「劉先生」還待說什麼，話到唇邊，大概又覺得說也無益，嘆了一口氣，就默不作聲的往驢棚裏走過去。說起來很怪異，其實也是在劉一民全家人意料之中的，那頭大草驢剛才發了那麼大的脾氣，一個人見人怕的兵大爺根本就近身不得，及至主人露了面兒，牠就安靜下來，只是不停的打著「響鼻」，彷彿附近有什麼牠聞不慣的氣味。「劉先生」牽過那頭大草驢，把繮繩交在那個兵大爺的手裏，那頭大草驢似乎瞭解這是出於主人的心意，就很溫馴的跟著那兵大爺走了出去。

——這一去，牠還能不能回得來呢？

「劉先生」也跟在驢後頭往外走。劉一民的娘就一直在院子裏站著。屋門後頭的兩兄弟，還各自手執「兵器」，保持著原先的姿勢，像是一對門神站錯了位置。

過了大約有半個時辰，——半個時辰就像有半年之久，「劉先生」才從外頭一步一踱的走了回來，劉一民的娘也跟著回到屋裏。而屋裏的兩兄弟，也才放下「兵器」，撤了架勢，覺得自己十分疲累，一身筋骨肌肉都痠痠痛痛的，好像真是經歷過一場激烈的戰鬥。

「劉先生」往油燈前面一坐，神情蕭索的說：

「咱們那頭驢，怕是回不來了，活不成了！他們給牠馱了很重的東西，又不知道要走多遠的路，牠那能支持得住呢？這一去，就能把牠活活的累死！」

劉一民的娘進屋以後，人就在椅子上癱成一堆，看上去是已經把力氣用盡了的，聽完她老伴兒的話，卻忽然又有了精神，拍手打掌的大吵了一頓：

「既然知道一去就會累死，剛才你怎麼還想替牠去？你打的是什麼主意？你存的是什麼心呢？難道真像那個壞人說的，鄉下老頭兒，要錢不要命，你把自己看得還不如那頭老驢？是不是這樣呢？呃？是不是這樣呢？」

「劉先生」剛在大門外送走一群豺狼虎豹，沒想到回到家裏又捅了馬蜂窩。看自己的管家婆剛受了一場驚嚇，現在又如此的氣惱，損肝傷膽，都不合養生之道。吵是不忍心跟她吵，就只好強打起精神，很有耐心的向她解釋著：

「那怎麼會？人是人，畜類是畜類，這其間的遠近高低，我分得清清楚楚的！不過呢，正因為牠是個畜類，又老成這個樣子，處處都需要人的照顧。照顧得好，牠還能活；受到虐待，牠就會死掉！把牠送到那批人手裏，不就和送牠上屠場是一樣的麼？換了我去，吃苦受罪是難免的，總還有活著回來的機會！所以——」

「所以你就想去試試，對不對？你一大把年紀，就該知道有些事情是試不得的！」劉一民的娘越想越害怕，越說越有氣，眼淚就像氾濫的河水，不是成串、而是成片的往外溢，一波接一波的，擦都來不及：「你不是常說麼？一個家就像一座房屋，你這一家之主就是屋梁，就是明柱，只要有你撐著，有你頂著，這屋子就不會倒！話是說得不錯，可是，我問你，你自己到底懂不懂呢？既然是屋梁，你就不能拿自己去當『打狗棍』！要是你折了、斷了，教我們娘兒幾個倚靠誰去？」

老夫老妻，又當著兒子、媳婦一大堆，「劉先生」眼看著老伴兒邊說邊哭，如癡如醉，卻不知道該怎樣安慰，索性就裝出一副很膩煩的樣子，提高了聲音說：

「好啦，老太婆，你還有個完沒有？在咱們的親戚朋友當中，誰不知道我是一個謹言慎行的人？你放心，我這根屋梁很結實，斷不了的！」

劉一民的娘仍然在嘮叨不已：

「你結實，可也得知道愛惜自己，像你這麼一隻瞎老鼠似的，該躲的不躲，該避的不避，總有一天你會把自己送到貓嘴裏去！就像前幾年那一回，為了替一個土匪頭子治病，被人告了密，五花大綁的押在大牢裏，已經給問成了死罪，要不是有這麼多好親戚、好鄰居，合起手來救你，那還有你的命在呢？說什麼小心謹慎，那是別人給你的評語，我跟你快三十年的夫妻，還有什麼不知道的？你呀，做事只曉得認死理，性子也夠執拗，小事情還肯馬馬虎虎，遇到了大關頭，就成了個真糊塗！」

提起幾年前的那段舊事，「劉先生」本人雖然是無怨無尤，心安理得，然而那件事的受害者不止他一人而已，許多人都受到了連累，老伴兒驚嚇過度，幾乎一病不起；他小弟也因此而遠走高飛，至今未歸……在這幾年之後，舊話重提，他仍不免赧然自責，覺得愧對妻兒！過去一家人相處，都把那件事視為禁忌，輕易不說一個字；今天他老伴兒是受了大刺激，一時失去克制，許多壓在心底的陳年老話，都脫口而出，盡情傾吐，讓「劉先生」聽著，真像是一個又聾又瞎的人忽然耳聰目明了似的，聽見了也看見了一些他過去忽略的東西，每一句話都有新的意義，每一句話都使他低徊深思。

父母吵架，作兒子的也不知道該幫助誰，最好是不插嘴。可是，等到勝負既分，而勝的那一方卻又得理不饒人，忘了鳴金收兵，還繼續的咄咄進逼，使得另一方容身無地，這時候就該作兒子的粉墨登場，扮演一個小丑的角色，穿科插諢，調和一下場上的空氣，以免雙方對立，造成僵局。

劉一民向母親靠近，裝出一副小孩兒說話的口吻：

「我的娘哎，您剛才的話說錯來，找爹看病的不是那土匪頭子，是那土匪頭子『朱大善人』的親娘，一個吃齋唸佛的老太太……」

娘的口氣一時還轉不過來，眼淚汪汪的說：

「那還不是一樣麼？給人家抓住把柄，一樣說你是『通匪』，不都是自己惹來的？今天又犯了這個毛病，你自己也常說，軍閥和土匪是一路的貨，幹嘛還要為了一頭老驢，就想捨了自己的命不要，交到那惡人的手裏？要是他也要驢，也要人呢？救不了那畜牲，反倒把自己的性命賠進去，那才是活該呢！」

「劉先生」向太太認罪說：

「是我不對，以後改了就是。不過，你一個婦道，那裏曉得男人家的煩惱？生在這種亂世，有些事情是躲不過去的，躲得掉一回，躲不過兩遭，碰上也只好認了！有些人更是怕不得，怕他也未必就饒了你！……你放心吧，這種苦日子，往後不會有啦，剛才在外頭聽他們說，革命軍又拿下了徐州，不久就到了咱們這裏，張宗昌、孫傳芳的殘兵敗將，這一回是到了窮途末路！」

說話之間，天色已經大亮。「劉先生」站起身來，把桌子上那盞微弱昏黃的油燈一口吹滅，伸了個懶腰，向家人們宣布說：

「好啦，送走了這些瘟神，這個家還是咱們的！亂了這半個月，大家都累壞了，再不好好的休息一下，真會累出病來。現在都回到自己的屋裏去，前頭那堆爛攤子，且不必忙著收拾，等後半晌——不，等明天，再慢慢的清理。」

累是累極了，可是，過了半個月的「囚居」生活，一旦得到大解脫，心裏也興奮極了，那能睡得著？劉一民等父母兄嫂都安置了之後，就悄悄的走出門去，在他的家鄉郜鼎集，大街小巷的，作了一番巡視。

那些亂兵，真像是蝗蟲過境。不知道是從那裏來的，一夜之間，就住得滿坑滿谷，也不知道是向何處去，又在一夜之間走得乾乾淨淨一個不賸。蝗蟲是黃淮大平原上常常發生的一種天災，往往事先毫無警兆，多如「恆河沙數」的蝗蟲遮天蓋地而來，所到之處，會在極短暫的時間以內，把萬頃綠疇變成赤地千里，不止是農作物，甚至連路旁的小草和村莊裏、庭院中的大樹，都啃得光禿禿的，不留一絲兒綠意，然後就揚長而去，再蹂躪其他的地區。而到最末了兒，據說，這些窮凶極惡，使得受害百姓束手無策的蟲子，又會在某個地區突然消失，不見蹤跡，那是被老天爺給「收」了回去。就因為這種災禍帶有幾分神秘，老百姓是把它看成一種「天罰」的，對那些重不逾兩、長不盈寸的小蟲子，在深惡痛絕之外，還帶有幾分敬畏，任由牠們荼毒肆虐，而不敢打殺撲擊，有些以鼓吹迷信為專業的神棍和巫婆，甚至還帶領大批的善男信女，在令人作嘔的腥風臭氣當中，跪接跪送呢！蝗蟲誠然凶猛，人們提起牠來就膽戰心驚，不過，真正直接被攻擊，被破壞的，是大地上正在生長中的植物，除此之外，人類、牲畜、房屋、衣服……以至於上一季收穫囤藏的糧食，都能逃過劫數，安然無事，而到了下一季，大地生生不息，依舊一片青綠，所以，鬧過蝗災的地區，表面上看來，雖然是滿目瘡痍，悽慘無比，災期卻很短暫，很快的就會恢復舊觀。亂兵是一種人禍，所造成的傷害，要比蝗蟲嚴重得多，也深刻得多。劉一民到處走走，到處瞧瞧，有些地方被蹧踏得變了樣子，都快要不認識了。郜鼎集名為市鎮，實際上還是一座農村，除了大街上極少數的幾家店舖，絕大部分的居民都是務農為生，許多房屋建築也都是農村的格局，只不過是中央有兩條街道，外面加一座圩子而已。圩子裏頭有幾處空地，中間是曬麥場，周圍是柴草堆，當然也少不了有一些牛棚車屋，和軋場的石滾、舂穀子的石臼之類。夏秋兩季，每逢明月當空，這幾處空地就成了孩子們的樂園，在這裏追逐跳躍，作各種各式的遊戲。那些柴草堆都高大如同房屋，是附近人家儲存著準備過冬的，內容不同，形式有異，也各有各的用處，麥稭堆和穀草堆是牲口的糧食，豆稭、棉柴、高粱桿兒是煮飯和取暖的燃料，一樣兒都不可缺少。劉一民從那幾處空地上走過，卻發現那些柴草堆都不見了，空蕩蕩的，真的成了一片「空地」。

聽一位丁老伯說，這大大小小幾百個柴草堆，都是被那些「王八蛋」烤火給烤光了的。不過只住了半個月，烤火那能用得了這許多？那丁老伯恨恨的說：

「可惡，就可惡在這裏了！那些『王八蛋』那裏是『烤火』？簡直是在『放火』！往後這一冬三春，還有長長的好幾個月，牲口沒的吃，人也沒的燒，那些『王八蛋』拍拍屁股走了，教咱們可怎麼過？怎麼活？這不是坑人麼？」

形容強盜的凶惡，常常把「殺人放火」連在一起說，大概這兩種行徑，在本質上相同，一個是斷人的生路，一個是要人的性命，在那些惡人看來，都是很過癮的。孫傳芳的那支敗兵，這半個月裏，除了那些柴草堆，還燒了很多更不該燒的東西。劉一民轉到「宋家祠堂」，發現學校裏的課桌椅，被燒得乾乾淨淨的；還有祠堂正廳那八大扇木槅子門，都是上等木材，精工雕刻，可以當作專供欣賞的藝術品，也都被大刀闊斧，伐為柴薪，牆上滿是灰痕，地下還有餘燼。一座由祠堂改成的學校，煙燻火燎，弄得黑漆麻烏的，看起來就像一座磚窯。

劉一民坐在「宋家祠堂」大門口的臺階上，左思右想，就是想不透那些兵大爺為什麼要做這種事，既無必要，又沒有好處可得，最多只是貪圖一時的便利，卻落得人人唾罵詛咒，處處怨聲載道，這是何苦呢？有些官兵，本來就是土匪，當兵吃糧，依然不改土匪的性子，這是可以理解的；其中也必然有些人是抓來的壯丁，入伍之前原是純樸善良的農家子弟，一旦穿上「老虎皮」，就沾染了一身老兵油子的習氣，一樣的狐假虎威，一樣的狗仗人勢！……就是這一點使劉一民百思不解：人，真是這麼容易變壞的麼？

坐在那裏發了一陣呆，正打算著往回走，卻看到他的老師「王秀才」一搖三擺的走來，一邊左顧右盼，一邊哼哼唉唉，渾身的愁苦，滿臉的無奈。

劉一民迎將上去，恭恭敬敬的叫著：

「王爺爺！」

有些時候沒有見著，「王秀才」真的是很老很老了。腰彎背駝，齒危髮禿，這是早幾年就已經有了的徵候，現在又新添了一個毛病，老年人常犯的「搖頭瘋」，兩隻手也微微的顫抖不停，（不知道他還能寫字不能？）看上去好像整個的人都在擺動，更給人一種老邁衰弱的感覺，真如同集上那個以說大鼓書為專業的「窮舌頭」常用的兩句話：雨打破傘，風吹殘燈。

叫他「王爺爺」的人一定很多，王秀才點點頭，就從劉一民身邊走過去了。走過了幾步，又忽然認出來這個年輕的是誰，扭回了身子說：

「哦，是一臣啊？家裏大小都平安吧？有沒有丟了什麼？」

一臣，這是劉一民小時候的名字，十二歲那年被他小叔一筆改過，從此就不再用了，偶而聽到有人這麼叫他，心裏總有些怪怪的，就好像那是他的乳名兒，一方面覺得很「親」，另一方面也覺得很嘔人。所以，每逢有人把「一民」叫成「一臣」，他答應過之後，總要作一番「正名」的工作。可是，遇上「王秀才」這樣的老人家，那就毫無辦法，也記不清對他更正過多少次啦，他當面點了頭，下一回還是照叫不誤，也只好由著他去叫吧。

劉一民趨前答話：

「王爺爺，託您的福，我家裏人都好，只被他們『借』去幾床棉被，還被牽走一頭驢。」

「王秀才」的頭搖得更厲害：

「就是你爹騎的那頭大草驢麼？那已經很老很老了哇，皮也不值錢，肉又不中吃，他們牽牠去做什麼呢？作孽呀，真是作孽呀！」

一邊搖頭感嘆，一邊艱難的抬腿邁步，繼續往祠堂裏頭走。劉一民怕老人家被地下那些雜物磕著、絆著，也緊緊跟隨，以便照料。

攙扶著「王秀才」從那黑地灰堆上走過去，劉一民聽見老人家像傷了風似的，一直在嗤哼著鼻子，心裏也很替這位老人難過。「王秀才」借用「宋氏祠堂」設塾收徒，從他個人辦的「學館」，到改成縣立的「初級小學」，前後總有三四十年了，這裏不但是他傳道授業的課堂，也是他安身立命的地方，現在被一群亂兵糟蹋成這個樣子，過年開春，這學堂的大門還開不開呢？這書還教不教呢？

「王秀才」在灰堆裏尋尋覓覓，不知道他在找些什麼東西；只見他很吃力的彎下腰去，檢起半根燒焦了的木頭，捧在手裏，仔細的審視，又湊近鼻孔嗅著，似乎想辨認出那半根木頭在沒有燒煅之前究竟是什麼。經過一陣忙碌，他大概是累了，就撂起長袍的下襬，往灰堆上一坐，兩手抱頭，鼻子嗤哼得更厲害了。

靜默了一陣，「王秀才」忽然又叫著他的名字：

「一臣啊！——」

他趕緊答應著，知道這位「王爺爺」一定有很多感傷的話要說，就在這裏多陪陪他，讓他發洩一下心底的牢騷也好。

不料「王秀才」卻向他打聽著：

「一臣啊，你小叔最近還有信來嗎？人到了那裏啦？」

以「王秀才」和劉家祖孫三代的關係，應該也不算「外人」的，關於他小叔劉大德的一些消息，似乎不需要對這位啟蒙的老塾師守秘，老人家既然很熱心的問起來，劉一民就打算多報告一些，卻發現這老人愛聽不聽的，並沒有多大的興趣，劉一民也就說得不起勁兒，草草的作了一個結束：

「……自從革命軍放棄徐州，撤退到江南地區，我小叔就不再有信來了。我猜想，這一定是因為心情不好的關係。你想嘛，王爺爺，一個人萬里迢迢的回來，好容易才到了家門口，又忽然轉身回頭，一下子後退了上千里路，心境當然很壞，家書也懶得寫。」

「王秀才」很不滿意的說：

「現在的年輕人，沒有幾個能靠得住！」

劉一民不解所謂，問道：

「王爺爺，你是指我小叔？」

「王秀才」把兩道長眉毛往上一飄，氣沖沖的說：

「就是說他！你小叔跟我念過幾年書，這是你知道的。後來私塾改成了縣立，有一年暑假裏，你小叔從府城回來看我，我和他有一個約定，等他中學畢業，就回來接我的缺。那想到，他一畢業就接下縣立『一高』的聘書，飛到高枝上去了。還騙我說我身體還好，要我暫時幹著，過幾年他會來替我。結果呢，他連縣城裏都待不住，越飛越高，越飛越遠了！」

哦，原來是為這個。這件事情，劉一民倒是聽他小叔說過的，也偷看過他小叔高中時期以「盍各言爾志」為題的作文，可以在「王爺爺」面前當一個證人，他小叔並沒有忘記這個「約會」。當時一個鄉村小學的教師，每月的薪水大約是十二塊錢的樣子，有時候打七折，有時候打對折，很少能領到全薪，甚至於還不免拖拖欠欠的；不過，對教了幾十年書而仍然一貧如洗的「王秀才」來說，這卻是他唯一的收入。劉大德中學畢業之後，回到部鼎集，看到自己當年的啟蒙師一切如故，活得好好兒的而窮得更徹底，雖然「王秀才」並不稱職，學生又如何忍心搶老師的飯碗呢？所以才接下縣立「一高」的聘書，不料卻引起「王秀才」的誤會，劉一民覺得他有義務替他小叔解釋清楚。

劉一民字斟句酌，想把這段話說好：

「王爺爺，這件事情我知道，您冤枉我小叔了。我小叔生平的第一大志就是教書，而且很願意留在郜鼎集為桑梓服務。他所以要到縣城裏去，並不是往高枝兒上飛，實在是，我小叔，他怕您——」

底下的這一句話，其實也並不難說，從喉嚨經過的時候，還順順溜溜的，沒有什麼阻礙，到了嘴裏頭，情況就不同了，舌頭往外推，牙齒往裏堵，話就說得脫脫落落，吞吞吐吐。

「王秀才」本來正在氣惱著，聽著劉一民話說得這麼生澀，他自己反倒不生氣了，言語也轉為溫和：

「這話有什麼難說的？你小叔的意思，是看我太窮，怕我挨餓，不忍心把這個職位搶走，對不對？他這番好意，我當然是知道的，也不是不感激；可是，他就不想想，就算我窮斯濫矣，不怕誤人子弟，這碗苦飯，我還能再吃幾年呢？郜鼎集是不能沒有學堂的，這副擔子，將來教我交給誰？」

劉一民這才發覺，「王秀才」教了一輩子書，教來教去，幾乎落到衣不蔽體、食不果腹的地步，他老人家卻並不因貧窮而自卑，甚至對自己的職責還十分重視，要在群弟子之中，找一個出類拔萃的人物來繼承衣缽，他才能死得安心，死得瞑目。這種心情很苦，也教人很感動、很佩服。

劉一民大包大攬的說：

「我小叔很快就會回來的。而且，他回來之後，還是打算再繼續教書。王爺爺，您要是希望我小叔留在郜鼎集，就對他明說，他一定很樂意。」

「王秀才」聽了，似信不信的：

「你小叔的心意，你怎麼會知道呢？」

為了使這個老人安心，劉一民特別換用一副樂觀開朗的調子：

「我當然知道啦，自從我小叔離家，寫回來的家信有十幾封，每一封信上都有這些話，他還勸我將來也走這條路哪！」

「王秀才」果然大感欣慰，連聲讚嘆道：

「那敢情好，那敢情好，真要是如你所說，我也就安心了。」

劉一民環視著四周，又不免替這個老人發愁：

「可是，學堂被弄成這個樣子，課桌椅都沒有了，過年開學，您怎樣在這裏上課？」

「王秀才」向劉一民伸出手臂，那意思是要這個年輕人拉他一把，他要從灰堆裏站起身來。劉一民會意，趕忙上前扶持。「王秀才」站起來之後，兩隻手拍拍打打的，弄得灰塵滾滾，煙霧瀰漫，劉一民幾乎睜不開眼睛，他本人也連咳帶喘，往灰堆裏吐了幾口濃痰。拍打乾淨，「王秀才」清了清喉嚨，又長了長身子，然後，心明眼亮、神清氣爽的說：「這倒是不要緊。不管破壞成什麼樣子，只要有人，就不難修牆補屋，整舊如新。自從我設立學館，這『宋家祠堂』遭受毀損，也不是第一回，過去能夠做到的，現在當然也可以！將來傳到你小叔的手裏，希望他能盡力爭取，把它擴充成一座兩級制的完全小學，那就真正是服務桑梓、造福鄉里了！」

說這些話的時候，「王秀才」總有七十幾歲了，身子骨兒又不結實，正如古文中所說的：「日薄西山，氣息奄奄，人命危淺，朝不慮夕……」人到了這個年紀，又生值亂離之世，在飽受驚嚇、大遭劫掠以後，面對著這滿地狼藉，卻能夠不心灰，不氣餒，而且還替他自己一手創立的學堂，繪製出一幅美好的藍圖，談起來神采奕奕，興致勃勃，這種精神也實在夠感人的了。

而「王秀才」的這番話，讓年輕的劉一民聽到，也有著入耳箸心的感受：人家「王爺爺」七十多歲，尚且不憂不懼，你劉一民十七歲不到，還愁些什麼？怕些什麼？正如「王爺爺」所說，郜鼎集周圍的這一片大平原，自古以來，就水旱相因，兵連禍結，本來就不是一塊「福地」；可是，祖先們定居在這裏，歷經多少次鉅變浩劫，一代又一代的傳遞香火，延續血脈，照樣的生存下去！像這種亂兵過境的小災小害，又能算得了什麼呢？也正如「王爺爺」所說的，只要有人——只要人命還在，人性不改，災害總會過去，傷痛總能平復，憂患雖重，這片大平原還能馱負得動；而這片大平原上的居民們，也都訓練有素，禁受得住這些折磨！……

大街小巷，在郜鼎集各處作了一番巡視，當劉一民回到自己的家門口，心境開朗了很多，也不覺得睏、不覺得累了。推門而入，看到那滿屋裏的雜亂污穢，心裏也比較能夠忍受，不像他出門以前那樣越看越惱。

他學著丁家老伯的口氣，一個人自言自語：

「這些『王八蛋』，果真不是人，連畜生都不如！好好的一家中藥舖，讓他們給蹧蹋成狗窩了！」

這樣咬牙跺腳的罵上幾句，似乎真有消氣解恨的作用。然後，他就開始動手，要趁著父母兄嫂都還高臥未起，把這間祖傳世守的中藥舖，好好的打掃整理，沖洗抹拭，讓它及早恢復它那光亮整潔的老樣子……

第十章

受了半個月的騷擾，也並非全無好處，直接從那些亂兵們的口中，就傳出不少的好消息，都是讓老百姓聽了歡欣鼓舞的。

原來在部鼎集駐紮了半個月的這支部隊，就是孫傳芳「五省聯軍」數十萬大兵的一部分殘餘。上一回國民革命軍攻下徐州之後，孫傳芳的部隊全部撤到山東省境內，本來就已經潰不成軍的，後來革命軍退回江南地區，張宗昌和孫傳芳不明虛實，還以為是他們「手氣」轉好，真的打了大勝仗呢，不但那張宗昌得意忘形，耀武揚威，就連已經躲起來了的孫傳芳，也看出了便宜，把他僅有的兵力作孤注一擲，從棲霞山渡過長江，向南京攻擊，妄想收復東南五省的失地，在一個叫做「龍潭」的地方，和革命軍的主力遭遇，渡江的七萬多人進退不得，一萬多人戰死，三萬多人被俘，還有不少狼狽敗退的，淹死在長江裏，賸下的不到四分之一。這批人沿著津浦路撤退，一路上又有損失，當他們悽悽惶惶的逃到了部鼎集，不過只賸下數千人而已。這幾千人都被革命軍嚇破了膽子，已經完全喪失戰力，在部鼎集「休養」了半個月，一聽到革命軍又攻下徐州的消息，雖然還相隔著二百多里路，他們就嚇得屁滾尿流，唯恐張宗昌的「直奉聯軍」退得太快，把他們給撇在後頭，於是撒鴨子就跑，連夜退到濟寧、鉅野一帶去了。

這支亂兵撤走之後，有一段時期，部鼎集以東、以南的地區，成了真空狀態，不像上一次過兵那樣有去有回。這種情勢也讓老百姓暗暗歡喜，知道那些「北洋軍」這一回是輸定了的。而「國民革命軍」大舉北伐、節節勝利的消息，也就很快的傳遍各地，老百姓奔走相告，不再有絲毫的顧忌。大家都聽說，那位半年前下野出國的蔣總司令，在革命黨中樞一再敦促、和各路將領聯名催請之下，於民國十六年舊曆年底，在南京復職，革命軍受到鼓勵，越發有高昂的士氣，堅強的鬥志。龍潭之役，擊潰了孫傳芳的部隊，國民革命軍第一路總指揮何應欽督師北進，徐州一戰，又打垮了張宗昌「直魯聯軍」的主力。到了這個階段，任何人都看得出來，不但張宗昌和孫傳芳氣數已盡，完蛋大吉，就連那坐在北京、控制著北洋政府的奉軍老帥張作霖，也岌岌可危，搖搖欲墜，坐不穩他的「金交椅」。

民國十七年的初春，國民革命軍繼續北進，走的還是頭一年那條老路線。農曆三月間，革命軍在攻下滕縣、鄒縣以後，分出一支兵力，肅清微山湖、南陽湖以西的地區，先佔領了魚臺縣和金鄉縣，又攻下了羊山集和獨山集。就在這一帶，把孫傳芳殘餘的人馬給包圍繳械，其中就包括在郜鼎集駐紮了半個月那支亂兵在內。這幾座縣城和集鎮，離城武縣都只有幾十里路，炮聲隱隱，清晰可聞。

有人向劉一民說，白天只能聽得到聲音，夜晚站在高處，還能看得見火光呢。一連幾夜，劉一民興奮得不能入睡，就在深更半夜裏，悄悄的爬到「葆和堂」中藥鋪的屋脊上去，看是看不見什麼，轟隆隆轟隆隆的，就像春旱期間，上天油然作雲，沛然下雨，在天際響起一陣陣的春雷。

幾天過後，炮聲沉寂，這表示此一地區的戰鬥已經結束，戰事又向更北的地區轉移過去。在這幾天裏頭，劉一民顯得有些神情恍惚，心思不屬，若有所待，又若有所失。他常常正在工作的時候，忽然有所警覺，就停下手來，側耳靜聽；又常常無緣無故的跑進跑出，有時候就跑到北寨門外，向那條古老的官道，癡癡的張望著。

一天夜裏，已經是二更天氣，父母兄嫂都回到後面房裏安歇，他藉口說有什麼事情沒有做好，還賴在前頭藥舖裏，遲遲不肯去睡。

像郜鼎集這樣的市鎮，其實就是一座農村，居民們過著「黎明即起，既昏便息」的生活，就是在太平歲月，除非過年過節，也很少有人耗油熬夜；如今年景兒不好，日子難過，「吃都沒的吃，那還有油點燈呢？」人們也就睡得更早了，這二更天氣，已經是夜深人靜，萬籟俱寂。

對著一盞孤燈，獨坐了一陣子，做事也做得無情無緒，正想檢點門戶，再把燈吹熄，回到自己屋裏去，忽然，他聽到外面街道上，傳過來一陣「踏、踏、踏、踏」的聲音，自遠而近，到了「葆和堂」門外，那聲音就停了下來。他想開門去看，又怕那只是一種幻覺，就在屋門背後猶豫著。過了一陣，他聽到門外的確是有些聲音，而且就在近處，雖然那聲音很輕微，也很怪異，還是能聽得出那是什麼東西。他判斷，那是一匹馬，或許是一匹騾子，也或許是一頭驢，時而用鼻孔兒喘大氣，時而用蹄子蹈地，呼呼嗤嗤、第第篤篤的。一頭驢？對了，人人都說家養的畜生記得路，會不會是被亂兵牽走的那頭大草驢自己回來了呢？他一邊揣想著，一邊聳起了耳朵，靠近著門縫去聽，越聽越真，越想越對，這可不是胡思亂想，自己騙自己了。他不再猶豫，立刻抽出門閂，卸下一扇門板，人就扁著身子擠了出去。

果然是有一頭驢，——不，一匹馬拴在那裏，剛才在屋門裏頭聽到的那些動靜，就是牠弄出來的。

咦，奇怪咧，怎麼只有馬，沒有人呢？他大著膽子，走到街心，向四下裏搜索著。屋簷底下的黑影裏，有人在發問：

「是——卿麼？」

他驚喜莫名，向前衝了幾步，就看清那屋簷下的臺階上，有一個坐著的人影，他高興的叫著：

「小叔！小叔！是您麼？我就知道您會回來，這些天，我天天盼，天天等！小叔，我不是一卿，我是一民！小叔！小叔！您到底是回來了，我等您——一家人都在等您，等得好苦！……」

叫著，卻有兩行淚水，順著鼻窪兒往下流，流到嘴角裏，還是熱熱的。淚眼模糊，看人就更不清楚，只見那人影兒直直的坐著，看不清他有什麼舉動，當然更看不清他有什麼表情。

等他停下來，那人影兒才向他招招手說：

「哦，是一民，已經長得這麼高了哇？可不是嘛，上一回見你，是四年前的事，已經長成大人啦，不再是小孩子啦！」

這聲音好熟，卻不是他小叔。他覺得好失望，嘴上不出聲的咕噥著：「這是誰呢？這是誰呢？」腦子裏卻根本不曾在想。

那人影兒又向他招呼著：

「一民，幾年不見，不記得我了嗎？」

劉一民腦子裏這才有靈光閃現，不必思索，就知道來者是誰了。

「啊！李叔叔！您是李叔叔！」

那人影答應著：

「不錯，是我。」

「李叔叔，您是一個人來的麼？我小叔呢？」劉一民很熱切的問訊著，猛然記起作主人應有的禮貌，又改口說：「李叔叔，您已經到了家門口，怎麼不叫門進去？我爹我娘都睡了，您進來坐吧，我去請他們！」

說著，轉身要跑，卻被李叔叔止住了：

「一民，你慢著！我是從很遠的地方來的，很累，想在這裏歇一會兒，先不忙著進去。你也過來陪李叔叔坐吧，我有話問你。」

不進去，那一定是怕吵了人的意思。劉一民心裏覺得怪怪的，幾年不見，怎麼李叔叔改了脾氣，顯得這樣生分起來了呢？李叔叔雖然只到家裏來過一次，但由於他和小叔的交情深厚，如手如足，一來就成了劉家的一分子，只住了短短的一個星期，和劉家的每一個人都到了熟不拘禮的程度。尤其是在劉一民的心中，只知道自己又多了一位叔叔，根本就不在乎他是姓劉姓李。而李叔叔也真是把劉一民看作自己的親侄子，彼此相處，沒有絲毫的客氣。也許現在的時辰不對，深更半夜的，把一家人都吵得不能安睡，李叔叔會覺得不好意思。這也是多慮，李叔叔應該自知，在這個家庭裏，他永遠是受歡迎的。

劉一民在李叔叔身旁坐下來，急急的說：

「要問什麼，您儘管問吧，我也有很多話要問您哪！」

經過一陣靜默，李叔叔才很鄭重的問道：

「首先，我要知道，這幾年，家裏的生活情況怎麼樣？大哥、大嫂的身體好不好？」

李叔叔所稱的「大哥」、「大嫂」，就是劉一民的爹娘。劉一民思索了一下，也故意用一種鄭重其事的口氣回答：

「家裏的生活嘛，當然是更不如前幾年啦。不過，也沒有什麼特別的不好。常常的逃反避亂，也都是有驚無險。大家的日子都是這麼過的，比上不足，比下有餘。我爹我娘的身體，當然也不如前幾年那樣壯實。爹還不到五十歲，頭髮倒有一大半是白的，那些兵大爺都喊他『老頭子』；娘一向身子弱，這幾年惦記小叔，又添了一件心事，常常哭哭啼啼的。這都沒有大關係，只要等小叔回家，大家的心情好啦，身體自然也就好啦。李叔叔，您說是不是？」

李叔叔默然不語，長長的嘆了一口氣。

劉一民及時警覺，李叔叔遠來是客，應該揀些好的說，怎麼淨講這些喪氣話呢？於是就自動的改變了話題，向李叔叔報導著：

「有一件事兒，李叔叔還不曉得，我小叔也蒙在鼓裏。剛才，您不是把我看成我大哥一卿了嗎？待會兒您看到他，也許就不認識啦。他已經娶了媳婦，生了個兒子叫『小泥鰍兒』，今年三歲，很淘氣的。我娘常說這孩子很多地方都像我小叔，脾氣大，性子倔，愛哭，哭起來就哄不好。不過，全家上下，都很喜歡他，我爹我娘更把他當作一塊寶，上頭撲臉的，寵得不得了。還有，我大嫂現在又有了身子，下個月就該生產啦。怎麼樣，李叔叔？我們劉家不錯吧？添丁進口，喜事重重啊！」

說這些事，劉一民是存心跟李叔叔「報喜」的，不料李叔叔聽了之後，卻似乎另有感觸，和剛才的反應完全一個樣子，先是默然不語，繼而又長長的嘆了一口氣。

劉一民心裏想：李叔叔這是犯了什麼毛病呢？和他說壞的，他嘆氣；和他說好的，他還是嘆氣！也許是，李叔叔騎馬趕路，風往嘴裏吹，不把那些氣「嘆」出去，肚子就不舒服。真要是這樣子，那就該早些進屋裏去，弄點兒熱湯熱水喝，身上一暖和，肚裏就不難過了。

可是，李叔叔卻沒有進屋去的意思，下身坐得穩穩的，上身挺得直直的，不言不語，好像他真是累得不想說話了似的。

劉一民忍受不了這種不該有的靜默，就學著小孩子說話的口氣，向李叔叔請求著：

「現在，是不是輪到我問話啦？」

李叔叔身子一抖，好像他剛才已經睡熟，是被劉一民說話的聲音驚動，才趕走了落在他身上的「瞌睡蟲」。

「好吧，你問。也許由你問出來，比我告訴你，還要容易些。好的，你問吧！」

這幾句話，也說得很古怪，劉一民當時卻不曾注意，只是急急的提出了問題：

「第一個問題是，李叔叔，您和我小叔是不是都參加了國民革命軍呢？」

李叔叔回答得很乾脆：

「是的。四年前，我和大德到了上海，正碰到『黃埔軍校』招生，由徐老師保送，從上海到廣州去，又經過考試，兩個人都被錄取。畢業之後，就成了國民革命軍的幹部。」

劉一民輕輕的拍著手說：

「包老師真靈，他猜得好準！」

李叔叔查問著：

「包老師？包老師是誰？」

劉一民替包老師吹噓：

「是我小學裏的老師，也是我小叔的老師，後來他們又成了同事。別看我們包老師只是教小學的喲，他那學問可大著哪，能掐會算，說的話都很靈驗。您和我小叔到廣州進了

『黃埔軍校』，就是他『算』出來的！他還『算』出來我小叔最近就要回家，您說他靈不靈吧？」

話說得這麼滑稽，李叔叔卻毫無興趣，把頭一低，又陷入了靜默。

劉一民只讓李叔叔靜默了半分鐘，緊接著又問：

「您今天是從那裏來？」

李叔叔回答得很簡潔：

「羊山集。」

大概李叔叔認為那是一個陌生的地名兒，劉一民根本不知道它在那裏，所以就不多解釋。其實，劉一民是知道那地方的，而且是從很小很小的時候就知道了的。小時候，每逢天氣特別晴朗的日子，一群玩伴兒在北寨門的堡樓上嬉戲，大孩子就會向小孩子指點著，說：「看！那就是『羊山』！」小孩子就趕緊打磨著眼睛，順著大孩子的手指頭，向東北方的「天邊兒」上，極目遙望，如果目力夠強，而又看對了方向，會在那最遙遠的天地交會之處，看到一「點」灰灰藍藍、輕輕淡淡的「雲影子」，那就是離郜鼎集八十多里路的「羊山」。看是看見了，心裏卻有些信不過，因為它實在太矮、太小，比遠處村落的屋頂樹梢，只略略的高了那麼半指，而且還若有若無、乍隱乍現的。可是，倘若有那個小孩子膽敢表示懷疑，頭頂上就少不了的要吃幾顆「糖炒栗子」，大孩子一邊敲，一邊罵：「會動的才是雲，不會動的就是山，懂不懂啊？傻瓜！」……李叔叔是走過遠路、見過大山的，更何況，在他的家鄉，還有那座「武松打虎」的「景陽崗」，大概他就不能體會，像劉一民這種在平地上出生成長、而從來不曾進入山區的年輕人，對「天邊兒」上的那點「雲影子」，是多麼的一心嚮往，而對「羊山」和「羊山集」這些地名兒，雖然只是聽說，從來沒有到過，卻在很早以前就留下了極深刻的印象。

劉一民悠然神往的說：

「羊山集？那不是離咱們這裏有七八十里路麼？」

李叔叔望望天色，口氣裏有幾分焦急：

「是呀，部隊明天就要開拔，天亮以前，我還得往回趕……」

劉一民這才提出他最關心的問題：

「我小叔是不是也跟您在一起？他今天怎麼沒有回來呢？」

李叔叔把聲音放得很平穩：

「原先，我們是在一起的——」

這只是一個開場白，下面應該還有一些話要說的，可是，李叔叔只說了這一句，喉嚨裏就好像塞了什麼東西，再也說不下去。

劉一民這才覺察到情形不對，這位李叔叔深更半夜遠道而來，言語艱澀，舉止怪異，必然不只是由於勞累。劉一民覺得有一絲寒意正由腳底升起，升到胸腹部位就變成了恐懼，像一把冰冷的鐵鉗子，把他的心一下子擰得緊緊的。

他怯怯的問道：

「現在呢？現在我小叔在那裏？」

李叔叔幾次抬頭張嘴，卻欲語又止。掙扎了一陣子，李叔叔突然站起身來，向他的那匹馬走過去，一邊在馬鞍袋裏摸索著，一邊直著嗓子說：

「今天來，我是替大德送回幾樣兒東西，現在就拿給你！」

然後他幾大步走回，就有一隻長形的袋子，杵到劉一民手裏。這是什麼東西呢？劉一民接了過來，用一隻手把它牢牢的抓住，另一隻手就輕輕的捏弄著。袋子是用棉布縫成的，首先他摸到一根細細長長的東西，摸著就像是槍管子之類，像量卻很輕，不知道到底是什麼。

心裏有大疑惑，嘴上就嚷了出來：

「這是什麼東西？這是什麼意思？」

李叔叔向他解釋著：

「袋子裏的東西，都是你小叔的。這一根——」

劉一民的手指，一直在袋子上捏弄著。就在這時候，他捏出那根「管子」上面有幾個圓孔，恍然大悟，知道李叔叔交給他的是什麼了。

「笛子！這是我小叔的笛子！」劉一民驚極而呼：「李叔叔，您把我小叔的笛子送回來做什麼？這是他最喜歡的東西，經常不離手的呀！」

一邊呼喊，一邊腦子裏也在急速的打轉，喊出來的話再鑽回耳朵裏，卻又把自己嚇得心驚膽顫，手腳痠軟，捏在他手裏的那隻布袋子，就「撲塌」一聲，掉落到地下去。

他顧不得檢拾，上前一步，扯住李叔叔的衣服：

「我小叔呢？我小叔呢？我小叔呢？」

李叔叔伸出一隻大手掌，很用力的按住他的肩膀，要他在臺階上坐好，又彎下腰去，把那隻布袋拾回，塞進他的懷裏。然後，李叔叔沉著聲音說：

「一民，你聽著！剛才我說你已經長大成人，不是個孩子了，發生了任何事情，你都應該能挺得住！今天，我來到這裏，送回這些遺物，也給家裏報一個信兒，是受你小叔生前所託，更是我作朋友的應盡的義務，可是，一民，你知道李叔叔心裏有多麼難過？還指望你待會兒能夠幫助我，多勸勸大哥、大嫂，如果你這裏先就支持不了，我這個差事不是就更為難了麼？」

這番話，李叔叔是佝僂著身子，俯在他耳邊說的，說話的聲音很低，但也很清晰、很沉實，一個字一個字的敲在他腦子裏。他聽是聽清楚了的，卻不肯接受這些言語所表達的意義，也拒絕相信這個事實，而一再的在心裏駁斥：「這怎麼可能呢？這不是真的！不！不！不！」他以為自己是叫出聲音來的，卻覺得脖子裏的肌肉繃得太緊，不但把聲音卡在喉嚨裏，甚至不能呼吸，他張大了嘴，用盡了氣力，也只逼出來兩眼淚水，沖堤破閘，洶湧不已。

李叔叔往他肩膀上輕輕的拍著：

「好了，一民，不要太難過。我知道，你一向很尊敬你小叔，而你小叔也很牽掛你，叔侄倆感情最好，你就應該瞭解，當初，我和你小叔離開家鄉，跑了幾千里路，到廣州，參加革命軍，本來就立定心志，為救國救民，去拚命效死，誰也不打算活著回來的！現在，你小叔求仁得仁，可謂死得其所！你這作侄子的，聽到這個信息，當然會很難過，也應該更感到驕傲！希望你能自制，從今日起，努力的修養自己，充實自己，繼承你小叔未竟之志，完成你小叔未了之事，你，才算得上是他的一個好侄子！」

劉一民本來只是在不出聲的流淚，被李叔叔這麼一勸一說，他想把眼淚止住，卻不當心的哭出聲來了。

李叔叔急得向他直搖手：

「一民，你不能哭啊！家裏的情況，你比我更清楚，大哥、大嫂的身體都不太好，我今天帶來的這個訊息，對他們來說，必然是一個極沉重的打擊，教他們如何禁受？我又不能久留，還要你善作譬解，多方開導，你要是哭個不了，豈不是更增加大哥、大嫂的感傷麼？所以，你一定要忍住，在這一家人當中，就是你，不能哭！」

這些情況，不必李叔叔細說，劉一民當然也想得到，可是，要他忍住悲慟，收起眼淚，那真是談何容易，他正想不顧一切，縱情放聲，去哭一個痛快呢！

李叔叔在他的身邊坐下來，像講書似的對他說了一篇話：

「一民，你知道麼？要想做一個真正的男子漢，必須接受許多訓練，而第一門課程，就是要學會自制，不能太放縱自己的感情。你小叔從前也有這個毛病，縱情任性，多愁易怒，可是，這幾年來，他把這些毛病完全改掉了。你小叔生前常說：『該忍的時候要忍，該哭的時候不哭，這才是真正的強者。』話說得很好，對不對？希望你能夠記住！如果你小叔還活著，他一定不願意看到你竟然是這樣的軟弱！」

這番話對劉一民很有效，他奮力的掙扎著，就像一個陷身急流、險遭滅頂的人，幾乎要放棄努力，順流而去，終於在最後關頭接受了鼓勵，把自己救出那哀傷的漩渦，漸漸的能控制住情緒，也擦得乾眼睛、睜得開眼睛了。

他可憐巴巴的問著：

「我再問您一句，李叔叔，我小叔是真的死了麼？是真的不能再回來了麼？」

李叔叔浩然長嘆，說：

「人生自古誰無死？只要能死得其所，雖死也可以不朽了！事實上，你小叔是去年八月二日在徐州雲龍山陣亡的，到今天已經有八個多月，可是，在我的心裏，他還活著！」

八個多月，兩百幾十天，是很長的一段時間，小叔墓地上的野草大概長得很高，家裏的人卻還在日思夜夢，盼望著他平安歸來……劉一民心痛如絞，向李叔叔抱怨著：

「而您到現在才來通知我們！就算您本人到不了這裏，也該給我們寫封信！」

李叔叔搖著頭，攤著手：

「早知道，又有什麼好？而且，我和大德曾經有過約定，不論是他先死或者是我先死，那後死者必須親自到對方家裏，去送回遺物，去慰問死者的家屬，去通報一個確實的信息。你小叔陣亡不久，我們的部隊就撤退到江南去，當時是草草埋葬了的，一直到這次攻下徐州，我才有機會替他另立了墓碑……」

劉一民急切的問道：

「我小叔葬在那裏？」

李叔叔說出了地點：

「徐州城，南關外，雲龍山上，放鶴亭畔，有一處國民革命軍陣亡將士的公墓，從前面往後算，第二排，從中間往右數，第七座，那就是你小叔的長眠之處。這布袋裏有一張紙，和你小叔的遺書裝在一起，那上頭，我畫的有那座墓地的路線圖和位置圖。將來你去祭墳掃墓，把那張圖帶在身上，就不難找到了。」

劉一民往那布袋的底部摸了摸，不錯，那裏頭有一個信封之類的東西，大概就是李叔叔所說的「遺書」了。可是，李叔叔明明說他小叔是「陣亡」的，怎麼會有時間寫「遺書」呢？他只是這樣的想了想，並沒有問出口來，李叔叔卻好像能窺知他的心事，恰在此時，對「遺書」的來歷，作了一番解說。

「你小叔的遺書，是在從廣州出發以前就寫好了的，我也同樣的寫了一封。很多同學都這樣做，因為大家都知道，軍閥禍國，已經十幾年了，在各省都是根深柢固，人數比我們多得多，武器也比我們好，要想完成北伐大業，非得有慘重的犧牲不可。我們的校長，也就是國民革命軍的蔣總司令，更是常常的提醒我們，訓勉我們，要我們勇於犧牲，抱定必死的決心，不成功，便成仁。寫好遺書之後，我們互相交換，你小叔的遺書由我保管，我的遺書就放在你小叔的身上。這樣做，的確有其必要，這一路北伐，遭遇的對手很強，也打過幾場硬仗，由『黃埔』師生組成的第一軍，常常被放在最凶險的地方，所以傷亡率也最高，到今日為止，我們同時畢業的四百六十五位同學，已經有半數以上不在人世了！」

李叔叔平平淡淡的說著，就像一個歷盡滄桑、勘破生死的老人，在回憶一些往事，提供一些資料，正因為他經歷的事件太多，所以當他敘述的時候，就能把感情的成分減至最少。劉一民聽了，卻為之屏聲止息，驚心動魄，這種情況，和他所瞭解的太不相似了。他從鄉人們口中聽來的，以及他從報紙上看來的，都把革命軍說得「武藝高強」、「英勇無比」，好像一個個都是「刀槍不入」的樣子，而那些「北洋軍」不過是一些東倒西歪的稻草人，兩軍對陣，強弱立見，勝負即分，怎麼勝利的那一方也會有這樣多的傷亡呢？堂堂仁義之師，為了拯救國家而弔民伐罪，原來也是要付出這樣大的代價的！

在李叔叔的話聲中，劉一民漸漸調勻了呼吸，穩定了情緒，卻覺得心裏空空的，頭腦也空空的，管制了感情也同時管制了思想，把自己變成一個完全喪失了思考力的白癡。

李叔叔問他：

「平靜些了吧？那就替我出個主意，你小叔的死訊，要怎麼樣向大哥、大嫂稟告呢？」

劉一民沒有什麼主意，只傻傻的說：

「總不能瞞著我爹我娘啊？是不是？」

李叔叔很為難的搓著手：

「當然不能！今天我來到這裏，就是要遵守和你小叔生前的約定，把我應該辦的事情辦好。來到這裏以後，我才發覺，這事情比想像中還要困難得多！……我寧願死了的是我！我寧願死了的是我！」

劉一民看到李叔叔雙手抱頭，把那高大的身軀蜷縮著，顯得那麼痛苦無助，才知道，在這整個不幸的事件當中，並非只有他一人承受的打擊最重，負荷的哀慟最多，就說眼前，爹，娘，還有這位李叔叔——是小叔生前唯一的好友，當初同出同遊，而今一生一死，死者長眠永息，活著的還要奔波勞累，做一些惹別人哀傷、使自己難堪的事，這種況味，確實會教人發出「生不如死」的嘆息！易地而處，恐怕他更不知道該如何做！

他試著提出一個建議：

「李叔叔，您軍務在身，不能多耽擱，那就暫時瞞住我爹、我娘好了。慢慢的，我會找機會對他們說。也許就是這樣做才比較好。……您還有什麼要對我說的話嗎，李叔叔？」

李叔叔抬起頭來，看看他，又看看那匹馬；沒有說好，也沒有說不好；仍然低下頭去，僵僵木木的坐在那裏，大概對他的建議並不滿意。事實上，處理這種事情，不可能有什麼十全十美的方式，無論如何做法，總會丟三落四，顧此失彼，事前猶豫，事後追悔。

就在這時候，劉一民忽然聽到屋門那邊有些動靜，大吃了一驚，急忙扭過頭去看，燈影裏果然有個人影，正是他爹「劉先生」。

「劉先生」扶著門板說：

「一民，你請你李叔叔進來吧，有些話，我還得問問他。」

聽爹的口氣，是已經在那屋門後頭站了一陣子的，不但知道了來者是誰，也必然聽清了所為何事。大概爹是看到前頭的燈還亮著，要來催他早睡，就剛好把他和李叔叔的一些對話給聽了去。

不等他招呼，李叔叔站起身來，走在他前頭。到了爹的跟前，叫了一聲「大哥」，就被爹拉起手來，領到屋裏去了。劉一民雙手捧著那隻布袋，默默的在後面跟隨著。

走到屋裏，「劉先生」先請那位李老弟就座，又對小兒子說：

「把你小叔的東西放在桌子上，你去後院裏守著，要是你娘醒了，問起我，你就說前頭有病人求醫，沒有別的事，要她安心的睡，我一會兒就進去。」

劉一民知道爹和李叔叔有話要說，也領會到爹的意思是要先把娘瞞著，應了一聲，就到後院裏去擔任「守望」的工作。

他很累，但由於內心紛亂，身子也就靜不下來，在院子裏踱步轉圈子，繞著那棵大棗樹。三月初的天氣，棗樹已經抽出大量的新葉，星光下看不到顏色，卻聞得到氣味，青青澀澀，而又帶著一絲絲甜意，這種氣味是春天特有的，和劉一民這時的心境大不相似。

院子裏到處浮動著他小叔的影子，作著各種的姿勢，說著各種的言語，飄飄忽忽，即即離離。他知道那只是他的一種幻覺而已，卻很希望鬼魂之說是真有其事。要他接受「小叔已死」這一項極殘酷的事實，已經是非常的不容易；而要他相信小叔一死就形銷骨毀，魂散魄飛，從此在世間完全消失，那更是比任何「迷信」都來得荒謬而不合情理，是絕對不能教人信服的！……

劉一民繞著那棵大棗樹轉圈子，那棵大棗樹上繫著不少的記憶，都是和他小叔有關的，如今樹還健壯，葉正稠密，人卻一去不回，長眠在他鄉異地……圈子越繞越大，步伐也越走越急，一個不留意，就一腳踹到堂屋前廈臺階的角稜上去，腳底下穿的一雙「兩道眉」，雖然縫得很結實，到底是布做的，禁不住這樣的猛踹狠踢，疼得他踉蹌後退，嘴裏也霍霍的直出氣。

不知道娘是剛好睡醒了一覺呢，還是被他吵醒了的，他正脫下鞋來檢查受傷了的腳趾頭，就聽到娘在屋裏驚怪的問著：

「外頭是誰？」

他趕忙的答應：

「娘，是我。」

聽清他的聲音，娘也就放了心，只隔著窗戶罵了他幾句：

「這孩子，深更半夜裏，你在院子裏『跳』什麼？怎麼還不去睡？——你爹呢？」

劉一民就說出事先準備好的一套言語：

「爹在前頭給人看病哪。剛才，有人上門求醫，爹也剛好到前頭去，所以才沒有驚動您。」

這類「病急投醫」的事件，在醫生家中，是尋常慣見的，一家人都有很豐富的經驗，娘的下一句話會說什麼，劉一民心裏也早有了個譜兒，果然全如所料，娘很關心的說：

「你到前頭去問問，要不要燒水熬藥什麼的？我起來跟他張羅去！」

劉一民嗝兒也不打一個，立即就對答如流：

「是一個莊稼漢子，騎牲口摔了胳臂，已經請『紅槍會』的『大師兄』給他接好，到這裏來是討點兒內服外敷的藥，爹正在準備著，一會兒就進來了。娘，沒您的事兒，您安心的睡吧！」

娘睡意濃重的應了一聲，屋裏就不再有動靜，大概是翻個身又睡著了。

劉一民定了定神，覺得自己好愚蠢，好無用。爹派他到後院子裏，是要他來做什麼呢？他卻只顧得發洩自己的感情，咭哩骨碌的，弄出許多響聲，反倒把熟睡中的娘給驚醒，還幸虧應對得宜，才遮蓋了過去，不然的話，爹的一片苦心，豈不就落入了空地？娘的身子很弱，吃苦受累倒是不怕的，只是承受不住這一類的打擊，如果讓她倉卒之間得知「小叔已死」的消息，那就很難預料將會發生什麼事，……而不論情況輕重，都是他一手造成！想到這裏，他才體會出李叔叔所說的那番道理：一個大男人，在任何情況之下，都要堅忍，都要克制，倘若遭受不幸，就只曉得放縱感情，任性而行，那豈不是成事不足、敗事有餘？只能證明自己的幼稚，還是一個欠缺修養、全無理智的孩子，由於哀傷過度，而致驚慌失據，不但使自己沉溺昏迷，自暴自棄，更徒然的把不幸擴大，把傷痕加深，使身邊的親人受到連累，於事又有何補益？還是李叔叔說得對，要鎮定下來，把哀傷收起，努力使自己成為一個真正的強者，「繼承小叔未竟之志，完成小叔未了之事」，才算得上是小叔的一個好侄子！

剛才和娘說話的時候，劉一民原是坐在地下的，後來就索性伸直四肢，在那冰涼冰涼的磚地上，平平的躺下去，透過那棵大棗樹的枝葉，望著星光閃爍的天宇，想起了很多事，也想通了一些道理。

前頭傳過來爹的一聲咳嗽，劉一民意會到那大概是個信號，就從地下爬起來，走到前頭舖子裏去。

爹和李叔叔已經說完了話，都顯得很平靜的樣子。兩個人的眼睛都水水的，眼皮也有些浮腫，一看就知道他們剛剛哭過，現在已經止住了。

看到劉一民走過去，「劉先生」吩咐著：

「你李叔叔要走，過來磕個頭，謝謝你李叔叔。」

劉一民也不懂得磕頭的緣故，既然爹這麼吩咐，他就照做，被李叔叔一把擄住，向「劉先生」懇求說：

「大哥，我和大德也像親兄弟一樣的，不要把我看做外人，好不好？」

「劉先生」拱手作揖：

「好吧，李兄弟，那就希望你往後常來常往，咱們後會有期。今天實在慢待了你，還有你騎來的馬也忘了餵，真的沒關係？」

李叔叔把他拿在手裏的軍帽戴好，說：

「不要緊的。馬進了軍隊，也就像人當了兵似的，都練出來一個橡皮肚子，餓也能餓，吃也能吃。您進去吧，大哥，時間久了，也許大嫂會起疑。」

「劉先生」又拱拱手：

「好，那我就不送了。」

劉一民跟著李叔叔往外走，趁著李叔叔拉緊馬肚帶的時候，劉一民提出了請求：

「李叔叔，您給我留個地址，我要去找您。」

李叔叔愕然的問道：

「找我？你是說——幾時？」

劉一民把聲音壓得低低的：

「就是明天，好不好？我已經夠高夠大了，也能吃苦，也能挨餓，只要您肯收留我——」

李叔叔聽出了他的意思，伸出一隻大手掌，在他鼻子尖兒上直搖晃：

「萬萬不可！萬萬不可！剛才我聽大哥說，你從小學畢業以後，就沒有再繼續升學，這已經不合你小叔的心意了！你小叔對你的希望很高，他在遺書裏說的很清楚，你看過就知道了。再說，我剛剛送來這個不幸的訊息，如果你也學你小叔的樣子，來一個離家出走，一去不回，你教大哥、大嫂怎麼受得了呢？一民，聽我的勸告，報國的路不止一條，要盡忠，先盡孝！」

說到這裏，李叔叔已經解開馬繮，跳上了馬背。

劉一民情急的叫著：

「李叔叔！您——」

李叔叔在馬背上揚聲答話：

「一民賢侄，我還會看到你！……郜鼎集，我會再來的！……」

人和馬都是灰色的，數十步之外，就在夜幕中隱失，只聽到蹄聲得得，越行越急，出郜鼎集北寨門而去。

劉一民很失意的回到屋裏，卻發現他爹「劉先生」還沒有去睡，兩隻手抖抖索索的，捧著一張十行紙。那大概就是小叔的遺書，爹不知道已經讀過幾遍了的，又在埋頭「研究」，一字一句，看得很專心，很仔細。

在爹的身邊站了好大一會兒，爹才注意到他已經回到屋子裏，一邊摺疊著那張紙，一邊輕聲的說：

「我到後院裏去過，你娘似乎睡得還好。剛才呢？她有沒有醒來問過你什麼？」

劉一民懂得爹的意思，是怕父子倆的「謊話」各說各的，接不到一塊兒去，於是就把剛才和娘的一番對答，向爹細說了一遍。

「劉先生」把那張紙摺好，很慎重的裝入封套，叮囑著小兒子說：

「你小叔的這封『信』，還有袋子裏的那些東西，都拿到你屋子裏去，收好，不要讓別人看到。尤其是那根笛子，你娘一見就認識，千萬不要落在她的眼裏！」

劉一民應諾著，把那封「信」接在手裏。他注意到爹說話的時候，是把小叔寫的那張紙稱之為「信」，而不是像李叔叔那樣說成「遺書」，不知道爹是有意避免，還是由於說起來不習慣？這一點，劉一民也深有同感。人離開世間，凡是和他有關的，都加上一個「遺」字，如「遺囑」、「遺書」、「遺著」、「遺墨」……等等，在書中經常的會讀到，當時讀著也並沒有覺得有什麼不妥，可是，一旦這死者是自己的親族，而且才逝世不久，這個「遺」字就看上去很觸目，聽起來很刺耳，好像一下子把活人和死人分得清清楚楚的，陰陽睽違，人天永隔。

「劉先生」又嘆著氣說：

「瞞著你娘，也不可能瞞她多久，我會慢慢的找機會對她去說，難過是免不了，但願她能挺得住。等你娘知道了這件事以後，我想帶著你去一趟徐州，把你小叔的靈柩，運回來在祖墳上安葬。這是咱們中國人的老規矩，永遠也改不了的，人死在遠方異地，除非是不得已，總要把靈柩運回，葬在故鄉本土。古人常有萬里尋親、負骨歸葬的故事，你在書本裏，可曾讀到過？做起來是不容易，事情卻應該這樣做。」

劉一民很用力的點著頭，表示他讀過這類故事，也懂得這個道理，更願意不辭艱辛的，把小叔的靈柩，從兩百里路以外的徐州府，運回郜鼎集。

端著那盞油燈，回到自己屋裏，原想遵照爹的吩咐，趕快上床去睡，可是，當他把那隻布袋藏好，再把油燈吹熄，卻發現那朝東的窗紙上，有了濛濛亮的曙色，漫漫長夜就這樣熬了過去，天是已經亮了的。

爹教他快些睡，原是做給娘看的，要是娘看到他無緣無故的熬了一通宵，不曉得要嘮叨多少遍呢，現在天既然亮了，睡不睡的也就沒有什麼關係。事實上，劉一民也根本毫無睡意。人在亂世，很多正務都做不得，整天的就是胡吃悶睡，尤其是他在不久之前，剛過完夾壁牆內那一段昏天黑地的日子，更是睡怕了的。對他來說，睡覺早就成了一件不得不做的例行公事，每天晚間都是能拖就拖，拖到不得已的時候再去做，實在膩味透了。

現在既然已經拖過了睡眠的時刻，他決定索性就不睡了。反正是油燈已熄，門窗緊閉，只要他靜悄悄的不弄出什麼聲響，娘再也不會想到他還清醒的坐在這裏，只當他正睡得熟呢。

就利用這段時間，劉一民從床頂上取下那隻布袋，拿出他小叔的「信」來，端坐窗前，迎著從窗紙上透過來的曙光，默默的讀了一遍。

從這第一遍開始，其後一連多日，他幾乎每天就寢前或起床後，總會把這封「信」取出，默默的讀著，一直讀到像從前讀過的許多篇詩文名作，那樣的背誦如流，他仍然不懈怠這每日必修的「功課」。

小叔的這封「信」，給他的啟發最多。稱之為一封「信」是完全正確的，不但通篇首尾依照著「信」的格式，就連「信」中的文句，也寫得平平靜靜，樸樸實實，和一般家書無異。可是，當劉一民展卷案置，一遍又一遍的讀著，不僅是由此更認識了自己的小叔，也使得許多位過去就受他敬仰的歷史人物——那些慷慨成仁的忠臣，那些從容就義的烈士，由於小叔的緣故，在他心靈的神龕中，都出現了新的姿態，新的風貌，不再是崇高得虛無縹緲，神聖得近乎不真實了。以小叔為例，可以證明那些歷史人物確實是有過的，他們像小叔一樣，曾經在這個世間生存過；小叔也將像他們一樣，以一次壯烈的死亡，提升了人的地位，肯定了生命的價值。

「信」是這樣寫的：

此信如入兄目，則弟已不在人世矣。為救國救民而浩然捐軀，乃弟之素志，今所求得遂，當含笑而逝，願兄勿悲。

所不能全無憾恨者：弟生辰不偶，出世未久即妨父剋母，賴兄嫂提攜乳抱，始得存活，此恩此德，原非一般兄弟可比。而弟離家前夕，竟誑言相欺，當時自以為得計，事後乃愧悔莫及。恨未能忍死須臾，凱旋故里，向兄嫂細說原委，叩首請罪。

我中華姬漢舊邦，文明昌盛，歷史悠久，一千一百餘萬方公里之錦繡山河，四萬萬五千萬之善良同胞，立國之基，極為富厚，原應為世界上之頭等強國。而民國肇建之初，政權即淪入老官僚之手，國事蜩螗，民生凋敝，內則軍閥割據，外則列強環伺，此禍不除，國亡無日。血性青年，孰能坐視？

弟此次離鄉遠遊，早已堅定心志。抵上海之後，未作久留，即南下廣州，棄文就武，考入黃埔軍校。本校乃秉承　孫中山先生之命而創設者，以訓練黨軍幹部，完成北伐大業，故操課之要求特別嚴格。經此一番陶鑄，弟已脫胎換骨，往昔之書生積習，皆一掃而去；赳赳武夫，願為國干城，為民前鋒，死而後已。

現動員令下，出征在即，特預撰遺書，託付至友，倘弟沙場醉臥，不得生歸，此信即由彼轉致。兄嫂之大恩大德，今生已無以為報，而心魂相守，靈性不滅，自可關山飛渡，常在左右也。

正文之外，還有幾行「寄語」，是他小叔劉大德特意寫給「民侄」的：

寄語民侄：小叔雖死，而國家清平有日，今後須努力讀書，不可稍有怠忽，俟學業成就，當繼吾志事，獻身教育，以喚醒國魂、宣揚國威，化除民愚、啟迪民智，上繼吾祖先數千年不朽之偉業，下立我國家億萬世永固之丕基。殷殷相囑，民侄其勉之！

那天黎明時分，當劉一民首次讀著他小叔的這封「信」，他原以為自己的情緒已經相當平穩，應該可以控制得住，而不至於淚落涕零；可是，只讀了開頭的幾行，就感覺到眼眶發熱，視線模糊。再繼續往下讀，淚水滿溢而流，他急忙用手背擦拭，卻來不及阻止，仍然有幾顆大的淚珠滴了下去，只是那麼三五滴，就已經把一張十行紙弄得濕漉漉的。

他明白，他的眼淚不完全是由於悼亡惜逝，而是出於一種欽佩和感激的心理，就算這封「信」的作者不是他小叔，而是一位「不知何許人也」的「無名氏」，這種欽佩和感激也一樣的會有，眼淚也一樣的會流。所不同的是，就因為是他小叔，他對作者有著更充分的瞭解，而在他讀著這封「信」的時候，能夠從文字之外，作更寬廣的搜求，更深入的接觸，這種感受，極鮮活也極強烈，最平實也最真切，使他有著一種被包圍、被浸泡的感覺，想躲都躲不掉，想避都避不開……

不知道讀到第幾遍，忽然，有一隻大手在窗櫺上輕輕的敲，有一個童稚的聲音在窗外脆脆的呼喚著：

「小叔！小叔！」

他猛然一驚，來不及從自己編織的網裏振翅飛出，一時心神恍惚，時間擾亂了次序，空間也顛倒了位置，好像那在窗外呼喚的，就是十多年前的他自己，那麼，在這斗室之內端然危坐的又是誰呢？

這間屋子，原是屬於他小叔劉大德的。太小的時候沒有記憶，而自從他有了記憶之後，他娘就把這間屋子畫為「禁地」，就是他小叔不在家裏，也不准他隨意進入，說是怕他弄壞了小叔的東西。愈是如此，他對這間屋子愈是感到好奇，只要一有機會，就躲過娘的眼皮子，偷偷的溜進去，為此而挨罵受責，也是那幾年間常有的事。後來，小叔離家出走，他曾經送出去一段路，臨別之際，小叔很大方的說：「一民，叔屋子裏的東西，往後都是你的了！」當時，他還說了一句最不該說的話：「叔，您這一去，就再也不回來了麼？」小叔回答的話更犯忌諱：「只要人不死，總會回來的！」

難道這就是古人所謂的「一語成讖」麼？而小叔走後，久久不歸，劉一民雖然獲得小叔的授權，卻不能得到娘的准許，過了好些時日，他才終於搬進這間屋子裏，還屬於「借用」性質，後來是由於他大哥劉一卿成婚，為了騰出洞房，把他的「家當」，都扔進這間屋子裏來，和小叔的東西混在一起，他娘也就漸漸的習慣了這件事，不再把它說成「你小叔的屋子」。然而，到今天為止，劉一民並不真的認為這間屋子已經屬於自己。屋子裏的布置和擺設，都還保持著它原先的樣式，很多東西上面都沾有小叔的手澤，例如架子上那幾百本洋裝、線裝的書；很多東西上面都留著小叔的氣味，例如這張大木床和這套桌椅。果真小叔死而有知，魂兮歸來，不正應該「附」在他生前使用過的「物品」上？不正應該「住」在他生前住過的屋子裏？

第十一章

等了一陣，不見回應，窗櫺上又響起「鼕鼕鼕」之聲。窗外，一個小男孩兒被教導著，用尖尖細細的童音，唱出一首臨時編成的童謠：

「小叔——小叔——懶惰蟲，日頭——曬得——屁股紅！羞不羞？羞！羞！羞！」

劉一民收斂心神，他才能聽得清楚，這是他的大哥劉一卿，抱著他的侄子「小泥鰍兒」，到他的窗子外頭獻寶來了。比起上一代的「小叔」，他這作小叔的威風可差得多了。說起來也是「小泥鰍兒」這孩子的命好，上頭有爺爺、奶奶寵著、護著，中間有一個老實頭兒的爹整天捧著、抱著，都把這個小傢伙看成一隻鳳凰蛋，慣得他又刁又蠻，心眼兒比他那二十幾歲的爹還多，對劉一民這個作小叔的，也不是全無怕懼，卻不像劉一民自己小時候那樣倒楣，這邊剛挨了一捶，那邊又賞給一耳刮子，整天就是這麼敲敲打打的。好容易才熬到「升級」，卻很少有機會對著這個小侄子聳毛發威，倒很有幾回被這小傢伙「哀哀上告」，在爺爺、奶奶面前誇大其詞，害得他這作小叔的落下不是。想著這些，劉一民就覺得很洩氣，同樣的是「小叔」，為什麼上下兩代的地位，就差得這樣多呢？前一陣子，他心裏還存著一個很幼稚的想法，等他小叔劉大德回家，他就要提出這個問題，看他小叔如何解答？這麼大啦，說錯了話，總不能還兜頭給他一個大耳刮子吧？……而現在，他小叔是再也不能回來了！就是他真心誠意的想挨打，今生今世也是不可能的了！……

窗外的父子倆，又敲又唱的鬧了一陣，屋裏還是毫無動靜，那個作爹的就出了一個餿主意：

「你小叔好壞，這麼晚了還不起來，咱們『告』爺爺、『告』奶奶去！」

「小泥鰍兒」也跟著學舌：

「小叔壞，不起來，『告』爺爺，『告』奶奶！」

咳，真是個「教子有方」的好大哥，兒子還這麼小，就教給他「打報告」，將來他還會服小叔的管教麼？他這個小叔可真是作得越來越沒有意思了。

劉一民站起身子，把該收的收妥，該藏的藏好，然後才揉著眼睛，走到外間去，打開了屋門。

吃早飯的時候，劉一民他娘注意到飯桌上有兩對眼睛又紅又腫，就指指點點的說：

「這是怎麼啦，你們爺兒倆？昨兒夜裏，到底是什麼事情？教外人看著，還只當你們是哭的哪！」

「劉先生」使了個眼色，教小兒子不要亂說話，劉一民就低著頭，自管喝他的「糊塗粥」。只聽到爹在簡單明瞭的解釋著：

「熬夜嘛。上半夜給人看病，下半夜才剛剛閉上眼睛，就被你吵醒，眼睛那能不紅？」

娘受到抱怨，就失去主動，還得轉過臉來向爹賠不是：

「我是看你在床上翻來覆去，唉聲嘆氣，以為你是已經醒了的，怕你又熬夜、又餓著肚子，弄壞了身體，才喊你起來吃東西，怎麼倒吵了你呢？」

劉一民捧著那碗「糊塗粥」，碗大，盛得又滿，他一口一口的，喝得好艱難。在北方農村裏，一日三餐是這樣分配的：早、午兩頓是主餐，要吃些禁咬耐餓的東西，幹起活兒來才有力氣；晚間那一餐叫作「喝湯」，倒真是名符其實，稀湯寡水的墊墊肚子，就上床睡覺去。這樣吃法還有個名堂，兩句俗話說得好：「飽幹活兒，餓睡覺。」據說對身體是有好處的。最大的好處大概就是儉省，而真正的原因還是由於貧窮。遇到年景兒太壞，還可以再儉省些，早餐往後挪，「喝湯」往前趕，中午那一頓就可以減免，三餐變成了兩餐。不過，三餐也罷，兩餐也好，每天的第一頓飯總是最要緊的，長夜漫漫，已經騰空了肚皮，而吃完飯以後，「農村無閒人」，該幹什麼就得幹什麼去，負重受累都沒有關係，只是不能讓肚子太吃虧。劉家不是種田的，飲食起居卻遵守著種田人家的慣例，一日三餐，也是這樣安排的。以劉一民眼前這種「只長個子不長膘」的年紀，正該是能睡又能吃，在尋常的日子裏，這一大碗「糊塗粥」，只是用來灌漿填縫兒的，主要的是靠三四個高粱麵兒「窩窩頭」，或者是幾大塊玉米麵兒餅子，這一類的食物都是又韌又硬，咬在嘴裏，香甜無比，最合年輕人的腸胃。今天的情況不對，他覺得嘴裏很苦，舌頭也發澀，吃什麼東西都沒有滋味。一碗熱熱滑滑的「糊塗粥」，是像吃藥一樣灌到肚裏去的。娘新做的一大筐玉米麵兒餅子，擺在飯桌的一隅，伸手可及，閃射著很悅目的金黃色，熱騰騰的直冒香氣，卻也引不起他的食慾，他知道，這不完全是由於沒有睡覺的關係。

這種反常的情況，落在娘的眼裏，少不了又給他招來一頓訓斥：

「你這孩子是怎麼的？該睡的時候你不睡，該吃的時候你不吃，你想修仙學道，是不是？」

爹又把責任全盤攬了過去：

「熬夜嘛。一個人睡不好，那能吃得下東西？昨兒夜裏有事，怕驚動了你，是我不許一民去睡的！」

娘還待說什麼，卻被「小泥鰍兒」給打斷了。那小傢伙恃寵撒嬌，嫌玉米麵兒餅子不好吃，撲在奶奶懷裏，說他要吃「餃餃」，還要吃有「肉肉」的。寶貝孫子出了題目，不管作奶奶的能不能辦得到，總得先應著、哄著，也就顧不得罵兒子了。

以後一連多日，劉一民天天都揣著滿腹心事，窺望著娘的臉色。

從娘的臉色上，他看得出來，關於「小叔已死」這個壞消息，娘還是一無所知，甚至於也沒有半絲半毫這一方面的猜疑，她所擔心的是：「該回來了呀，你小叔怎麼還不回來呢？真個是玩野了性子，不要這個家了啊！」口氣中只是焦急，並無憂懼。

劉一民也巴不得永遠永遠把娘給蒙在鼓裏，讓她老人家糊里糊塗的過太平日子，沒有能力把漫天的風雨止息，就縮在自家的小屋子裏，不吹風，不淋雨，一身保持著乾乾爽爽的，應該也算是一種福氣；然而，當自己家裏有一個人在風雨裏被吹走、被流失，一座能擋風、能蔽雨的小屋子還有什麼意義？紙是包不住火、也防不了水的，瞞，又能瞞得到幾時？……

一天深夜，劉一民從惡夢中驚醒，就聽到爹娘住的堂屋裏，傳出來一陣陣哭聲，越哭越慟。他知道爹終於把該說的話對娘說了，卻不知道在說了之後，會有一個怎樣的後果。

他披衣而起，推開屋門，悄悄的走到院子裏，發現大哥和大嫂也受到驚擾，正在他們自家的屋門口站著，交頭接耳，不知道在議論些什麼。

看到他也起來了，兩口子就向他靠近，他大哥劉一卿很誇張的報導著這件大新聞：

「二弟，不得了哩，爹跟娘在吵架呢！我長到這麼大，這種事兒還是頭一回！」

劉一民想向他們解釋：

「這不是吵架——」

只說了一句，就被他大哥截過去：

「怎麼不是？你聽，娘都氣哭了的！」

他大嫂小小身軀，兩手捧著個大肚皮，好像一鬆手就會掉下去似的，也擠在他們兄弟倆中間，說話的口氣，倒真像一位通達世故的老嫂子：

「公公和婆婆吵架，咱們這些作小輩的，不能不上前去勸勸呀！可是，深更半夜，又關門閉戶的，這可怎麼個勸法？真教人作難哪！」

劉一民向他們搖搖頭：

「不必勸，也不是一勸就能勸得好的——」

他大嫂比較伶俐，從話裏聽出些消息：

「二弟，莫非你知道是為著什麼事？」

劉一民想想，既然爹已經告訴了娘，自然也就不必瞞著大哥和大嫂了，眼前正是說明這件事情的時刻。看大嫂站得那麼吃力，他就轉身從屋裏扯過一張椅子，要大哥扶著大嫂坐好。然後，他宣布說：

「小叔死了。是八九個月以前就死了的，前幾天才有人來通知。大哥，你還記得小叔的好朋友李叔叔麼？就是李叔叔來通知我們的，消息絕對正確，咱們的小叔再也回不來了！」

這個宣告，太出乎大哥和大嫂的意料，兩個人都嚇得呆若木雞，不言不語。

過了一陣子，他大哥才長長吐出了一口氣，怔怔的說：

「是真的？怎麼會呢？咱小叔不是正一程一程的往家鄉走麼？怎麼會——忽然的——就死了呢？咱小叔害的是什麼病？那李叔叔有沒有說清楚？」

大哥真不愧是醫生的兒子，一說到「死」，就想到「病」，他就不知道除了害病之外，人還有其他的死因！……劉一民往肚裏吞了一口氣，澀澀的說：

「小叔不是病死的。他和李叔叔都參加了國民革命軍。小叔是在戰場上陣亡的！」

劉一卿幾乎要失聲驚叫，是他自己急忙用兩隻手在嘴巴上加了封條，才把那即將衝口而出的叫聲給堵回去了。過了片刻，他把悶在喉嚨裏的那口氣徐徐吐出，這才撫著胸口，驚魂初定的說：

「怎麼？小叔終竟還是當了兵啦？這真是聰明一世，懵懂一時啊！俗話說得好，『好人不當兵，當兵沒好人』，小叔也真是的，放著好日子不過，他幹嘛要去當兵呢？」

劉一民忍不住要和他大哥頂嘴：

「大哥是說，咱小叔也不是好人囉？」

劉一卿聳著肩膀：

「咱小叔當然是好人啦，所以才替他可惜呀！你想想看吧，要是他不去當兵的話，留在家鄉的學堂裏當老師，安分守己的，按月領薪水，現在不是還好好的活著嗎？」

劉一民氣得把牙齒咬緊，從牙縫裏噴出聲音：

「你到底聽清楚了沒有？咱小叔不是去當兵，是去參加了國民革命軍！」

劉一卿攤開雙手：

「一樣的嘛，不都是要開火兒打仗嗎？那些老兵油子常說的一句話，『槍子兒是不長眼睛的』，那能分得清好人、壞人？……」

生平第一次，劉一民發現他和他大哥這一母同胞的親兄弟，說話竟然說不到一塊兒去！在親戚鄰里中間，他大哥劉一卿是出了名兒的「老實頭子」，很能贏得一些長輩們的賞識，「修業」或許限於資質，「進德」卻是一等一的，孝悌忠信，禮義廉恥，每一項德目，都能拿到相當高的分數。這一點，作弟弟的自愧不如，也承認一個人生在亂世，為了自保，還是老實點兒才好，雖然表面上看來不免會吃虧受氣，骨子裏卻省了許多是非，也少了許多煩惱。可是，今天他也是第一次發覺，一個人要是老實得太過火兒，近乎愚昧，近乎懦弱，可也就算不得什麼長處了。

話不投機半句多，而眼前也不是長篇大套、談經論道的時刻，劉一民咬緊牙根，闔攏嘴唇，決心不和大哥爭論。可是，他的內心卻極不平靜，有許多言語在那裏奔騰翻滾，只要他的牙關稍稍放鬆，那些深埋心底的秘密話兒將會脫口而出，變成了聲音，那就傷害了手足之情。

最使他感到困惑的：小叔和大哥都是他至親的人，論輩分，小叔長著一輩；論年紀，大哥倒比小叔大了半歲；都是在同一個時代出生、同一個家庭成長的，而兩個人的思想，為什麼會如此的不同呢？如果說這是由於先天的秉賦有別，也不應該會有著這麼大的差異，那就是後天際遇所造成的了？小叔多讀了幾年書，多走了一些路，多結交了幾位好師友，多接觸了一些新事物……有了這些憑藉，就會使他比一般人想得多一些，也比一般人看得遠一些。而大哥呢，從出生到現在，一直留在部鼎集，連縣城裏都很少去，守著這家中藥舖，娶妻生子，支撐門戶，過的是爹娘替他安排好的生活，他本人也對這種生活心滿意足，並不覺得自己的天地多麼窄小，甚至連一點點分外的妄想、奢求都沒有。小叔和大哥這兩個人的思想如此不同，究竟誰對誰錯呢？

老實說，在今天以前，劉一民並沒有覺得他大哥的生活態度有什麼不好，而且，自從小叔離家，他輟學，爹替他安排的，不也是這樣的一條路麼？事實上，在他的家鄉，多少世代以來，大多數——絕大多數——也許，幾幾乎就是全部的鄉親戚友們，都是這樣的生活著，也這樣的教育著兒孫，他耳濡目染，早就聽多看慣，視為當然了。倒是像他小叔那種愛管「閒事」、愛操「閒心」，被認為「不安分」、「不守己」的人，在部鼎集一帶是看不到的；再放大範圍來說，在城武縣幾十萬人口當中，縱然不能說只有他小叔一個，總也如鳳毛麟角，少而又少。因為太少，有人就把他小叔看得很「主貴」，像縣城裏的包老師。可是，像包老師那樣能識貨的人，畢竟是極少的，在一般人的眼睛裏，就不見得也是這種看法了。不說別個，就連劉一民本人，在過去，他對他小叔的所作所為，又何嘗毫無微辭的皆以為是呢？單說他小叔在數年前所表演的「逃家」和「退婚」那兩個怪招，直弄得全家憂心如焚，親戚反目成仇，就很難得到小侄子的支持，那時，劉一民也是站在多數人那一邊的。在戚友鄰里中間，小叔的作為，當然會遭致不少物議，雖然劉一民並沒有直接聽到那些冷言冷語，不過，這也在情理之內，是可以推想而知的。

現在，小叔已死，這個家庭以外的其他人等，對這件事將會怎樣議論，是尊崇？是憐惜？還是認為自作自受，死得不值？都是可以不理會、不計較的，而在這個家庭之內，各人的感受和反應也是這樣的不一致，就教劉一民心裏覺得苦苦澀澀的不是滋味了。像他大哥劉一卿所說的那番話，雖然話裏頭也有悼念和惋惜的意思，但也微微的含著抱怨和責備，似乎是說小叔本來是可以不死的，可以不死而硬要去死，在劉一卿看來，這是不智之舉，所以說他小叔是「聰明一世，懵懂一時」！……

劉一民記得，不知道是從什麼書上看來的，有人把社會眾生分成三個等級，第一等是「先知先覺」，第二等是「後知後覺」，第三等是「不知不覺」。還用偏鋒的筆法作著結論說：第一等人最崇高也最孤獨，第三等人最低下也最有福。看上去，不必大到整個社會，小而至於一個家庭之內，情形也恰是如此！……

那天夜裏，娘的哭聲一直斷斷續續，時而高，時而低。而到天亮以後，娘的身體支持不住，不能像平日一樣起床做事，只把兩個兒子、一個媳婦都叫到床前頭，吩咐他們替小叔穿著孝服，就連「小泥鰍兒」也不例外，被勒逼著把正穿在身上的那套紅襖、綠褲、老虎帽都統統換掉，由他娘臨時趕工，粗針大麻線的，替他縫了一件小小的孝袍。小傢伙嫌他的「新衣服」不「漂漂」，纏住奶奶，又哭又鬧，這一回可也不管用了。

消息傳出，免不了的要有一陣子忙亂。弔唁慰問的鄰里親友，盈門塞途，來了很多。年長輩尊的，由「劉先生」親自接待；不必講求禮數的，就交給劉一卿、劉一民兩兄弟分勞，而這一類的客人數目不少，一撥剛走，一撥又到，而每一撥客人來了，都得把小叔離家、從戎……一直到壯烈成仁的經過，從頭細說，真是說得唇乾舌焦，客人們還在追根究底的問個不了。擔任這份接待的工作，照說應該是哥哥領頭，弟弟充當助手，但由於作哥哥的劉一卿，一向是口拙話少，而且對他小叔的事情也不甚了了，於是作弟弟的劉一民就成了主角。在那幾天裏面，劉一民也記不清他把同樣的話說了多少遍，只曉得每講過一遍之後，且不論別人的反應如何，他自己內心裏就更增添了一份驕傲，而原先被哀傷壓倒、幾乎不能支持的那種軟弱，也就相對的減輕了。

最難接待的貴客，就是小叔的準岳丈「陳爺爺」。近幾年不常見面兒，這位老人家大概是日子難過，心情惡劣，人就加快的衰老下來，脾氣卻變得更壞，也更古怪。「劉先生」在這位貴客的面前，真是兢兢業業，小心巴結，卻仍然要看他的臉色，受他的氣，似乎他本意就不是弔唁慰問，而是存心上門找碴兒來的。

首先，對「小叔已死」這件事實，「陳爺爺」根本就表示懷疑，他很不講理的說：

「不用耍這套把戲，我知道這不是真的！為了想賴婚，就使出這套障眼法兒，那也得我肯信才行！」

「劉先生」低聲下氣：

「陳大叔，我怎麼會騙您呢？咱爺兒們交往了大半世，您見我騙過誰？對您，我可說過一句謊話沒有？」

對「劉先生」的誠實不欺，那「陳爺爺」大概找不出什麼反駁的事例，卻仍然咄咄逼人：

「你不騙我，又怎麼知道別人就不會騙你？你那個弟弟花樣兒最多，不用我說，你也知道，我可不像你那樣容易瞞哄！你教他少來這一套！」

這意思是把過錯都推到死者身上去了。

「劉先生」平心靜氣的解釋著：

「陳大叔，您多心了。我這個弟弟也許不太穩重，人卻是真情至性，那些使詐哄人的壞事情，我保證，他是絕對不會做的。三年前，他寫回那封要求退婚的信，在當時，不要說陳大叔您看了生氣，就是我這作哥哥的，也認為他做事魯莽，人品有虧。可是，現在仔細想想，他寫那封信也是出於不得已，當時他從軍入營，身在險地，大概他就是擔心會發生今天這種事，才不得不那樣做的。能不能原諒他的用心，這在乎咱們；可不能因此就錯估了他的為人，那就教他死不瞑目的！」

說著，黯然落淚。而「陳爺爺」卻像被迷住心竅似的，把孟老夫子教導他的那種「惻隱之心」和「是非之心」都一概收起，說話的口氣像法官一樣嚴厲：

「你是他親哥哥，當然會替他迴護，可是，你這些話都不能作數！而且，不論善惡，萬事都有個起因，像你小弟，他自幼無父無母，是由你一手調教長大的，剛剛成立，就做出這種滅絕人倫、罔顧信義的事！追根究底，這何嘗不是由於你平時對他的姑息？正所謂『愛之適足以害之』！所以，這件事就算你不知情，你身為長兄，對幼弟養而不教，也有卸不掉的責任！」

「劉先生」俯首認罪：

「是，陳大叔對我個人的責備，我完全領受；至於我小弟，如今他已經不在人世，生前的恩怨是非，都請陳大叔您包容原諒了吧！」

那「陳爺爺」卻認定了他的死理，著著進逼，不給人留一點點迴旋遮護的餘地：

「人有長幼尊卑，事有大小輕重，並不是人人可原諒，事事能包容，你懂不懂？更有一些關係著天理人倫的大事，不是一個死字就能了結的！否則，行有不通，就一死了之，世間事還有什麼難為？再說，你口口聲聲，說你小弟已經不在人世，這都是你的片面之詞，也許你自己是相信了的，對我，憑這樣幾句空口白話，就想要我女兒守一輩子『望門寡』，你覺得，這就夠了嗎？」

「劉先生」扯起衣襟，擦乾眼淚，把「小叔已死」這個消息的來歷，原原本本的，向「陳爺爺」說了一個詳細，最後還加上幾句解釋：

「這個李老弟，是大德當年中學裏的同窗好友，以前就來過家裏，人是極老成、極可靠的。更何況，李老弟還送回來幾件遺物，其中就包括先父生前最喜愛的那根笛子，被我小弟離家時隨身帶去，雖然不是十分名貴的東西，家裏的人一見就認識，這是絕對假冒不得的！」

話說到這個地步，那「陳爺爺」仍然不肯接受，說的話像槍頭子一樣又尖又利：

「我告訴你，這些都算不得證據！你說那姓李的是大德的同窗好友，那不是正好串同作弊，編造這個假消息？至於那根笛子，本來就不是假冒的，卻不能證明你小弟已經不在人世！這裏面的道理，你只要還有點兒腦子，一想就明白，用不著我來指點你！」

這一陣子，劉一民在旁邊靜聽著，心裏有很多想說的話，卻一直不敢打岔兒。一來，這是規矩，長輩們交談，不許一個作晚輩的插嘴；二來，「陳爺爺」這個倔老頭子，更比不得別的長輩，他臉色嚴肅，言語尖銳，好像生來就是專會教訓人的。劉一民承認只要當著這位「陳爺爺」的面兒，不論自己有沒有過失，心裏總不免惴惴的，就像是小鬼頭遇上了「醉鍾馗」。可是當他在旁邊縮頭縮腦的一路聽下去，越聽越覺得這個「陳爺爺」就像債主子似的，而自己的爹替人扛債，擋也擋不住，還又還不起。被逼得退無可退，避無可避，只好打恭作揖，顯出一副心虛理虧、可憐巴巴的樣子，劉一民看在眼裏，實在忍不下去，也就忘記了怯懼，顧不得規矩——

「爹，您怎麼不把小叔的那封信，拿給陳爺爺看一看呢？他看過之後，就知道小叔是立志報國，這消息不會是假的了！」

他這麼一叫，倒先驚動了「陳爺爺」：

「信？什麼信？」

「劉先生」解釋說：

「其實就是我小弟的遺書，也是那位李老弟專程送回來的。」

「陳爺爺」火速的下達命令：

「有遺書麼？拿來我看！」

劉一民等著爹點頭示可，就趕緊跑到自己屋裏，跳上椅子，從床頂上取下那隻布袋，把小叔的「信」找了出來，再一陣風似的回到前頭，雙手呈給「陳爺爺」。

小叔的這封「信」，劉一民每日晨昏，必定要讀它一回，「信」中的文句，早已經爛熟在肚子裏。「陳爺爺」捧信在手，一行一行的往下瞅，隨著他目光的移動，和臉上的神情，劉一民就能判斷得出他正讀到些什麼。以劉一民個人的感受，小叔這封信是很能動人的，即或是像「陳爺爺」這種以「滿清遺老」自居的人物，他不讀則已，一經入目，情緒就受了控制，時而滿臉肅穆，時而肌肉抽搐，時而痛苦的呻吟著，時而喃喃自語。

讀完了這封「信」，「陳爺爺」兩手一拍，幾乎把那張十行紙揉碎；又把雙眼緊閉，嘴裏又嘟囔了幾句。

劉一民把「信」遞上去之後，就一直在「陳爺爺」身旁「看守」著，怕的就是這位老長輩發了性子，拿這封「信」出氣。趁著「陳爺爺」閉起眼睛，兩隻手也在一震之餘，癱軟無力，劉一民就趕快把小叔的「信」搶救了回去。「陳爺爺」嘟囔的那幾句話，聲音很低，大概他只是在心底說給自己聽的，劉一民雖然離他很近，如果站直了身子，多半就聽不仔細，而在「搶」信的時候，身子往前一探，耳朵剛好就在「陳爺爺」的嘴邊，聲音也就剛好往耳朵眼兒裏灌了進去，把每一個字都聽得清清楚楚的。

聽是聽清楚了，卻不太明白「陳爺爺」話裏所表達的心意：

「傻孩子，你這是何苦？傻孩子，你這是何苦？」

聽「陳爺爺」的口氣，憐惜多於責備，似乎是已經採信了這項「證據」，可是，當他那一陣激動的情緒平息，卻還是一樣的固執。

「陳爺爺」把兩眼睜開，眼神還是和剛才一樣的銳厲；說話的口聲氣似乎稍稍溫和了些，而話裏的「冰塊」也還不曾融解：

「這封遺書，也並不能證明什麼。想求死的人未必就能死得成，不想死的人一樣能寫這封信！」

後面這兩句話，「陳爺爺」說得很流利，聽起來卻像是「繞口令」似的，一時捕捉不住它真正的含意。

「劉先生」很困惑的問道：

「陳大叔，您這話怎麼說呢？」

「陳爺爺」反問著：

「剛才你告訴我，你小弟是去年夏天過世的，對不對？」

「劉先生」回答說：

「嗯，是去年國曆八月二日，到現在已經有九個多月了！」

「陳爺爺」忽然又變了臉色：

「而這封信——你看信就不注意信尾的日期？——這封信是前年夏天寫的，算算看，到現在已經快滿了兩年！這件事，你以為該如何解釋？」

這件事有什麼難解釋的？小叔的「信」裏就說得很明白：「現動員令下，出征在即，特預撰遺書，託付至友，倘弟沙場醉臥，不得生歸，此信即由彼轉致。」而送信來的那位李叔叔，把這件事解釋得更清楚，據李叔叔說，當國民革命軍自廣州誓師北伐的時候，革命軍所擁有的基地，只有廣東一省，一出省境，即遭遇強敵，和吳佩孚、孫傳芳那兩個大軍閥頭子的部隊相比，人數和裝備都居於劣勢，所能倚仗的，只有堅定的信仰，高昂的士氣，為了救國救民，人人抱必死之志。像「預撰遺書」這種事，在平時看來，似乎是很怪異，而在那種非常的情勢下，卻是很普通、很尋常的，正如李叔叔所說，「很多同學都這樣做」，而且，也「的確有其必要」，因為，這一路之上，雖然是戰無不勝，攻無不克，可是，「到今日為止，我們同時畢業的四百六十五位同學，已經有半數以上不在人世了！」而小叔就是這「半數以上」當中的一個，李叔叔不負所託，把小叔「預撰」的「遺書」專程送到，……劉一民把這些過往的情節串連起來，覺得「預撰遺書」這件事，原是最自然不過，「外人」有什麼不瞭解的，也太容易解釋了。

於是，劉一民不待他爹「劉先生」開口，就搶在前頭，向「陳爺爺」解說著：

「陳爺爺，這件事情，我知道的比較多，就由我向您稟報，好麼？其實，在我小叔的這封『信』裏，已經說得很明白：『特預撰遺書，託付至友……』所以，這封『信』是我小叔在他出征前夕寫下來的，當時的情勢是——」

為了使這位知古不知今的「陳爺爺」能夠完全理解，劉一民是打算追本溯源，說上一大篇的，「陳爺爺」卻根本聽不進去，才剛剛說了這幾句，就見他瞪眼、皺眉、癟著嘴，把右臂伸直，手掌豎立，惡狠狠的做了一個「劈」的手勢，劉一民的話就被他一刀切斷，戛然而止。

有一陣子，經過一場大興奮之後的「陳爺爺」，已經露出幾分疲態，塌拉著眼皮，低垂著腦袋，那根原先盤在頭頂上的小辮子，也從後腦勺兒上往左右散開，看上去似乎是整個骨架都散了似的，要是沒有人架著他，多半他站不起來。休息了一陣，也不知道他又從那裏「借」來的精神，昂首伸眉，直掌橫臂，這些招式，都做得很有力氣。

「陳爺爺」把他那散了髮梢的小辮子往後一甩，殺氣騰騰的大聲怒喝著：

「夠啦！我要問的就是這兩句話！說什麼『預撰遺書，託付至友』，這不是哄小孩子嗎？所謂『遺書』，乃是人之將死，有身後未了之事，或親筆，或口授，傳諸兒孫，囑告親友。做這種事情的人，都是七老八十，死到臨頭，那有人年歲輕輕，平白無故，就來『預撰遺書』的？而且是，先寫好了『遺書』，過了一年半以後才死，你們父子倆也都讀書識字，這往古來今，幾十個朝代的歷史，可有過這種人？可有過這種事？」

這種人，這種事，有是一定有過的，劉一民只恨自己讀書不多，記事太少，倉卒之間，竟然「請」不出一位古人來撐腰架勢。有是一定有過的！古代的那許多位英雄豪傑、忠臣義士，有的效命疆場，出生入死；有的持節異域，折衝禦侮；更有些立身朝綱，匡扶明主，也抱著盡忠殉職、成仁取義的念頭，隨時作求死的準備，這些人當會預先立下遺囑的，可是，誰呢？劉一民心底排列著許多名字，卻不能舉出具體的事蹟。不怪別的，只怪自己眼界不夠寬廣，讀書不夠細膩，今天「陳爺爺」出了這個題目，他抓耳搔腮，翻腸攪胃，也作不出答案，只好交了白卷。

「請」不到古人撐腰，找一位今人抱抱腿也好，劉一民硬著頭皮說：

「可不是『平白無故』喲，我小叔的『信』不是說了麼？『願為國干城，為民前鋒，死而後已。』這就表示他在寫這封『信』的時候，是已經存了必死之心的！而且，當時他們很多同學都在這樣做，送這封『信』來的那位李叔叔，也同樣的寫了遺書，和小叔交換保存著，如果是李叔叔死了，那就輪到我小叔到李叔叔家去送信了！」

「陳爺爺」嫌他說得太嚕嗦，很不耐煩的說：

「我不管什麼姓張的、姓李的，這是咱們陳、劉兩家的事！」

「劉先生」也向小兒子搖頭示意，要他不要再多嘴。可是，不多嘴怎麼行呢？一方處處遜讓，而退無可退；另一方卻又著著進逼，不留餘地；這樣僵持下去，要怎麼才是個了局？有幾句話，劉一民知道爹是無論如何也說不出來的，不如由他作一次「不懂事的孩子」，童言無忌，也許這個僵局會一衝即破，事情就好解決了。

於是，他把頭一低，裝作沒看見爹的暗示，嘴裏就像開連珠炮似的，霹靂啪啦，把要說的話都給「放」了出去：

「陳爺爺，您到底是什麼意思？我小叔死在異鄉客地，這是千真萬確的事！究竟要我們怎樣證明，您才肯相信呢？」

這種態度，大出於「陳爺爺」的意料之外，一時急怒攻心，把小辮子猛的一甩，頭髮整個的散開，人就變得像一個披頭散髮的瘋婆子，張牙舞爪的，向劉一民逼了過去。劉一民倒是並不怎麼畏懼，至多不過挨他幾下子，以「陳爺爺」現在這副身體，打人也不可能打得多麼著實，那就像搔搔癢似的，有什麼關係？

「陳爺爺」的動作只做了一半，就自己收起那副打人的架勢，又「咚」的一聲坐回到圈椅裏，說話也連說帶喘的：

「要我相信，那也容易！活要見人，死要見墳！耳聞是虛，眼見是實！不是說你小叔死在徐州、葬在徐州麼？那徐州府離咱們這裏只有兩百多里路，又不是天涯海角！現在年頭兒轉好，路上也沒有什麼豺狼虎豹，這徐州府難道就去不得麼？」

哦，原來他老人家是這個意思，這倒真如劉一民所料，事情不難解決了。

「劉先生」把自己的打算，向「陳爺爺」細細的說了。「陳爺爺」性如烈火，就想立時限刻，催促「劉先生」上路：

「既然有這個打算，那很好。運靈安葬，這是急務，你還蘑菇些什麼？」

「劉先生」很為難的說：

「這種事，我也知道是宜早不宜遲。可是，把小弟的靈柩，從徐州府運回部鼎集，這是需要一大筆費用的，家裏雖然還能拿得出幾塊錢來，怕是不夠，還得另外去籌措。再說，我『家裏的』一聽到這個訊息，人就病倒了，這會兒還正在床上躺著……」

「陳爺爺」對這些困難，也全不體念，只曉得講他的古道，認他的死理：

「兄弟如手足，妻子如衣服，這衣服難道比那手足還重要麼？事情不管難不難，只問該做不該做，遇上該做的事，更不必計算花錢多少。如果費用很高，難道你就不做了麼？」

「劉先生」承諾著：

「好，我儘快去籌措。總在這幾日之內，我就帶著一民，動身到徐州府去。」

「陳爺爺」很突兀的說：

「也帶著我！等你決定了日子，去知會我一聲兒，我現在就回家準備準備。」

「劉先生」大驚失色，急忙勸阻：

「陳大叔，您去不得！——」

「陳爺爺」從他坐著的大圈椅裏蹶然而起，身子往前一湊，嘴巴離「劉先生」的臉不到半尺，齜著一嘴黃板牙，從牙縫裏往外吹氣：

「誰說我去不得？劉大德是你的弟弟，是我的女婿，女婿猶如半子，我就和你爹是一樣的！除非是，你們兄弟勾結，其中有鬼！——不，越是如此，我越是要去，誰敢阻止？」

一片好心被當作惡意，「劉先生」也不禁輕輕的嘆了一口氣：

「不是阻止您，是擔心您的身體。最近這兩三年，逃反避亂，跟您不常見面兒，我看您精神氣色都不如往昔。那徐州府說近不近，來回也有五百里路呢。到了那裏，總會耽擱一陣子。早晚風露，異鄉水土，您的身體會受不住的！」

對這些好言好語，「陳爺爺」全不措意，仍然是惡聲惡氣的說：

「哼，你不用咒我，我死不了！你們這些作醫生的，恨不得人人生病，天天吃你們的藥，說什麼濟世活人，賺了錢，還落下個好名聲！你不妨回頭想想，劉家這間『葆和堂』中藥舖，從縣城裏，搬到郜鼎集，你們父子在這一帶懸壺行醫，少說也總有三十幾年了吧？這三十年來，我可曾找你們『號』過一次脈？開過一張藥方子？告訴你，我的身體好得很，用不著你操心！」

好心好意，換來這種惡聲惡氣，「劉先生」修養再深，也覺得不是滋味。而且，這位老長輩的疑心病實在太重了，如果執意阻止，不許他去，他就會胡亂猜測，而自以為是，那樣的話，真的就親家變成冤家，兩代的交誼將徹底毀棄，付諸流水，這都是「劉先生」擔當不起的。默想了一陣，「劉先生」不敢再多言多語，也就等於答應了「陳爺爺」同行，——勸告根本無效，不答應又怎麼成呢？總算把該說的話給說到了。

由於小叔之死，劉一民的娘哭啞了嗓子，流盡了眼淚，經過半個月的臥床養息，才漸漸的能夠支持。而在最後數日裏，「陳爺爺」來催問過好幾回。娘問清楚是怎麼一回事兒，也攛掇著爹要去就快去，她說她自己是不要緊的。

為了籌措盤費，娘把她收藏的全部家當，分別從幾處隱秘的地方掏摸了出來，總共也只有二十幾塊現大洋，外加一小袋能用的和不能用的銅幣。爹右手執筆，左手撥著算盤，一邊開列項目，一邊計算錢數，算到最後，又嘆氣，又搖頭，顯然是數目不夠，差得太多了。劉一民走近去偷看了一眼，只見爹筆底下所開列的，主要的是「棺木」和「壽衣」這兩項，就列了「大洋三十元」；另外有「搬運」一項，大概是爹也不曉得價格，先寫下「五元」，又改成「十元」；「旅費」一項，下面分列「車錢」、「飯錢」、「客棧錢」三小目，都是刪了再刪，減了又減，最後只寫上「共一元」。對這些項目，費用若干，劉一民全無概念，只就爹開列的數字約略估算，幾乎還差了一半，這不足之數，大概又要向親友去求幫告借了。

如果是在前幾年，這點子錢倒是難不住人的，隨便向那家親友開口，大概都能拿得出；這幾年情況又不同了，自從張宗昌做了山東督軍，說他是個大老粗吧，他的花樣還真多，除了各項苛捐雜稅，更會巧立名目，例如他的部隊調防，地面上要拿出一筆「搬家費」，一開口就是幾萬、幾十萬的，他也知道這數目太大，限期又急，向升斗小民去敲打勒逼，就像在蚊子腿上割肉似的，割死了人也成不了事，於是就專打大戶人家的主意，或者指名去「借」，或者由若干家均攤分派，幾年下來，原先的「方便」主子也變得不方便了。這種情形，「劉先生」當然都很清楚，所以就張不開口也伸不出手，為了幾十塊錢的小數目，在自己本鄉本土，竟然會走投無路！

最後，還是劉一民的娘想出了門路，原來在自己家裏就有一個小財主，那就是劉一民的大嫂。

大嫂的娘家雖然並非富裕，卻很捨得賠送女兒，光是新娘子頭上、身上佩戴的金銀首飾，在小門小戶的人家來說，就算得一汪子財帛。過了新婚期，換上家常衣，這些首飾是照例不戴的，都放在箱子底兒上，成了小兩口兒的「體己」。劉一民的娘也是被迫出此，就打上媳婦的主意，向她借了一根金釵，兩枚戒指，重量大約是半兩有餘，交給爹帶到徐州府去，必要的時候就拿到銀樓上換錢，來辦妥這件大事。

大嫂表現的很賢德，面無難色，口有餘惠：

「娘，這是咱們自家的東西，怎麼還用這個『借』字呢？反正媳婦平時也不戴它，家裏有了緊急用項，就拿去『換』了吧！」

為了這件事，劉一民對大嫂十分敬佩。雖然那一根金釵和兩枚戒指並沒有「換」掉，又帶回家來，物歸原主，而大嫂所表現的這份兒重人不重財的「義舉」，卻教人永遠感激。

第十二章

大約就在民國十七年的「立夏」前後，「劉先生」帶著小兒子劉一民，會同了「陳爺爺」，還有替「陳爺爺」特別雇的一個推獨輪小車的漢子，一行四人，從郜鼎集出發，徒步走向百里以外的「朱集車站」，要到那裏搭上火車，再轉往徐州府。

他們所走的，正是三年半以前劉大德離開家鄉時所走的同一條道路。劉一民回憶著當日為小叔送行的情景，往事歷歷，都在眼底，甚至他小叔走到什麼地方說過什麼言語，他都記得很清晰。所不同的是，他小叔離家時，正是大年初幾，一片冰天雪地，不但走路艱難，說話也很受罪；現在卻是由寒轉暖的初夏天氣，平野綠疇，和風麗日，麥秀離離，一望無際，眼看著就到了收穫期；而小叔已經不在人世！……

因為動身得早，路上又趕得很急，太陽剛剛偏西，就到了曹縣境內的「大青堌集」，往「朱集車站」的一日行程，已經超過二分之一。出發以前，本來是打算當天就趕到「朱集車站」的，可是，中午在「大青堌集」歇息「打尖」，卻發現和「陳爺爺」同行，等於是拖了一個大累贅。

這位老長輩其實並不甚老，歲數和「劉先生」差不多，只不過輩分「尊貴」些就是了，前幾年，他的身體相當壯實，一根「遺老」型的大辮子又粗又黑，說起話來也實大聲宏的。這幾年間，大概他遭受到不少的橫逆，他的準女婿劉大德離家逃婚，可能也是使他加速衰老的原因之一，不但精神氣色遠遜於往昔，體力上更顯得枯竭衰微，真的就成了一個小老頭子。那輛獨輪小車是特別替他準備的，一上來他還硬要逞能，不好意思坐上去，二十里路過後，就累得他上氣不接下氣，過了「天宮廟」，他再也擺不起架子，只好爬到車上，半躺半坐的，讓人推著走。說起這種獨輪小車，原是北國平地最常見也最古老的一種交通工具，車的全身，連同車輛、車軸在內，都是用木頭打造的，硬輪子在硬地上滾動，遇到路面不平，就會發出吱吱吻吻咯咯噔噔的響聲，人坐在上頭，可實在是不怎麼舒服。「陳爺爺」在獨輪小車顛了這三四十里路，大概他一身老骨頭都快給顛散了，當那輛小車停在「大青堌集」一家飯舖的門口，他左倒右歪，奮力的掙扎著，人就是下不來，還是劉一民眼明手快，急忙上前扶持，才把他半扛半背的拖到座位上去。

「打尖」的時候，「陳爺爺」茶也不喝，飯也不吃，坐在那裏，左捶捶、右敲敲，哼哼唉唉的，好像他一身的關節都脫了臼，流露著滿臉的痛苦。

「劉先生」看看天色，徵求「陳爺爺」的意見說：

「這才走了一半路，要想今天趕到地頭兒，總得在起更以後。陳大叔，您要是累了的話，我看，咱們就在這裏住下吧？」

那推車的漢子卻在一旁唱反調：

「劉先生，您說啥？天才過午，就要住店哪？走路可沒有這個走法的！剛才我打聽過啦，自從來了國民革命軍，這地面上都平靖得很，深更半夜也一樣的走人！您雇我的時節，咱們不是說好今天就趕到地頭兒的嗎？要是在這裏住下，我明天就趕不回家，家裏還有要緊的事兒等著我哪！」

「陳爺爺」累成那個樣子，竟然還改不掉他那逞強好勝的脾氣，又喘又咳的說：

「沒關係，沒關係，這點子勞累，我還禁得起！你們吃飽喝足了沒有？好，要走，咱們就趁早！」

說著，就擺出一副很勇敢的姿態，不要劉一民攙扶，自己站起來，走過去上了車。

出了「大青堌集」，再往南走上十來里路，遠遠的就看到一道高高大大的土嶺子，像一條巨蟒似的橫亙天際，極目遠視，也望不見它的首尾。

推車的漢子說：

「前面到了『老黃河』，那道土嶺子就是河堤。」

「老黃河」又叫作「黃河故道」，劉一民在地圖上看見過，如今就近在眼前了。看那道土嶺子，如此高大，如此雄偉，原來只是一道河堤，要是沒有人告訴他，他還只當那是一座山呢！

河堤太高，雖然通路的地方有個缺口，坡度也還很陡，車上坐著人，那獨輪小車就推不上去，「陳爺爺」只好下來自己走，等到他爬過堤頂，到達河谷，就已經氣喘如牛。

到達河谷，再回頭顧視，就愈見那河堤的雄偉，說它是一座山，是一點兒也不誇張的。前面另有一座山，劉一民知道那就是「老黃河」的彼岸。這兩岸之間，雖然沒有煙波浩渺，濁浪滔滔，看過去也顯得相當遼闊，總有十五六里路那樣寬窄。八十年前那種「黃河之水天上來，奔流到海不復回」的勝概，仍然可以從想像中得之。谷底也相當的深邃，大約要低於平地兩三百尺，卻乾乾爽爽的，沒有一滴水，任憑旅客們踏著那半尺深的黃沙，在塵土瀰漫中徒步來去。

從很小很小的時候，劉一民就常常聽到大人們講說「黃河打滾兒」的故事，把這條大水說成一個有生命、有理性的怪物，不但猙獰可怖，而且也有它的可敬可愛處。所謂「打滾兒」，就是「改道」的意思，改來改去，或南或北，總是在離部鼎集一兩百里以內，而每當它打一個「滾兒」，就會有極廣大的地區淪為澤國，人畜隨波流失，村落變成廢墟，那種情景是非常可怕的。現在走過的這條「故道」，是好幾條「故道」當中最年輕的一個，所以它雖然沒有一滴水，卻仍然保存著一條「河」的樣式。人從河底走過，內心會有一種十分怪異的感覺，不覺得那是河變成了道路，而感到這是人變成了水族，背著重殼，在水底蠢蠢然爬行著。

兩道河堤之間的這十幾里路，「陳爺爺」一直不能坐車，因為河底的沙土太深，車輪幾乎整個陷入，推著空車前進，都把那推車的漢子累了個半死，那還能推得動人？就是人空著身子走路，軟塌塌的，滑擦擦的，走起來也很費力，而「陳爺爺」在劉家父子合力夾持之下，也居然拚死命的走了過去，實在是難為了他。

過河之後，就到了河南省的地界，那「朱集車站」還遠在二三十里路以外，天色卻已經黑了下來。這一段路程，「陳爺爺」倒是坐在車上的，可是，摸著黑趕路，路面上又有兩道深可沒膝的車轍溝，一不小心車輪就滑到溝底去，要三個人合力往上抬，才能重新回到路面上來，那坐在車上的「陳爺爺」一直在哼哼唉唉，不只是不舒服，簡直就吃了大苦。

摸到「朱集車站」，車站上的自鳴鐘指著十一點，差不多就算是午夜了。車站附近燈火通明，竟然還有些賣東西的，油茶、豆漿、丸子湯、包子、饅頭、熱火燒……幾乎是要什麼有什麼。不像部鼎集那樣入了夜就瞎燈滅火，掩門閉戶。

買了些吃的喝的，一邊吃喝，「劉先生」一邊向賣東西的人打聽著：

「掌櫃的，這車站附近可有客棧沒有？」

那掌櫃的人很和氣，指點得清清楚楚的：

「啵，你順著我的手兒瞧，這臨近的幾條街道，凡是門口掛著燈籠的，都是客棧，燈籠上寫的是字號。——各位這是到那裏去呀？」

「劉先生」也很有禮貌的回答：

「掌櫃的，謝謝您啦。我們想今兒晚上在這裏住一宿，明天一早坐車去徐州。」

那掌櫃的又特別的指點著：

「去徐州呀？那還住客棧幹什麼？再過一個多鐘頭，夜車就開到了，你們吃過東西，再去車站買票，時間上剛好。火車上一樣睡覺，一覺睡醒，就到了徐州。要是等到明天再走，這東去的火車都是從鄭州、開封那邊發過來的，那就得等到後半晌了，到徐州就在天黑以後，什麼事兒都不能辦，一耽擱就是兩天，又多花錢，又浪費時間，不划算哪！」

「劉先生」向掌櫃的謝過，望著「陳爺爺」說：

「陳大叔，您看是怎好？」

「陳爺爺」的兩眼半睜半閉，說話的聲音也很細微，幾乎是奄奄一息：

「怎麼都好，只要能讓我到得了徐州府。」

「劉先生」把那掌櫃的說的話複述了一遍，再徵詢「陳爺爺」的意見：

「您看，我們是今兒夜裏走呢？還是等到明天下午？」

「陳爺爺」睜開眼睛說：

「既然火車上也能睡覺，那還花錢住客棧做什麼？你不用顧慮我，『老黃河』都走得過，徐州府自然也到得了，我只求能到得越早越好。」

這樣決定了，「劉先生」就走進車站，問明時刻，買了三張「三等車」的車票。然後，就打發了那個推車的漢子，三個人坐在站房裏的長條椅上等著。

不只是年輕的劉一民，就連「陳爺爺」和「劉先生」那兩個幾十歲的人，出門坐火車，都還是生平第一遭。關於火車的傳說，倒是都聽說過不少，也都像聽「山海經」似的，姑妄聽之，聽了卻不一定全信。出過遠門、坐過火車的鄉親，回到家鄉，炫耀他自己的經歷見聞，說話總不免很誇張，甚至胡吹海嗙，信口開河，唬那些沒見過世面的「土包子」。說到火車，在他們的口中，簡直就是一個大妖怪：「前面是一頭『獨眼獸』，會冒煙，會出氣，會噴火，會嗚嗚嗚的怪叫。那隻獨眼哪，就像是半夜裏出了日頭！後面拖著幾十節『肚皮』，人就在它『肚皮』裏吞進吐出……」現在，這個大妖怪就要來了，劉一民心裏十分興奮。「陳爺爺」也像是突然長了精神，坐在那裏，伸長著脖子，東張西望的。

到了時刻，果然聽到遠方傳來一聲怪叫，然後就從幾里路開外，一道白光，直照到眼前來。因為那道白光實在太強烈，教人無法逼視，也就根本沒有看清楚它是怎麼樣「跑」

進來的，好像是，只不過眨了眨眼皮，它已經在轟隆轟隆聲中停在那裏，正像一頭特大號的老公牛似的，呼嗤呼嗤的大喘氣。

懷著一種惴惴不安的心理，走進那大怪物的「肚皮」，才發現那些「肚皮」其實是一座座的「活動房子」，四四方方，有門有窗，還設有一排排的木椅，看上去挺舒服的，也不像是有什麼危險的樣子。而當火車開動，速度加快，又不免引起一陣緊張，但不久之後也就適應了，只賸下一種很新鮮的感覺，使他瞪大了眼睛，聳長了耳朵，而一直保持著高度警戒的狀態。

兩位老人家在剛剛上車的時候，心理上大概也和劉一民同樣的緊張，但是，由於剛剛經過一整天又大半夜的長途跋涉，都已經到了筋疲力盡的程度，當心理上的緊張漸漸解除，就立即被疲勞征服，靠在木椅上，把頭往上一仰，人就進入了夢鄉。

劉一民繼續保持著清醒，時而伏向車窗，把鼻子壓在那冷冰冰的窗玻璃上，凝視著車窗外模模糊糊的夜景，和那寧靜高遠的星空；時而把視線收回，斜靠著椅背，傾聽著從腳底下傳上來的車輪聲：咕咚咚，咕咚咚。他知道車輪是圓的，也知道車輪下鋪有鐵軌，修長而平直，那麼，這種怪聲響是從那裏來的呢？小叔已死，以後遇到這類自己不懂得的問題，應該去請教誰？於是就想起小叔生前的一些往事，才知道自己從小叔那裏得到過很多的東西，是別人所不能支付的。這麼想著，不禁又有些感傷起來。

感傷也是很累人的，再加上白天裏體力過度的透支，漸漸的思想停滯，眼皮發澀。恰在此時，火車由快而慢，由慢而漸漸停穩。朦朧中，他也記不清這是第幾站了，只聽到車窗外的月臺上有人在高聲喊叫：

「碭山！碭山！碭山站到了！……」

心裏還迷迷糊糊的想著：碭山？這不是已經進入江蘇省了麼？早晨從山東省出發，抹過河南省的一角，現在又到了江蘇省，一日之間，到過了三個省分，也算得一次「壯遊」了。然後，他就被睡魔緊緊的抓住，靠在那硬梆梆的木椅上，一下子睡得好熟。

而當他被推搡著叫醒，已經是黎明時分，火車仍然停得穩穩的。爹卻告訴他說：

「下車吧，到徐州啦。」

從碭山到徐州，應該還有一大段路程吧？他自作聰明，還以為爹是睡糊塗了呢。揉揉眼睛，卻看見車廂裏人已經走得光光的，才知道睡糊塗了的是他自己。

就這樣到了徐州，這是他有生以來所抵達的第一座大城市。光看車站，它確實是夠大的，站在月臺上，向四下裏顧視，這車站裏就數不清鋪了有多少條鐵軌，簡直就可以用上「一望無際」這四個字。在小學裏上地理課，跟著包老師學畫地圖，他覺得畫鐵路最有意思，一節白、一節黑的。東西畫一道，從海邊到甘肅；南北再畫一道，從天津到浦口；這個大十字的交會處，就是徐州，而他現在站著的，就是這個大十字最中央的部位。

出了車站，劉一民發現這種大地方有些人是整夜不睡覺的，就在這黎明時分，車站附近已經出現一些小販，專做旅客的生意，熙熙攘攘的，顯得很熱鬧的樣子。這徐州府位置衝要，自古以來，就是兵家必爭之地。入民國以後，那些大軍閥爭奪地盤，徐州府是一個大目標，遠的不說，只說近幾年間，奉軍入關，張宗昌替他的老帥張作霖開路，就率領著一批悍將凶兵，橫過山東省，先佔領徐州，又南下浦口，和「五省聯軍」孫傳芳有過幾次很激烈的衝突。後來，「國民革命軍」出師北征，孫傳芳在江南地區立腳不住，又回過頭來接受了張作霖所委派的「安國軍副司令」，和張宗昌的「直魯聯軍」，由冤家對頭，搖身一變而成了「戰友」，一同抗拒「國民革命軍」的討伐，作最後的掙扎。

早在去年六月，「國民革命軍」就攻下了徐州，然後張宗昌和孫傳芳全力反撲，這座大城市曾經幾度易手。最後一次戰役，是去年年底發生的，何應欽率領的「國民革命軍」第一路軍把徐州收復，張宗昌倉皇退走，青天白日旗高懸在徐州城頭。這是幾個月以前才發生過的事，到現在卻已經看不出多少戰爭的痕跡了。

因為預料在徐州會作幾日的停留，有一些事情需要奔走張羅，而且，經過這一晝夜連續不停的顛簸勞累，「陳爺爺」一條老命去了半條，已經被折騰得快不成人形了，也亟需有個可以躺下來的地方，讓他好好的休息一陣子，所以，一出車站，就在附近找了一家旅館，暫時的安置進去。

「陳爺爺」本來還大聲嚷著不肯住店，要立刻趕往「雲龍山」，可是，在旅館裏開好房間，他往那木板床上一躺，人就像錫化了似的，再也掙扎不得。小旅館外面就緊靠著大街，人來人去，聲如鼎沸，和郜鼎集附近那些農村相比，這裏就像是天天有廟會。「陳爺爺」平時那麼愛挑剔、難服侍的人，這時候卻也不怕吵鬧，倒頭這一睡，就睡到了午時。

一覺醒來，他老人家卻急不可待，自怨自艾的說：

「這算做什麼？跑了幾百里路，就是到這裏睡覺的麼？往『雲龍山』的路怎麼走法，你們可打聽清楚了沒有？問清楚啦，咱們就走，放著要緊的事兒不去做，淨在這裏磨蹭什麼？」

徐州府原是一座大城，火車站在東關外，自從開了商埠，老式的街道改成了大馬路，城區關廂就連在一起了，往南門外的「雲龍山」也有路可通，不必穿城過關，路程也並不遠。這些情況，剛才趁著「陳爺爺」呼呼大睡的時候，都已經向人打聽得清清楚楚，另外還去辦了些別的事務。

「陳爺爺」堅持不肯用飯，要先去「雲龍山」。一來他是長輩，再則雖然同在異地，他仍然是居於客位，「劉先生」就不好違逆他的心意。事實上，以現在這種心情，誰也沒有食慾，勉強吃些東西，也只是為了保持體力。「陳爺爺」既然堅持不吃，劉家父子也就陪著一塊兒餓肚子，一路上逢人問訊，找到「雲龍山」去。

原來這「雲龍山」本是徐州府近郊的一處風景區，在當地，名聲是很響亮的。徐州四郊，岡巒起伏，叫作「山」的地方很多。剛才在那小旅館裏頭，有一個十七八歲的小夥計，就向劉一民大吹其牛：

「你問的是山哪？哈，我們徐州府的山可多了去啦！東西南北，四面都是山！來，我帶你到屋頂平臺上去看！——哪，你瞧，我沒有騙你吧？東面那是『子房山』，東南角的那一座叫『戶部山』，南面那是『雲龍山』，西南角的那一座叫『駱駝山』，西面那是『臥龍山』，西北角的那一座叫『平頂山』，東北角的那一座叫『獅子山』……遠處還有很多山，這裏看不見！」

那座小旅館是三層樓，在車站這一帶，雖然不能算是最高大的建築物，樓頂的小平臺，卻是一處極佳的眺望之所，四圍青山，都在眼底了。可是，看過了那些山，劉一民卻覺得很不過癮，原來山就是這個樣子的！和他家鄉的「清涼臺」相比，大是大了一些，高卻高不了多少。而且，除了其中的一座，其他的山幾乎都是一個樣子，光溜溜的，平坦坦的，山頂上沒有幾棵樹，也看不見有什麼人工建築，看著，給人一種禿禿的、土土的感覺。

劉一民指著比較特殊的那座山，問道：

「為什麼別的山上都不長樹，而那座山上的樹木卻特別多呢？」

那小夥計很高傲的說：

「剛才不就告訴你了麼？那就是大名鼎鼎的『雲龍山』呀！問到徐州的好風景，我們當地人有兩句話：『南關雲龍山，城裏快哉亭。』這兩個地方，都值得你去逛逛。既然到了我們徐州府，就該到處走走，到處瞧瞧，老在旅館裏悶著做什麼？我事兒多，不陪你了。」

說著，那小夥計就獨自下了樓。劉一民留在那平臺上眺望了許久。在這群山之中，那「雲龍山」風貌獨特，目標顯著，早就把它的方向和位置，牢牢的記住。剛才他問那小夥計：「為什麼『雲龍山』的樹木特別多？」大概那小夥計自己也說不清楚，所以才匆匆的下樓去了。不過，照劉一民的想法，風光如此特殊，其中必有緣故，這恐怕要徐州府當地有學問的人才能解答了。

還有一個問題，也使劉一民感到迷惑：他記得，李叔叔曾經告訴他說，他小叔埋骨的這座「國民革命軍陣亡將士公墓」，是在「雲龍山上，放鶴亭畔」，先找到「放鶴亭」，就會看到那座公墓了。可是，他也很清晰的記得，小叔有一封信提到過「放鶴亭」這個地名兒，那卻是杭州西湖的一處名勝，怎麼又搬到徐州「雲龍山」上來了呢？難道古蹟勝景也有「分號」麼？往「雲龍山」的路上，劉一民一邊走，一邊想，想不出這到底是怎麼一回事兒，而「雲龍山」就近在眼前，這個答案倒是可以自己去求得的。

上了「雲龍山」，發現山上有兩個所在很熱鬧，一處叫作「大佛寺」，寺內真的供奉著一尊幾丈高的大銅佛，有許多老太太在那裏祈福；另一處就在「大佛寺」附近，一座山崖上，雕刻了一尊「送子觀音」，有許多年輕的婦女在那裏求子。再往前走了一段路，果然就有一座「放鶴亭」，遊客稀少，冷冷清清。

「劉先生」從懷裏摸出一張紙，沉吟的說：

「那位李老弟，叫我到這『放鶴亭』找一個張班長，還以為這裏駐了一班兵呢，沒想到是這個樣子，這可往那裏問去？」

劉一民繞著那座石亭子跑了一轉，在亭子背後，看到有一間小小的木板屋，門楣上釘著一面小小的木牌子，上面寫著「管理員辦公室」一行小字，不知道是管理這座亭子，還是管理那座公墓的。劉一民受過爹的囑咐，不敢冒冒失失，就敲敲那扇虛掩著的門，很有禮貌的叫著：

「請問，有人在嗎？」

裏面先是傳出「咚咚」兩聲怪響，很緩慢、很沉重，是拐杖觸地的那種聲音。劉一民以為從裏面走出來的，不是一個瞎和尚，就是一個鬚髮皆白的老道士，卻沒有想到屋門開處，站在那裡的，竟是一位體格魁偉、戎裝齊整的士兵，一杖柱地，單足獨立，臉上卻是笑瞇瞇的，人顯得很和氣。

那兵士向劉一民打量了一下，問他：

「小兄弟，你找誰？」

正好這時候「劉先生」和「陳爺爺」都轉到後面來，就輪不到劉一民說話了。「劉先生」向那兵士拱拱手：

「對不起，我們找一位張班長。」

「我就是，你們——」那兵士很爽快的應著，口氣一頓，忽然收斂了笑容說：「慢著，慢著，不用問，我知道你們是誰了。你們姓劉，是從山東省城武縣來的，對不對？」

「劉先生」還以為遇到了能掐會算、未卜先知的奇人，很詫異的請問著：

「不錯，敝姓劉。張班長怎麼會認識我們？」

那兵士單腿跨步，一低頭，人就走出了那間小小的木板屋。他的一條左腿，是從齊腿根處鋸掉了的，行動時要使用雙拐，也許是他斷腿未久，個子又高，上半身很沉重，一對拐杖還操縱得不太靈活，動作有些笨拙。出了屋子，他站穩腳步，騰出一根拐杖，往前後一指，很不好意思的說：

「我這間屋子是窮湊合，裏面太小，不能待客。這座『放鶴亭』就算是我的客廳，咱們到亭子裡坐下，有話再慢慢的說吧。」

他那間木板屋，是附庸在「放鶴亭」後壁搭建起來的，和亭子結連在一起，只是這座亭子蓋得很講究，就顯得他那間木板屋太簡陋。其實，這「放鶴亭」以亭為名，卻是房屋的格式，裡面也一樣能住人的，不知道是別人不准呢，還是他自己不肯，放著這麼好的屋宇不住，卻把自己委委屈屈的，「裝」進那麼一間小小的木板屋裡。而且，他那間木板屋位置隱秘，從「放鶴亭」的正面完全看不見痕跡，而一般遊客也根本走不到亭子後面去，他就這樣把自己「隱」在那裡，幾乎是與世隔離。

在亭子裡坐下來，那位張班長又接上剛才的話題：

「不是認識，是猜出來的。雖然以前沒有見過，可是，看了您的面貌，也就猜到您是誰了。您別見怪，我再冒然一猜，想必您就是劉營長的大哥，而這個小兄弟就是您的公子，也就是劉營長的小侄兒了？」

這種「猜」法，可真比「算」的還靈哪！劉一民被唬得兩眼發直，向眼前這位兵大哥看了再看，也看不出他是那一山、那一洞、那一位老祖的高徒！從外貌上看，他不過就是一個善良純樸的莊稼漢子，穿了一套軍衣，又少了一條腿，多了兩根拐棍，實在看不出有什麼出奇，然而，他怎麼有這樣大的本事呢？

張班長雖然說話還有些口才，那大概是當了幾年兵歷練出來的，本質上，他還是一個樸樸實實的鄉下人，不會故弄玄虛，也不喜歡賣關子，注意到「劉先生」和劉一民的臉色，他就自動的洩了底：

「事情是這樣的，前幾天，我們部隊裏有人到徐州出差，李營長給我帶了口信，說是劉營長的家屬要來，要我好生接待。我本來就是劉營長的老部下，跟了他好幾年啦，東征、北伐都是在一起的，我從列兵升成上士，他從排長幹到營長，一直到去年八月初，就在這『雲龍山』上，他陣亡，我負傷。……因為心裏早有了個譜兒，所以一看到了你們，就猜出了你們是誰。——這一位老先生呢？也是一塊兒來的麼？」

「劉先生」來不及介紹，「陳爺爺」就把眼睛一瞪，問道：

「我問你，你嘴裏的『劉營長』，可就是劉大德？」

口氣很衝，神色又冷，也許「陳爺爺」本無惡意，聽上去卻像是要找人打架的樣子。

那張班長微微一怔，仍然客客氣氣的說：

「是的，那就是我們劉營長的名諱。您是——？」

「陳爺爺」自己報出了「字號」：

「我是劉大德的岳父！」

張班長趕緊的道歉：

「哦，原來是『外老太爺』到了。對不起，我失認了。」

嘴上這樣說著，心裏頭卻有疑惑，就轉過臉來，向「劉先生」打聽著：

「我們營長口風真緊，什麼事情都肯說，怎麼就沒有聽他說過這一段兒呢？他年歲那麼輕，我還只當他是沒有成過親的！不知道我們營長身後，可曾留下一兒半女沒有？」

這段話是向營長的親哥哥說的，沒想到卻惹得營長的「外老太爺」生了氣：

「婚姻是由父母作主，他不說，難道就不作數兒了麼？他們告訴我劉大德已經死啦，我問你，這件事究竟是真是假？」

那張班長察言觀色，才知道這「外老太爺」真是找碴兒來的，所說的都是氣話。像「陳爺爺」這樣的倔老頭子，大概是到處都有，張班長以前可能也遇到過，曉得該怎麼樣對付，就在態度上恭恭敬敬，而說話的口氣都不卑不亢，公公正正的：

「老大爺，您別生氣。凡是到這裏找我來的，十之八九，都是陣亡將士的家屬和親友，第一次到這裏來，總都是心情很壞，來過一兩次以後，壞心情就會轉好些。您的女婿劉營長，是我的直屬長官，我追隨他幾年，對他也最瞭解。他不但有學問，而且也是一個好軍人，平時看上去文謅謅的，衝鋒陷陣，他比誰都勇敢。上級長官都很賞識他，我們的蔣總司令和何總指揮，都曾經好幾次的召見、嘉勉。他才二十幾歲，就一路昇遷，當了營長，要是繼續幹下去的話，一定是前程遠大。可是，我聽他說過，當初他加入『國民革命軍』，本來就不是為了這個，只等著把軍閥打倒，全國統一了，他就要卸甲歸田，還回到家鄉，做他原先的工作。去年八月二號，第二次攻打徐州，這座『雲龍山』有張宗昌的幾百名『老毛子兵』防守，營長領著一連弟兄，往山頂猛撲，攻到山半腰裏，遭遇到敵人的火力封鎖，弟兄們傷亡很多，我們的營長，也就是在這一次行動裏，奮不顧身，英勇捐軀！我比較小器，只『捐』了一條腿！而最後，我們還是把任務達成了的！對這位好營長，我們全營弟兄，沒有人不佩服；您老人家有這樣好女婿，不是也應該覺得很光彩麼？您懷疑我們營長沒死，這種心理我明白，我也巴不得他還活在人世！可是，一個人只能死一回，人死了就再也不能復活！我們營長陣亡的地方，離這裏只有一里路；而他的墳墓，就在這樹林子外頭；……老大爺，我告訴您，事情是真的，您老人家就別太難過，多多保重吧！」

「陳爺爺」一把抓住張班長的拐杖，人就順著這把勁兒站了起來，把他鬆了的辮梢往腦後一甩，顫巍巍的問著：

「你是說，他的墳墓離這裏很近？」

所幸張班長站得很穩，雖然只有一條腿，也還承受得住「陳爺爺」那一推一擠。張班長回答說：

「是啊，很近，離咱們坐的這座亭子，走直線還不到兩百步。在這裏望不見，是因為有那一帶樹林子遮著。您先坐下來休息，待會兒我就陪您過去。」

「陳爺爺」抓住拐杖不鬆手：

「要去現在就去，幹嘛還要待一會兒？」

「劉先生」也向那班長請求著：

「麻煩你啦，張班長，現在就帶我們去吧。今天是先來認認地方，看看情況，明後天再來，還有些事情要請你幫忙呢。」

張班長點點頭，就掄開拐杖，領頭兒先走。出了「放鶴亭」，轉了半個圈子，從亭後那一帶樹林的中間鑽了出去。

一出樹林子，眼前再無遮蔽，這才看到樹林子外頭原來是一大片山頂上的平地，面積足足有整個郜鼎集那麼大小，而在這片平地上頭，一行行的，一列列的，都是墳墓。

這樣的場面，劉一民有生以來，還是第一次看到。在他家鄉城武縣的南城窪子裏，有一座規模宏偉的「山西會館」，其實就是一座大廟，廟的後面有一塊義地，專門收埋客死的異鄉人，經過多少世代的累積，義地之內，幾無空隙，那場面已經夠大的，可是，跟今天所見的這個場面相比，最多也只相當於十分之一。站在那座「國民革命軍陣亡將士紀念碑」的下面，劉一民內心肅然，站得端端正正的，連一口大氣都不敢喘，完全被這個場面給鎮住了。

「陳爺爺」也看得目瞪口呆。這位十三歲上就得了功名的老秀才，多少年來，一直封閉著自己，活在上一個朝代裏，和眼前這個現實世界是格格不入的。過去，生活中的許多橫逆逼人而至，他身受之餘，只是把自己的身體縮得更緊，把藏身的洞穴挖得更深。這種方法，並不能把他自己防護得很好，有時候甚至是完全無效，他也就越來越與世隔絕，越來越古怪了。像國民革命軍北伐、全國即將統一這一類的大事，他不可能毫無聽聞，卻根本的漠不關心，在他看來，這不過是又一次的「改朝換代」，誰來誰去，誰登基，誰垮臺，對他這個「前朝遺老」來說，都沒有什麼分別，他只是冷眼旁觀而已。至於他的準女婿劉大德之死，他根本就不接受這個事實，所急於求證者是這件事的真假，其他的是是非非，他都懶待理會。可是，今天來到這裏，親眼目睹，看見這樣大的一座公墓，新墳纍纍，其下所埋葬的，都是像劉大德一樣的年輕人，也都像劉大德一樣的有志氣、有作為，不畏難、不怕死……「陳爺爺」年歲老邁，思想頑固，到底還是一位真情至性的君子，對這些忠肝義膽的烈士們，他縱然不同情，卻不能不感動。

由張班長引導著，在第二排的中央部位，找到了劉大德的墳墓。墓前，立著一座兩尺寬、三尺高的墓碑，中間一行較大的字體，刻著「故少校營長劉大德之墓」，左右兩側各有一行小字，右邊是部隊番號：「第一軍第二師」，左邊是家鄉籍貫：「山東省城武縣人」。

「劉先生」站在墓前，向墓中人低低訴說：

「小弟，我帶著你的小侄子一民來看你了！同來的，還有陳大叔……」

劉一民不待爹的吩咐，就跪了下去，對著那座墓碑，恭恭敬敬的，磕了三個頭。

「陳爺爺」先是繞著墳墓走了一周，又用手按著墓碑的頂端，彎下腰，向碑文熟視著。

突然，他涕淚交併的大聲嗥叫著：

「傻孩子！你這是何苦？傻孩子！你這是何苦？」

然後，他發聲長號，哭聲越來越高。劉一民從來不曾見過有另一個人像「陳爺爺」這樣哭法的；嚴格的說，那不是哭，而是一種悲呼，一種慘叫，雖然他臉上沒有多少眼淚，那哭的人卻是摧心刺肝，穿腸震肺，哭聲中，不知傳達出多少憂傷，多少冤屈！

故鄉舊俗，本來是有這種規矩的：親友亡故，殯葬之前，停靈在堂，靈棚就搭建在庭院中，去致祭弔唁的人，一進中門，就開始大發悲聲，這一路長號，就哭進了靈棚，死者的家屬也陪著同聲一哭。不過，那種哭法似乎有一個限度，哭過幾聲之後，自然有人上前勸阻，弔祭者也就及時的收聲拭淚，然後行禮如儀。原以為「陳爺爺」也是按照這種規矩，哭過幾聲就會自己停住，那曉得，他不哭則已，這一哭，就像是入魔中祟，由不得他自己，任憑「劉先生」如何苦苦的勸阻，他卻是越扶越倒，越勸越醉，直哭到力盡聲嘶，神志也似乎陷於昏迷……到了這個地步，不但「劉先生」焦急，就連年輕的劉一民也看得出來，如果不能快些勸止，把這位老長輩送回旅館好好的休息，他今天也許就會哭死在這裏！才知道這些老長輩平日裏言笑不苟，面容嚴肅，令人望而生畏，那只是由於他在身體外表給自己裝了一副硬殼子，冰冷鐵硬，看上去就好像沒有感情似的，今天在這荒山野地，把那副硬殼子除掉，就顯現出他的另一幅面貌，原來他的心也是軟的，他的血也是熱的，一旦冰融鐵銷，他那條感情的河，也一樣會急流滾滾，濁浪滔滔，衝垮了堤防，造成了災禍。發現了「陳爺爺」的真面目，劉一民對這位老長輩就有了更深一層的認識，在尊敬畏懼之外，更多了幾分憐惜。

「劉先生」苦苦的勸解著：

「陳大叔，請您節哀！陳大叔，請您保重！這樣哭下去，您的身體會受不了的！萬一您有個三長兩短，您教我怎麼向陳大嬸子交待呢？我小弟，在九泉之下，也會閉不上眼睛的！……」

那張班長也幫同著勸說：

「好啦，好啦，老大爺，您老人家就別再鬧了吧！我來到這裏幾個月，上墳拜墓的人也接待過不少，還從來沒有見過像您這樣哭法的哪！我們營長在世的時候，最見不得別人哭，他常說，活著的壞人哭不死，死了的好人哭不活，哭，有什麼用處？您是他的長輩，還不知道他這個脾氣麼？老大爺，我知道您心裏難過，可是，這也得有個節制呀，您就忍一忍吧！」

這些好言好語，也許根本就沒有進入「陳爺爺」的耳朵裏。他哭得那樣沉醉，那樣癡迷，兩隻耳朵被自己的聲音灌得滿滿的，外人的勸說他那能聽得進去？

「陳爺爺」這一場慟哭，總有一個小時左右，哭到最後，眼淚流盡，喉嚨暗啞，就變成了一種無聲無淚的乾嚎，人也漸漸的支持不住，突然，那扶住墓碑的手臂一軟，整個的身體向前仆倒，一頭栽在墳堆上，兩眼緊閉，不省人事了。

所幸「劉先生」早有防備，從家鄉出發上路的時節，就隨身帶著他那隻四鄉行醫的藥箱子，今天到「雲龍山」來，仍然把那隻藥箱子拎在手裏。劉一民還以為爹是把藥箱子當作手提箱用的，裏面裝著貴重的東西，所以才那樣坐臥不離。現在才知道，那隻藥箱子是專替這位老長輩準備的。也幸而如此，否則，很可能的，「陳爺爺」那次出遠門兒是有去無回，到得了徐州府，回不了郜鼎集。

當時經過一番急救，「陳爺爺」漸漸醒轉，身體卻癱軟如泥，動彈不得；就接受那張班長的建議，由劉家父子合力，把「陳爺爺」搬運到張班長的那間小木屋裏，躺在一張繩床上，好好的休息了一陣子。

「劉先生」在床前頭守護著，給「陳爺爺」喝水服藥。劉一民趁此機會，就坐在那「放鶴亭」背後的石階上，和張班長閒聊天兒，瞭解了一些情況，也提出了一些問題。

原來張班長也是山東老鄉，家鄉就在那著名的「臺兒莊」，和這徐州府雖然分別隸屬於兩個省分，地理位置卻相距很近，張班長入伍之前，就常在兩地之間來往。這次他作戰受傷，被鋸掉了一條腿，依照規定，是不能再留營服役的，上級長官就徵得他的同意，派他來照管「雲龍山」上這一片墓地，名字還保留在原部隊，每月照領一份兒「上士」薪餉。

張班長家裏是做生意的，回到家鄉，生活上絕無問題，他是為了報答長官的恩情，和袍澤間的義氣，才甘願留在這裏，一多半是服務的性質。他說，將來國家統一，地方的情況也完全平靖之後，這座公墓應該交由省縣政府管理，那時候，他就會抽身而退，回到「臺兒莊」，作他的小老闆去。

劉一民吸溜溜的倒抽了一口冷氣，問道：

「怎麼會——死了這樣多的人呢？」

那張班長淡然一笑，說：

「小兄弟，你看得有些心驚，是不是？我告訴你，當兵就是賣命的，打仗那能不死人呢？只看這條命是賣給了誰，還有，賣的價錢對不對，這就決定了一個人死得值不值！這徐州府是戰略要地，那張宗昌也使盡全力，好幾次失而復得，最後才落到革命軍的手裏，當然要付出相當代價的。可是，從民國十五年在廣州誓師，這一路北伐，就拿我參加過的戰役來說，徐州這一戰還不能算是最激烈的。在湖北省的『汀泗橋』和『賀勝橋』，那兩仗打得才過癮呢！對手是咱們山東的軍閥頭子吳佩孚，他手下的那些將領們，也大部分是山東人，人雖然站錯了邊兒，打起仗來可並不孬種，雙方陣亡的人數都很多，真像說書的人常常使用的那兩句話：『屍堆如山，血流成河』。後來我們第二師從湖北調到江西作戰，為了進攻南昌，第二師的三位團長，在一日之間，全部陣亡！還有，在南京附近的『龍潭』和『棲霞山』，也是一場大決戰！……像這樣的公墓，很多地方都有。猛然乍見，難免會嚇一跳，看慣了，也就不覺得了！」

劉一民當時想著：「你別哄人了，有些事情，是永遠不會『看慣』的，越看越難過，越看越心驚！」心裏想著的話，大概全都「寫」在臉上啦，那張班長眼明心細，已經「讀」懂了他的意思。

張班長很突兀的說：

「如果我告訴你，有一天，這座公墓會成為一處風景，就和『雲龍山』上的『放鶴亭』、『大佛寺』一樣，你信不信？」

這倒是大有可能的。「雲龍山」本來就是風景區，而像「國民革命軍陣亡將士公墓」這樣的地方，也應該成為一般民眾和青年學子憑弔瞻仰的聖地，那總比蓋一座亭子、立幾塊石碑，來紀念一個與世無爭、獨善其身的隱士，要來得有意義。剛才幾個人坐在亭子裏說話的時候，劉一民就抽空兒細讀「碑記」，弄清了這座「放鶴亭」的來歷，原來它和杭州西湖的那一座並非「聯號」，那裏的主人姓林，這邊的「老闆」姓張，（說不定就是這位張班長的遠祖呢！）兩個人倒是同一個朝代的，都是北宋時期很有名望的隱士。照小叔生前的來信所說，西湖的那座「放鶴亭」，和幾座烈士墓緊挨著，信裏還有兩句當時看了只覺得很好玩的話：「得能埋骨於此，亦一幸事。」現在想起來，似乎這又是兩句讖語了。而「雲龍山」的這座「放鶴亭」，本來孤孤零零，現在卻有幸和國民革命軍的一些陣亡將士結成了鄰居，使得一南一北的這兩座「放鶴亭」，更多了幾分相似處。以這些條件而論，待國家清平，民生富庶，再有一位蘇東坡之流的人物，來作「徐州太守」，在這裏整地鋪路，造林植樹，以其天然形勝，再加上幾分人工，把這座「國民革命軍陣亡將士公墓」，點綴出一片風景，這當然是大有可能。

劉一民表示同意說：

「我相信。」

那張班長原來是另有用意，想利用這個小的，去說服那個老的，很懇切的提出一個建議：

「你既然相信，就該去勸勸令尊，請他不要再有『運靈歸葬』的想法，讓我們營長就長眠於此吧！」

劉一民感到很驚異：

「奇怪咧，你怎麼什麼事情都『猜』得出來呢？」

張班長說得詳詳細細：

「那當然是有人告訴了我。李營長和劉營長是同學好友，好像還磕過頭、換過譜，這是老弟兄們都知道的。李營長派人帶來口信，說是劉營長的大哥有這個意思。現在你們到了這裏，你們的來意也就不問可知。」

劉一民承認說：

「是有這個意思。難道上級不准許？」

張班長解釋著：

「這不是准不准的問題，而是該不該的問題。這座公墓是屬於國家的，能葬在這裏是一種榮譽。有人想葬在這裏還不可能呢！像我，現在只斷了一條腿，將來就永遠沒有這個機會！」

聽張班長的口氣，好像是覺得，鋸斷他一條腿，保住他一條命，在他，反而是一樁很不合算的憾事。這種口氣很怪異，原是一般人不容易瞭解的，劉一民卻完全能夠接受這個說法，也完全能夠領會這個道理。小叔為國捐軀，應該葬在這裏，把靈柩運回故里，實在是多此一舉。可是，當初在知「小叔已死」的消息之後，爹就一力主張把小叔靈柩運回安葬，還說「這是咱們中國人的老規矩，永遠也改不了的」，那時聽了爹的話，也覺得爹說的很對。這件事情，要想勸說爹改變主意，恐怕還很不容易，不過，為小叔著想，他應該盡力一試。

在張班長那間木板屋裏，「陳爺爺」休息了很久，一直到太陽將要下山的時候，「劉先生」才教劉一民到山前頭雇了一輛黃包車，把「陳爺爺」拉回旅舍。

回到那家小旅館，一住就是五天。「陳爺爺」天天吵著要回家，無奈他身體不濟，精神太差，想要從床上折身坐起，都要有人從旁扶持，這二百多里還鄉的路程可怎麼走法呢？「劉先生」唯恐在回程中出了大事，寧可在徐州府多住幾日，向「陳爺爺」只說還有事情需要料理，不能不多耽擱一陣子。在這幾日裏，每天開方子抓藥，拜託旅館裏的老闆娘，借來一隻黑砂鍋，親手泡製，煎成藥汁，不管「陳爺爺」如何反對，都好說歹勸的給他灌了下去。五天之後，病才漸有起色，人還是軟塌塌的，坐不正，站不直。

在這五天裏頭，劉家父子輪班上山，到墳前擺供設祭，焚化了大量的紙錢。五天之後，「陳爺爺」吵鬧不休，「劉先生」也知道不能再拖，就決定第二天一早離開徐州。奇怪的是，關於「運靈歸葬」的計畫，卻絕口不提一字。劉一民心裏明白，這一定是那張班長進了說詞，爹覺得有理，也從善如流的改變了主意，就讓小叔從此長眠在「雲龍山」了。

上車之前，經過旅館老闆的指點，買了兩張頭等車票和一張三等車票。「陳爺爺」是由劉一民背上車去的，對號入座，發現所謂「頭等車」原來是大車廂裏的一排「小房子」，座位又寬又大，還是裝絲絨、帶彈簧的，讓「陳爺爺」拳著腿躺在座位上，比那小旅館裏的「棕繃子床」還舒服呢。按照規定，一間「小房子」是只坐兩名旅客的，可是，「陳爺爺」對面空著那個座位，坐兩個人都綽綽有餘，劉一民也就厚著臉皮，賴在那裏，沒有擠到三等車裏去。

車到「朱集車站」，太陽當頭，天才正午，「劉先生」為了萬全，也不惜多耽擱時間，多花費金錢，就在車站附近，選了一家客棧，還是由年輕體健的劉一民，把「陳爺爺」背了進去，決定在這裏住一宿，而把從「朱集車站」到郜鼎集的這百來里路，集中在明天一日之間，如果交通工具方便的話，清晨出發，中午過「大青堌集」，天黑以前就能順順當當的回到了家。

所以，住進客棧的第一件事情，「劉先生」就向掌櫃的鄭重拜託，請他給雇一輛有篷的馬車，因為有病人要躺在車裏，車身最好大一些；又因為中間要過兩道河堤，坡度很陡，最好是套兩匹馬的。

那掌櫃的面有愧色的搓著手：

「老哥，這可把我給難住了。要是在前幾年呢，這『朱集車站』也算是個大碼頭，要雇馬車，百兒八十輛的都有。這兩年常打仗，馬都給拉光啦，一匹也沒有賸下，有車無馬，這車可動不了呀，原有的十幾家車行，都已經關門歇業，把車輛懸空架了起來。現在年頭兒轉好啦，地面上也平靖啦，開車行的朋友正在合計著，只等革命軍進了北京，他們就要結夥到『張家口』去買馬，又可以開張營業啦！可是，這遠水救不了近火呀，都怪小店服務不周，您老哥就多擔待吧！」

最後，經過那掌櫃的四處奔走，居然給雇到一頂四人抬的綠呢大轎，另外還帶著兩頭三尺高的小毛驢兒。第二天一早，就這樣浩浩蕩蕩的上了路。

所好的是，那四名轎伕看上去很老，可能比坐轎的「陳爺爺」還大著幾歲，卻都有著很壯健的身體，很快捷的腳力，一路上打著「號子」，前呼後應的，很有個派頭。坐在轎裏的「陳爺爺」，看上去精神還好，最少是比坐那種獨輪小車要舒服得多了。而那兩頭小毛驢兒，雖然生來一副其貌不揚的樣子，人跨在驢背上，兩隻腳就點到了地，碰碰撞撞、拖拖拉拉的，騎驢的人自己會覺得很滑稽；而小毛驢兒卻並不在意，走起路來，很有耐力，精神抖擻，不落人後。

一路行行走走，並沒有耽誤多少時刻，天黑後不久，就把「陳爺爺」安然無事的送回「陳樓」。

第十三章

從徐州回來之後，過了兩個月，劉一民就奉父命——也可以說是奉他小叔的遺命，到府城裏去投考「山東省立第六中學」，這所中學也正是他小叔劉大德當年就讀的母校。

要他繼續讀書，劉一民不是不樂意，而心情卻是很矛盾的。一方面，他知道當時家裏的經濟情況很壞，去了一趟徐州，雖然並沒有把小叔的靈柩運回來，但由於「陳爺爺」害病，增加了許多開銷，從家裏帶去的二十幾塊銀元，已經所餘無幾，而那筆錢是家裏僅有的積蓄，將來免不了的還會有一段苦日子，那有閒錢去讀書呢？另一方面，他小學的成績雖然名列前茅，而經過幾年輟學，功課已經差不多都忘光了，臨時抱佛腳，又能找回來多少？並且，在山東省來說，設在曹州府的「六中」，和設在省城裏的「一中」，都是首屈一指的好學校，西三府幾十個縣分的小學畢業生，凡是有志升學的，幾乎都以「六中」為目標，每年的招生考試，那真是無遠弗屆，群英畢至，又苦於錄取的名額不多，所謂「僧多粥少」，就顯得那座「山門」特別窄了，能夠擠進去分得一杯羹的，全都是百中選一的俊秀人物。要他去置身其中，和那各路英雄比強爭勝，劉一民自己認為，這簡直就是自不量力，可以說連半分把握都沒有。

這第二個理由實在說不出口，於是就拿著第一個理由——升學的負擔太重，家裏的經濟情況不好——向他爹「劉先生」告免求饒，可是，「劉先生」的態度卻異常堅決，根本不准他藉詞推託：

「考不考得上，那是你的事，——你非得給我考上不可！供不供得起，那是我的事，——不論多麼艱難，我都要供給你。現在，什麼話都不必說，你給我好好的關在屋子裏，溫習功課，準備考試！」

「劉先生」平時說話，不論對誰，都很少使用這種口氣，這幾句話卻說得蠻橫、專制、不講理！劉一民雖然能體會爹的心意，知道爹的這份兒決斷是由何而起，也仍然被嚇得一愣一愣的，儘管內心有幾分不服氣，卻不敢強嘴，只好回到自己屋裏啃書去。

剛開始掀開書本的時候，心是虛的，氣是浮的，自己告訴自己：教咱去，咱就去，自古沒有場外的舉人，也沒有一入場就必取必中的進士，考不取有什麼關係？丟人現眼也只有這一回！就這麼一面嘀咕著，一面埋頭讀書。可是，書這種東西，原是很迷人的，除非是壓根兒不沾惹它，一經入了彀，就漸漸的受它控制，受它擺布，再想和它保持距離，可也不容易。再加上，一個年輕的男子，縱然沒有什麼雄心壯志，這羞惡之心總是有的，那能說還沒上場就先投降呢？就算自己這幾手「鄉下把勢」不管用，總也得一招一式的比畫下去，落榜下第，也得教人說一聲「可惜」！……心裏存了這個主意，讀書就不再是「做在別人眼皮子上」的事兒，漸漸的，越來越勤快，也越來越有耐力，雖然還沒有達到懸梁刺股那種程度，而「三更燈火五更雞」，這夙興夜寐、早起晚睡，倒真是做到了的。特別是臨上考場的那半個月裏，飯，總要「小泥鰍兒」來喊過幾遍才來吃；覺，也總要娘催上幾回才去睡；古人的「廢寢忘食」，想來也不過如此。

這次發奮苦讀，開始的時候，正是「小滿」已過，「芒種」未到，及至考期既屆，劉一民迫於父命，不得退縮，就背起一肩簡單的行李，和「一高」的十幾位學弟約在一起，由一位老師率領著，到府城裏去應試，節氣差不多就進入「立秋」了。從「芒種」到「立秋」，時間剛好是兩個月，而這兩個月實在非同小可，其中就包括一年裏頭最炎熱的「三伏天」在內，每日侷處斗室，像熬油一樣的熬了過去。

這兩個月裏，發生了許多大事，最令老百姓們興奮的是，北伐已經完成，全國終告統一，曾經是北洋政府京都近畿的平津地區，也遍插著青天白日滿地紅的國旗。「國民革命軍」蔣總司令率領馮玉祥、閻錫山、李宗仁三個集團軍總司令，在北平西山碧雲寺　孫中山先生靈前，舉行祭告大典，蔣總司令並向記者宣布，經各集團軍總司令協議，戰後裁軍工作即將開始，國家建設已由「據亂世」而進入「昇平世」，由「軍政時期」而進入「訓政時期」。老百姓們歡天喜地，都以為自民國初年以來的黑暗、混亂、無法無天……都成了過去，從此步上正軌，國家太平可期。

由於時局轉好，老百姓的情緒受到鼓舞，凡事也就肯往長遠處打算，所以，那年投考「六中」的學生，人數也更多於往年。府城裏僅有的幾家客棧，都住得滿滿的；更多的考生是住在親戚家裏。不可能人人都在府城裏有親戚，往往是一個人找上了關係，大家夥兒都跟著去。從城武縣來的一行十餘人，都跟著一位學弟住在他一個遠親家裏。那是一戶真正的闊閱之家，雖然一直沒看見主人露面兒，卻受到極殷勤、極豐富的招待，比住客棧、下飯館要「豪華」得多了。

府城裏的中等學校共有三所，除了專收男生的「六中」，還有一所男女兼收的師範學校，都是省立的；另外就是一所私立的初級中學，規模很小，名聲也不甚好。

當時的中學已經改成「三三制」，省立「六中」是把初中、高中合在一起，考進初一，就可以直達高三，總共要肄業六年。師範學校的名堂很多，有招收初中畢業生的「後期師範」，也有招收小學畢業生的「簡易師範」，另外還有一年就可以畢業的「特別師範科」，以及期限更短的「師範講習所」。由師範生種類之多，和修業期限的短促，可以瞭解到小學師資的迫切需要，劉一民既然志在教書，投考師範學校似乎比較適合，可是，他經過一番思考，得出來的結論是：正因為自己要一生一世從事教育工作，求學就更不能馬虎，譬如投考一年畢業的「特師科」，一年之後就成了老師，快是夠快的了，卻拿什麼去教導學生呢？老師比學生好不了多少，那不是誤人子弟麼？「簡易師範」修業四年，倒是可以唸，而「簡易」兩個字又很惹他反感，這和前幾年慣用的「某某速成學堂」，聽起來沒有什麼兩樣，都給人一種草率、匆忙、不踏實的印象。考慮到最後，他決定還是以「六中」作為他唯一的目標，三年以後，取得初中畢業生的資格，再投考「後期師範」——那才是正牌的師範學校。當然，「六中」最難考，以他的情況來說，必然是凶多吉少，不過，他在考前的確已經盡力了，真要是考不上的話，那也無可奈何，對爹、對小叔都可以交待了，也就證明自己根本不是當老師的材料，索性死心塌地的，回家去跟著爹學醫算了。

苦讀數月，步行百里，又在府城裏枯候了三日，而考試科目卻在一天之內進行完畢，就顯得一切匆匆忙忙的，不論成績好壞，都覺得有幾分心虛。考後，在府城裏又作了數日的勾留，因為同來的學弟們，有要考「簡師」的，也有要考私立初中的，為了要表現同窗同鄉的義氣，又加上吃喝住宿都不要花費，所以就不急著回去。當然，更重要的一項理由是，希望就在這幾天，「六中」的校門口會貼出榜單，是榜上有名？還是「名落孫山」？都但願及早的作個了斷。

考後第三天，榜單赫然出現。從城武縣來的應屆畢業生十二人，有六個人是上了榜的，恰好占了二分之一，這比例，已經讓陪考老師不勝欣喜；而喜上加喜的是，原來估計沒有多大希望的劉一民，竟然也占有一席之地，而且，名次還相當的——哎，算啦，謙虛未必就是美德，還是照實說了吧，劉一民不但僥倖得中，而且還高高的取在第一名！那陪考老師簡直不相信自己的眼睛，等到氣聚心凝，眼前的字體不再跳動，又不免替劉一民擔著心事：「會不會是有同名同姓的呢？」於是就託了相熟的人去打聽底細，才知道是國文一科占了便宜。那時候的考試，國文一科是只考作文的；劉一民的這篇作文遇上了知音，足足的給了他九十分。而一般考生的作文成績，大多是五十幾、六十幾、七十幾，八十分以上已經算是優等的，在全部考生當中，也只得三五人而已。單憑國文這一科的得分，就足以使劉一民「一鳴驚人」，領袖群倫。

僥倖得了個第一名，這不但是劉一民個人的光榮，對來自城武縣的全體考生，也是一樁大事情，卻不免會遭受些連累。

當全部考試都進行完畢，準備第二天一早離開府城，陪考的老師為了表示禮貌，就在叨擾最後一頓晚飯的時候，拜託那位管家入內轉報，向主人道謝、辭行。原以為這只是一種形式，話說到了就不算失禮，也不會再有別的事兒，擱下碗筷，老師就催促大家早睡。不料主人大概是剛過足了煙癮，一時興起，竟然傳出話來，要「召見」考上「六中」的幾個學生，還特別講明，很想會一會替家鄉爭光的「新科狀元公」。這一下子可忙壞了老師，先把那些吃飽了就睡的大孩子們給喊醒，一邊穿衣服，一邊教導著進退應對的禮節，學生們濃睡乍醒，眉眼不睜，誰能聽得進這些「磕頭經」？而且，年輕人都不願意受拘束，一聽是要晉見這位大人物，心裏就不免嘀嘀咕咕的，老師越是催得急，越是閃閃躲躲的不想去，有一位年歲最小的學弟，才立了秋的天氣，還「凍」得他抖抖索索的直打顫呢。

說起這位主人的大名，在魯西南一帶，可真是如雷灌耳，無人不知。好像是，在前清同、光年間，他就中了進士，還點過翰林，而入民國之後，他搖身一變，又成了「維新派」的中堅分子，民國初年，還做過兩任「道尹」、「巡按使」之類的官職，資格很老，身分也相當尊貴。就連山東省籍那些大大小小的軍閥頭子，從張懷芝、王占元、吳佩孚……一直到剛剛被打垮了的孫傳芳和張宗昌，對這位鄉前輩都恭恭敬敬、客客氣氣的，所以，任憑政局動盪，軍事擾攘，直系奉系，你來我去，都並不影響他那富貴尊榮的地位。至於一般平民階層的鄉親們，雖然都知道有這麼一位大人物住在府城裏，也只像禿子望月亮，或許實際上是已經沾了光的，卻仍然可望而不可即。彼此之間有一大段不能縮短也不能超越的距離。

這次到府城來考學，因為有一位學弟和這個大人物沾點兒親戚關係，所以被安排住在他府第中的一座小跨院裏，其實，如果能夠選擇，學生們是寧可住客棧的。還是和他有親戚關係的那位學弟作了保證，大家才安心的住了進去。

那位學弟的保證很滑稽：

「你放心，就是在他家住個一年半載的，也包管你看不到他的人影兒，聽不見他的聲音！你以為他家也像你家，就那麼兩間半房子呀？告訴你吧，兩百五十間都不止！從他家的大門，到他住的那座什麼樓，恐怕就有整整的一里路！你當是就像你家來了貴客，教人藏也沒處藏，躲也沒處躲？你說怕見他，他才怕見你哪！儘管放心就是啦，想見也見不著啊！」

當時說得那麼肯定，不料就發生了這種事情，別的同學責怪他，他卻把責任全推給劉一民，瞪眼豎眉，擺出一副勢不兩立的神氣：

「都是你！都是你！考學嘛，能夠榜上有名就好啦，偏偏你要逞能，拚了死命，搶來個第一名，有什麼好處呢？今天這些麻煩，都是你惹出來的！」

吵歸吵，鬧歸鬧，去還是要去，有陪考老師壓住陣腳，誰也溜不掉。

他們被招待住宿的小跨院，就在大門旁邊，出入方便，大概本來就是用以安置望門投靠的窮親戚、窮朋友的，由此轉入內宅，要回過頭去，重新自大門走起。那位學弟曾經介紹過，從大門到後樓，有整整的一里路，那是約摸著說的，也許是稍稍誇張了，在感覺上卻是只多不少。因為是在晚間，那管家帶領著他們，專從廊簷底下有燈籠的地方走，更覺得庭院深深，重門疊戶，房屋不但高大，而且建築考究，其他也就沒有什麼印象了。

到了那座什麼樓，他們在臺階下等著，那管家入內通報，等了不少時候，才被傳喚進去。屋裏布置得金碧輝煌，映眼生光，很多擺設都是劉一民見所未見的，非金即玉，再就是象牙、犀角之類，看上去倒像是一間專門買賣珍玩古器的舖子，聞起來也很像那股子氣味。

他們一行人進入之後，主人並不在座。兩個穿綢著緞的大丫頭，像穿花蝴蝶似的飛進飛出，向客人奉煙敬茶，禮數十分周到。奉煙，沒有人會抽；敬茶，也沒有人敢喝，那帶蓋兒的細瓷茶盅，幾乎像蛋殼一般的薄，生怕一用勁兒就把它揑碎了。

等大家坐好，一個穿綠衣裳的大丫頭向一個穿紅衣裳的大丫頭說：

「荷花，你進去請老爺、夫人吧。」

那個穿紅衣裳的大丫頭應了一聲，就嬝嬝娜娜的走進和大廳毗連著的套間去。

劉一民坐的位置，正好和那套間的門戶相對，當那繡著一隻大鳥的布簾子——就是小說書裏所謂的「繡簾」吧，——往上「飛」起來的時候，他偷偷的望了一眼，望到的卻是另一掛「繡簾」，似乎是套間裏面還有套間。

過了一陣子，就聽到那個穿紅衣裳的大丫頭，在裏面嬌聲的叫喚著：

「翠花，打簾子，老爺、夫人出來啦！」

那個穿綠衣裳的大丫頭，老早的就在「繡簾」旁邊侍候，聽到叫喚，就作了一個很好看的身段兒，伸玉手，舒皓腕，把那靜靜低垂的「繡簾」高高掀起，自己也立即閃到一邊去。

「繡簾」啟處，一位老者當戶而立，想來就是主人了。陪考老師向學生們示意，要大家趕快站起來，有人動作迅速，有人反應遲鈍，快慢很不一致。陪考老師微微的皺眉，表示對學生的不滿意；又濃濃的堆起一臉笑紋，向主人彎腰行禮。

那老者當戶而立，人站得穩穩的，頭抬得高高的，不進不退，不言不語，只慢慢的轉動著眼珠子，透過那副金絲眼鏡的玻璃片兒，向廳內眾人作了一陣「掃瞄」。這個架勢，足足擺了有三分鐘之久，然後，才緩緩舉步，從眾人中間通過，走向主座。

在他的身後，有一位時髦裝束的女子，年歲和那兩個大丫頭差不多，氣派卻迥不相若，那大概就是丫頭們口中所稱的「夫人」了。

這一對男女主人，年歲相差了兩三倍，裝束上也有「古典」和「現代」之異，看上去極不相配，甚至會覺得他們不是真實的人物，是為了演戲才這麼化了妝的。

主人的精神很好，興致極高，一經開了口，就滔滔不絕。不過，他所談的那些話題，有許多都是劉一民聽不懂的，聽懂了的一些也覺得毫無趣味。二十分鐘過後，前來聽「訓」的眾人當中，大概只有劉一民和陪考老師兩個人是清醒著的，幾位學弟都已經昏昏欲睡，好在他們打瞌睡的姿勢很規矩，人還是端端正正的坐在那裏，頭低垂，塌拉著上眼皮，正是一副屏聲止息、聚精會神的樣子。主人對他們這副姿勢似乎還很滿意，說話的興致更高漲不已，一篇接一篇，一回又一回，不知道要說到幾時，才能夠收煞結尾。

話從「咱們曹州府」說起，這位大人物學識淵博，對「堪輿學」似乎也很有研究，據他說，曹州府雖然是一片平地，沒有什麼山岳湖泊，可是，它地脈極厚，靈氣很足，風水最好；所以，從古代到今朝，公侯將相、聖賢英豪，都出過不少。他提到的那些人物，劉一民有的知道，有的不知道，不過，從主人的話裏，卻聽出了他評論人物的一個標準，完全是以官職大小、爵位高低而論，在他口中所提到的一些「鄉賢」們，每個人頭上都有一個長長的官銜，至於他們所樹立的德業勳績，卻是很少說起。說到當代，他舉出的兩位「鄉賢」都大名鼎鼎，一個是做到「兩湖巡閱使」，被「洪憲皇帝」封為「一等公」的王占元，另一個是官拜「國務總理」的周自齊。主人還特別解釋說，「兩湖巡閱使」就相當於「皇清」的「兩湖總督」，而「國務總理」也就是一般人所說的「當朝首相」了，都是值得年輕人景仰效法的。

主人又說，曹州府的風水好，不但是蔭庇本鄉本地土生土長的人，就連在曹州府做過官的，也都會官運亨通，步步高升。關於這一方面，他舉了三位「時賢」為例：第一個是滿人毓賢，曾經在曹州做過知府，而後又直升「山東巡撫」；第二個是田中玉，先做「曹州鎮守使」，後來又做了「山東督軍」；第三個就是他本人，他也是先在曹州做「道尹」，又被「借重」到別省做「巡按使」的。怕這些晚輩年輕識淺，不知「巡按使」為何物，說話的正文中間，還加了小注：「這個官位就是『皇清』的巡撫，民國初年換用這個銜頭，後來又改稱『省長』，再後來——就是現在，好像又改成『省主席』了。不管怎麼改，換湯不換藥，身為一省之長就是了。」說著，還很用力的咂著嘴，好像是，他十多年前做過一任「巡按使」，至今齒頰間猶有餘味。

對一群剛剛考進中學的年輕人來說，大概沒有什麼事比聽一位長者唸自傳、背履歷更索然無味的了，特別是這位長者滿腦子都是功名利祿，只談他個人的宦海浮沉，官場交遊，更無一語道及國事艱難、民生疾苦，聽著，簡直就教人有些厭惡。劉一民所以能保持著清醒不睡，並不是對這位長者談話的內容有了興趣，而是由於第一次接觸到這樣的人物，心裏充滿著好奇，就懷著一種看「戲」的心情，來研究這位長者所扮演的角色。有兩個問題是劉一民一時不能索解的：一個是主人的年紀，在劉一民的眼睛裏變幻不定，從六十歲到八十歲，每一個歲數都有可能；另一個問題是：聽人說這位長者有很重的大煙癮，每天要有一兩重的煙膏才能過日子，可是，看他的面貌，白白胖胖，細細嫩嫩的，跟劉一民平時所見那些「大煙鬼」的尊容，黑黑瘦瘦，皮包著骨頭，是完全的不相似，難道鴉片煙這類毒品也如此的勢利，對真正有錢的人也無可奈何麼？還是他養尊處優，席豐履厚，除了大煙癮之外，還另有養生之道呢？就是這一類的問題，在劉一民心底翻攪不已，雖然聽覺有些暫時性的失聰，而不至於像幾位學弟那樣「全身麻醉」，直不起脖子，撐不開上眼皮。

客廳的一角，放著一座像成年人那麼高的大自鳴鐘，那「卡達卡達」的輕響，單調而沉悶，也有著催眠的作用。突然、它發出大鳴，「噹噹噹——」的敲了十一聲。睡了一覺的學弟們被猛然驚醒，不知道發生了什麼事情，都一齊睜大眼睛，滿臉懵懵懂懂的神情。

主人稍作停頓，喝口茶潤了潤喉嚨，正要開講新篇，被他身邊那位年輕的「夫人」，用一口清脆悅耳的「京片子」，把他那滿嘴的「鄉談」打斷。那「夫人」很體諒的說：

「我說我的老爺呀，十一點啦，您就歇歇嘴兒，養養您的老精神吧！對您來說，這是您的大清早，可是，學生們呢，可覺得這已經快半夜啦，您就饒了他們，放他們回去睡覺吧，人家明兒個可還得起大早、趕遠路哪！」

看主人的神情，大概是意猶未盡，而閫令又不敢不遵，只好把自己的話頭，草草率率的作了一個結束，又很有威儀的捋著八字鬍，向他那「夫人」說：

「我要你準備的賞錢，可打點好了沒有？」

那「夫人」給了他一個白眼珠子，逕自向那個穿紅的大丫頭吩咐著：

「荷花，你去我房裡瞧瞧，梳妝臺上有幾隻裝了錢的荷包兒，去拿來給我。」

裝了錢的荷包兒？這不是拿人真的當作小孩子了麼？主人還明說著那是「賞錢」，接在手裡，要不要磕頭謝賞呢？劉一民心裡頭直發毛，從來沒有遇到過這種場合，真不知道該如何應付才好。

那大丫頭拿出來的，果然是幾隻嶄新的荷包兒。我的老天，還是繡花的哪！上頭繫著收口兒的絲繩子，底下綴著流蘇，大紅大綠，踢里脫落的。拿這玩意兒逗小孩子——最好還是個小女孩兒，那倒是一見就愛：「賞」給一批十四五、十六七歲的中學生，可就教人卻之不恭而受者有「愧」了。

主人瞇縫著眼睛，剛剛吩咐得一句：

「拿來啦？就賞給這些學生吧！——」

那大丫頭應了一聲，正要開始分派，又被那「夫人」用手勢止住：

「慢著，我還有話說。各位進來了這半天啦，我們老爺還不認得誰是誰呢，這位年長的大概是師傅吧，就請你給我們老爺引見一下。只聽說各位當中有考了第一名的，這位『狀元公』到底是誰呀？」

陪考老師於是就一一唱名，「唱」到誰，誰起立。最後「唱」到劉一民，還特別說了兩句客氣話：

「得了第一名就是他。鄉下孩子，不懂什麼規矩，也沒什麼才學，一時僥倖而已。」

那「夫人」輕盈的站起來，從大丫頭手裡揀了一隻荷包兒，拈在手裡，一搖一擺的直接走到劉一民的面前去，那意思是要親自「打賞」給他。把劉一民窘得面紅耳赤，渾身長著倒刺，要不是後面有椅子擋著，他大概就要連退幾步，再想辦法溜走，什麼儀節禮貌，都管不到那麼多了。

耳邊只聽見那「夫人」鶯聲燕語的說：

「這隻荷包兒，是特別替『狀元公』準備的，祝你一舉成名，三元及第。」

劉一民很笨拙的做出一副抗拒的架勢，嘴裏也像放炮仗似的：

「不！不！不！我不想要！」

那「夫人」笑得花枝招展：

「哎——咦，怎麼能說不想要呢？你們讀書人不是有兩句現成的話嗎？『長者賜，不敢辭。』剛才我們老爺說什麼『賞錢』，這是從前的老話，你該不是介意這兩個字吧？那咱們就換一個說法，我想想看，用現在的文明詞兒應該怎麼說來著？哦，是了，應該叫作『獎金』，聽起來就比較順耳啦，對不對？你還是趕快接過去，這是我們老爺的一點兒薄禮，怎麼能說不要呢？」

儘管心裏頭有一千個、一萬個不願意，可是，被逼在那裏，除了伸手去接，似乎再也沒有別的法子，劉一民只好勉強自己，伸出手去，接下了那份兒「薄禮」。

其他的幾位學弟，也都和他一樣笨手笨腳、傻頭傻腦的，辭受之際，情況比他好不了多少，那位年輕的「夫人」索性拿他們幾個當成了「開心果」，兩個大ㄚ頭也抿著嘴兒直樂，廳堂中笑聲不絕。

領過了「賞錢」，回到前頭小跨院裏，每個人都顯得有些心神不屬，有一大堆的問題需要思索，劉一民在走廊上獨坐，幾個學弟被攆到床上還嘰嘰喳喳的說個不了，也不知道爭論些什麼，剛才不該睡的時候他們在人家廳堂裏直不起脖頸，現在可以睡了，他們反倒閫不緊嘴巴也閉不上眼睛。

劉一民心裏感到有幾分窩囊，也覺得有幾分滑稽，就好像剛剛在戲院裏看了一齣不值得看的戲，又好像連他自己也給硬拖到臺上參加了演出似的，演一個龍套的角色，被人家耍猴似的捉弄了一陣子，委委屈屈而咎由自取，然後就一個人坐在這裏生悶氣。

像主人這麼大的人物，這麼高的門第，今天他是第一次接觸，印象可以說是「壞透」，不過，對他來說，卻也並非全無好處。劉一民是民國成立以後才出世的，對那個在他出生以前就被推翻了的「滿清王朝」，就算他知道一些，也都是從老年人那裏聽來，或是在書本上看到，有些言語說得太瑣碎，有些文字又寫得太概括，從那些言語和文字裏，對「滿清王朝」的老大、腐敗、顢頇、無能……所得來的印象倒是夠深刻的，卻不是十分具體。甚至於，發生在民國初年的一些軍國大事，在他心裏也是一篇糊塗賬目，往往知其一而不知其二。因為，當那些大事發生的時期，雖然他已經來到人世，一則幼小無知，二來又一直生長在偏僻閉塞的郜鼎集，對那些真正重大的事件，當然也會有些聽聞，而訊息總是來得太遲，當一些流風餘緒傳播到那裏，事情早已經成為過去。例如，「五四」運動當然是一椿大事，當這樁影響深遠的運動正進行得如火如荼，他卻和他爹「劉先生」正在「清涼臺」和一群土匪打交道呢！「五四」引發了一股子新潮流，大學、中學的老師和學生成了那些舊官僚的死對頭，動不動的就遊行、罷課，有時候是為了愛國、抗日之類堂堂正正的大題目，而有時候只是為了一些雞毛蒜皮的小事，也一樣的小題大作，不但和軍警起衝突，還要把一些行政首長、教育首長給抓出來狠揍。這股子潮流，很快的就蔓延到全國各處，劉一民本人雖然不曾參加過，刊登在報紙上的這類新聞，卻著實看過不少。看過之後，還頗不以為然的暗暗想著：「這可不大好，讀書人也動起拳頭來了！而且，那被打的省長、廳長之流，不也都是讀書人麼?毆辱斯文，這可不合讀書人的身分！」今天看到這位曾經做過「巡按使」的主人，(主人自己解釋的，「巡按使」就是後來的「省長」)才知道，讀書人揮拳動武，大概都有其不得不揮的理由，也就是說，打人的未必無理，而挨打的人卻多半是罪有應得！

這位主人，在「皇清」時代，就中了進士，點過翰林，皇恩浩蕩，正是科舉考試甄拔出來的一位高等知識分子；而入民國以後，這位主人又見風轉舵，作了識時務的俊傑，並且還順應潮流，勇於「為民服務」，可算得舊派中的新人物，思想並不是十分「迂腐」。民國初年，政局就是由他這類的人物把持著，這位主人的職位雖然不是很高，官兒也老大不小，他的思想觀念、生活態度，大概都稱得上是一個「代表」，那批老官僚的可恨、可惱、可殺、可誅，都可以由他的身上依此類推了。

至於他的那位「夫人」，就連劉一民年紀輕輕，入世未深，也看得出她不是什麼好出身。從她那一身摩登裝束，和她那一口道地的「京白」看來，多半她是一個唱京戲、或是唱「河北落子」的女伶，唱戲沒有唱紅，就擇「銀」而事，下嫁給這個過了氣的「老爺」。對了，像「老爺」和「夫人」這種稱呼，劉一民只有在看戲的時候才聽到過，一般仕宦或鄉紳之家，早已經不興這一套，大概只有像主人這種門第還保存著，讓一個鄉下孩子聽了，更有一種「看戲」的感覺。還有主人初露面兒的時候，丫頭打起簾子，他當戶而立，擺起一個架勢，足足有三分鐘之久，不言不語，不進不退，那不正是舞臺上「亮相」的動作麼？可見這「老爺」的身上，和那「夫人」的戲味兒一樣濃厚，兩個人的本質相差不多，女伶和政客原是一丘之貉，難怪這兩種人常常會湊合在一起了。所謂氣味相投，物以類聚，這也是一個例子。

跟這類人物接觸，最使一個鄉下孩子受不了的，就是在他們的言語舉動上，很自然的流露出來的那種虛妄，那種驕惰，那種已經演練到十分純熟的矯揉造作，這和鄉下人的純真樸實，相去太遠了。花花世界，原應該什麼樣兒的人物都有；不過，人有聖賢愚劣高低上下之別，讓這類人物置身廟堂，高高在上，那可實在是擺錯了地方。而且，聽了這位主人的一篇「訓詞」，他注意的是風水，關心的是祿位，何嘗有一言半語，說到國計民生呢？讓這類人物去治國理民、掌權主事，就無怪乎國家大事會糜爛到那種地步，而老百姓受窮受苦，作魚作肉，也都是命該如此了！……

那天夜裏，劉一民就坐在那小跨院的走廊上，胡思亂想，直到天亮。天亮了，許多在夜裏才有的音籟，都被白晝間更多的音響壓了下去；許多在夜裏才有的影像，被白晝的強光一照，也都淡化了、隱沒了。

直到天亮，陪考老師才發覺劉一民一夜沒有上床。好在他素來是能熬夜的，而考試之後的這幾日，清閒無事，睡得很足，有一夜沒睡好也並不影響趕路。這一路之上，他甩開大步，一直走在最前頭。

初秋天氣，還正是一年當中晝長夜短的節季。早晨，離開府城的東關大街，太陽還沒露臉兒；傍晚，太陽才剛剛下山，一行人已經到了縣城的西關外。

西關大街上，有一座「善堂」，門外放著一隻木箱子上頭刻著「捨財積德」四個大字。縣城裏的「善堂」有好幾家，要以西關大街的這一家最特別，它服務的項目是施捨棺材，專門為那些本鄉本土貧苦無後的「老絕戶」，或是慘遭橫死、路遠難歸的異鄉客，甚至也包括那些違法犯紀、按律問斬的刀下之鬼，出錢出力，料理後事。本來是縣城裏幾家大商戶合資辦理的，這些年來，有的家道中落，有的舉家遷居，這樁善舉幾乎就辦不下去，主事的人才在「善堂」門口擺下這隻木箱子，也是「與人為善」的意思。

一位學弟見景生情，觸動靈機，一邊往自己懷裏掏摸著，一邊拉大了嗓門兒說：

「嗨，各位，昨天領的這筆『賞錢』，買肉不香，買糖不甜，依我之見，還是把它『捨』在這裏，替那出錢的『大老爺』積積德吧！」

說著，就從懷裏扯出那隻荷包兒，把裏面裝的一塊銀元倒了出來，用兩隻手指夾住，湊近那木箱子的投幣口，手指一鬆，那枚銀幣就落在箱底，叮鈴鈴——發出很清脆的響聲，在箱底又跳、又蹦、又打滾兒，可見那隻木箱子正空著肚皮，不知道有多久沒「吃」過東西了。

那天，大木箱運氣不錯，雖然沒有吃個大飽，總共有八塊銀元進肚，也算得相當豐盛的一餐了。

同學們都正是十四五、十六七歲的年紀，不論在任何時代、任何地區，這個年紀的小男兒，總都是有幾分豪氣、也有幾分傻氣，任何好事或者是壞事，只要有人領頭兒，每個人都能幹得出來的，別說是區區的一塊「袁大頭」，就是自己項上的這顆腦袋，在必要的時候，引刀一快，等閒輕擲，也都能一腳把它踢得遠遠的！更何況，凡是能到府城去考中學的，雖然未必就是富家子弟，家境總都還過得去，區區一塊錢，沒有誰把它看在眼裏，既然有人出了主意，也就樂於跟隨，每個人都爽爽快快的，臉上不帶有絲毫勉強的神色。

在同學們當中，以家境而論，最不夠資格當「中學生」的，大概就只有劉一民。他聽他爹「劉先生」說過，小叔前幾年在府城裏唸中學，一切費用在內，每年總得一百塊銀元左右，那些年家境還好，又有爺爺、奶奶留下來的「老底子」，所以，供應小叔把四年的舊制中學唸下來，還不算很吃力，當時爹還有意供給小叔到北京唸大學呢，是小叔自己執意不去，才作罷了的。而今的家境，幾乎是山窮水盡，吃飯都成了問題，又怎樣去籌措這一年上百塊的學費？爹說這籌措學費的事情，不需要他操心，可是，人已經長到十七歲，又不是真正的年幼無知，對家中經濟情況清清楚楚的，明知道這是一樁難事兒，除了借貸典賣，爹也根本想不出什麼好法子，作兒子的又那能不關心呢？不過，儘管如此，要他從一個被自己鄙視的人手裏，去接受金錢上的幫助，——不論如何巧立名目，「獎金」也好，「賞錢」也罷，遞在他手裏的，不過就是一隻荷包袋，幾枚「袁大頭」！——當時拒之不得，事後再把這點子錢用於正途，他會覺得那是極大的屈辱！昨夜在走廊下獨坐，他就深深的被這件事困擾著，想不出該如何處理才好。也曾經異想天開的，看到腳底下的磚塊裂了一道隙縫，就打算把那幾枚銀幣，悄悄的塞進去，教它「物歸原主」，也許它永遠出不了土，自己先求個問心無愧。繼而一想，又覺得這只是小孩子的勾當，也未免太矯情了。在人家小跨院裏連吃帶住的好幾天，能說那不是一種恩惠麼？受人恩惠在前，拒人賞賜於後，這又能「清」得幾許？「高」了多少呢？那位學弟出的這個主意倒真是不錯，大概他昨天夜裏也曾為此事煩惱過，總算找到「出路」了。

當劉一民往那木箱子裏塞錢的時候，幾個學弟一齊鼓譟，有人還很詫異的說：

「怪咧，每人一隻荷包袋，咱們只有一塊，他怎麼是三塊？」

另一位學弟卻曉得其中的奧妙：

「你沒聽見那女施主說的話麼？這叫作『三元及第』！昨兒那臺戲，咱們跑龍套，人家是主角呀，『賞錢』當然就不一樣多啦！」

劉一民人大量大，也懶得跟這幾個「小孩子」一般見識，就由著他們說嘴去。處置了那三塊錢，真有如釋重負的感覺。他決定回到家裡以後，有關這段「故事」一個字都不提。至於那隻荷包兒，本來是想帶回家去給「小泥鰍兒」玩的，想想又覺得不合適，於是，在經過城門外吊橋的時候，他把手臂伸到橋欄外頭，手指頭一鬆，就讓那隻繡花荷包兒「掉」進護城河裡去，拍拍手，不留下一點兒痕跡。

學弟們大多住在縣城裡，或是近城負郭的村子，進了城也就等於是到了家的；只有劉一民離城最遠，當別人已經言笑晏晏，闔家團聚，他還得穿城過關，再挨黑走上十五里路，才能回到郜鼎集。

離家不過數日，路程也只有百許里，劉一民卻已經嘗到了懷鄉病的滋味。考前還好，考後的這幾天，真覺得歸心似箭，度日如年。在府城裡住在人家的屋頂下，雖然只是一座小跨院，也一樣的前廊後廈，很有格局，院子裡還種著些花木，立著一塊太湖石，走道上都是方磚舖地，打掃得乾乾淨淨的，比一般鄉下財主的正廳上房還要講究呢。可是，說來好像又有些不像真的，劉一民住在那裡，卻一點兒也不感到舒適，倒是越來越惦記自己家裡的那間小屋子；院子裡花香撲鼻，他聞著，也覺得不如自家中藥舖裡的那股子氣息。有兩句歌謠，他很小的時候就聽人唱過，當時只認為那歌謠虛虛假假的，沒有什麼道理，這一會經過親身的體會，卻自己也不出聲兒的唱起來了：「金窩，銀窩，不如自家的狗窩。」一邊唱著，一邊品著它的味道，才知道俗話不俗，越是這種樸素無華的言語，越是禁得起撕擄，耐得住咀嚼。

怕惹得別人見笑，男孩子們沒有誰會承認自己想家的，總要裝出一副「大丈夫志在四方」的氣概，把家鄉放在腦後，對那些離鄉背井，辭父別母之類的「小事」，表現得毫不在乎。其實，別的同學是否都心口如一，劉一民不敢胡亂猜測，只說他自己，他承認自己就不是那麼有出息。

家鄉，是一個人出生成長的地方，喝慣了那裏的水，吃慣了那裏的糧食，看慣了那裏的人、那裏的物、那裏的風景，也聞慣了那裏的氣味，一旦離鄉出行，都來排隊入夢，那能不想？想得才厲害呢！想爹，想娘，想哥哥嫂子，當然更想他的侄子「小泥鰍兒」……在劉一民的私心裏，也並不認為想家是什麼丟人的事兒。可是，當他和那些學弟們混在一起，看人家一個個的都是那麼豁達，說一些什麼「男兒立志出鄉關」的話，他也不好故意的唱反調，聽人家說得熱鬧，也只能點頭應著。而在他的心底，卻裝滿著懷鄉思親的情緒，正因為不敢向人洩漏，就像一隻封裝緊密的大酒罈，外面聞不出什麼味道，裏頭的酒味兒卻是更濃烈了。

他所以會想家想得這麼厲害，除了天性使然之外，還有一個緣故，那就是，在民國十七年這一年裏頭，對整個的中國來說，北伐成功了，國家統一了，該結束的已經結束，應開始的即將開始，可以說是一切情勢都大為好轉；而對郜鼎集的「劉先生」一家人，這一年卻是家運迍邅，多災多難。先是突如其來的接到他小叔陣亡的噩耗，接著是他娘因過度哀傷而病倒，然後，當他跟著他爹「劉先生」在徐州府逗留的期間，家裏又發生了一件不幸的事情，他嫂子十月懷胎期滿，曾經生下一個女嬰，卻是一出世就有從娘胎裏帶來的病症，又加上生產時不順利，而預先雇好的一個「接生婆」，年老體弱，臨時害了傷風咳嗽，就把她的一個媳婦給派來了，這個媳婦也就是她的徒弟，是準備繼承衣缽，也以此為業的，年紀已經有四五十歲，看上去也挺內行的樣子，到底是出馬未久，經驗不足，遇上難產，自己先就慌了手腳，一陣硬拉猛拽，幾乎把產婦給折磨死，卻也沒有將嬰兒救活，出世不久就夭折了。

這件事情，在劉家好像是一項禁忌，甚至把劉一民這個作小叔子的，也完全給蒙在鼓裏。當他們父子剛從徐州回來的時候，劉一民看他嫂子一直沒有露面兒，家務事都由剛剛病好的娘一個人在操勞，也曾經三番兩次的打聽過，娘只是淡淡的說：「你嫂子身體不大好。」照家常話兒的說法，所謂「不大好」，也就是「身子不爽快而又並無大礙」的意思，劉一民當時還想著，大概是嫂子懷孕期間，身子比較貴重，偶然有點兒小病小痛，婆婆體恤媳婦，就不讓她出來勞動。後來，果然看見爹在開藥方子，交給大哥，照方抓藥，再由娘熬給嫂子喝。劉一民看過那張藥方子，爹開出來的，都是些補血養身的藥品，更把娘的話信以為真。接著，他又奉命準備考學，把自己關在斗室裏，一頭鑽進書堆，不再過問外面的塵世俗務，所以，這面鼓也就一直沒有敲破，把他瞞得緊緊的。

一直到他準備去府城考學的前幾日，那已經是從徐州回家的兩個月以後了，他才像大夢初醒似的，向他大哥問了一句：

「嫂子怎麼還沒有生呢？」

他大哥劉一卿這才愁眉苦臉的向他說了一大堆，愛妻之情，形諸顏色；對那一出世就夭折了的嬰兒，倒是並不表示惋惜。

那年輕的父親餘怒不息的說：

「哼，有什麼可惜的？你不知道那情況有多危險呢！女人生孩子，等於是到鬼門關上走了一個來回，你嫂子能夠保住這條命，這已經是咱們劉家的祖上有德。至於孩子，還是娘說得對：能夠養大成人的，那才是自己的兒女，生得出養不活的，都是些詎人精、討債鬼！……」

在民國十幾年那段時期，嬰兒的死亡率相當的高，有些人家，生十個、活五個，就算是成績不錯。正因為這一類的悲劇太多，作父母的如果多愁善感，有多少眼淚也會早早的就流乾了！於是在民間就造成一些陋俗，也流行著很多傳說，什麼「詎人精」、「討債鬼」，都是些三姑六婆信口胡編的，很多老實人也就接受了這一套。縱然不是真的相信，內心哀悼不已，表面上也要做出一副無辜受累的樣子，把這一類夭兒殤女的悲劇，都說成前生罪過，今世孽報，是無可逃避、也無可補贖的！

劉一民背起行李、出發到府城去的那一天，他大嫂才第一次在人前露面兒，經過兩個月的休養調理，人還是虛虛弱弱的，瘦瘦黃黃的，看上去，簡直就像是一個中年婦女，而且是結了婚十來年，生養過半打兒女，還沒過過一天的好日子。他大哥講過一個比喻，說是女人生孩子就像是「在鬼門關上打了一個來回」，看他大嫂的形貌，似乎還不止如此，恐怕是當她從鬼門關口往回走的時候，半道上又遇到判官攔路，大筆一勾，在「生死簿」上扣減了她二十年的陽壽！不然的話，他大嫂才二十幾歲，人正當青春年少，那能這樣不禁老？

就是這一連串的不幸事件，使得劉一民隻身在外，也仍然逍遙不起來，而對那個多災多難的家，更多了幾分牽掛。

他記得，在什麼書上看到過，有人說，不幸事件往往是有連鎖性的，由這一件引發另一件；而幸運卻是可遇不可求，只能得之於偶然。所以，在俗話當中，就有「福無雙至，禍不單行」這種說法。從表面上看來，劉家所遭受的這些不幸，是接二連三的發生，時間上很集中，好像是真的替那兩句俗話作了一個印證；可是，再往深處想，這些事情雖然都發生在最近的幾個月之內，追根究底，卻是其來有自，如果說這和劉家的家運有關係，那麼，這場壞運氣是從幾年前那宗冤枉官司就開始了的。現在，一切惡因都已經消除，國事邁上正軌，家道也將步入坦途，再不會有前幾年的那種苦日子了。

第十四章

劉一民這次奉父命考學，不但一擊而中，並且還榮膺榜首，這似乎就是一個好兆頭。在路上，他就拿定了主意，回到家裏，要好好的向爹、向娘、向哥哥嫂子吹噓吹噓。最好能弄張「捷報」貼在門頭上，再買一串上千頭的大鞭炮，霹靂啪啦一陣響，像過年、娶媳婦一樣。別怪他太張狂，他是要藉此機會，一則向四鄰報喜，二則也去去他們劉家這幾年來的晦氣。

回到「葆和堂」門口，已經是入夜以後，照這幾年的舊例，早過了關門閉戶熄燈滅火的時刻，可是，他遠遠的就看到中藥舖的木板門仍有一扇未關，屋裏的燈也還亮著，他本來以為這時刻家裏的人都已經睡著了呢！

這不必多尋思，一定是家人預先得到信息，算定他在府城裏「金榜題名」，今天要榮歸故里，所以才敞著門，留著燈，等著他回家的。他心頭一喜，就快跑幾步，衝門而入，一路吆喝了進去：

「爹，娘，我回來嘍！大哥，大嫂，我回來嘍！小泥鰍兒，小泥鰍兒，快來接叔叔，叔叔給你帶來了好東西！……」

一路吆喝了進去，卻發現屋裏的氣氛有些不對。原來娘和大哥都還留在前頭舖子裏，娘正靠著爹常坐的那張椅打盹兒，大哥更是扭曲著身體，屁股黏住板凳，上身卻攀斜著櫃臺，那姿勢看上去是很不舒服，他倒能抱頭大睡。兩個人都是被劉一民這一路吆喝給驚醒了的，而醒來之後，也並沒有給他多麼熱烈的歡迎。

不但沒有熱烈的歡迎，而且，兩人看清了是他，都有著很奇怪的反應。娘的神情，像是幾天沒有好睡，剛才好容易有機會打了個盹兒，又被他冒冒失失的給吵醒；而且，被他吵醒的時候，娘大概正作著什麼怪夢，雖然睜開了眼睛，人還有一半留在夢中，一手搓著額頭，一手撫著胸口，向他輕聲的呵斥著：

「回來就好，這麼大喊小叫的做什麼？深更半夜的，你就不怕把人的頭魂兒嚇掉？」

大哥的反應更冷漠，只是微微的昂起頭來，望他望了一眼，又立即恢復原先的姿勢，似乎還想再繼續睡下去，嘴裏咕咕噥噥的：

「原來是你！我當是爹回來了呢！」

兩大盆冷水，澆得劉一民渾身透濕，頭頂上還冒出一團白茫茫的迷霧，弄不懂家裏頭究竟發生了什麼事故？他顧不得在心裏抱屈，也來不及擱下行李，就急著連拍帶推，要把他大哥喚醒，問一個清楚明白：

「爹去了那裏？大哥，你醒醒，我問你話呢！爹到底是去了那裏？」

一母同胞的親兄弟，外貌上頗有幾分相似，弟兄倆的習性，卻有著甚多的差異。例如，睡覺對哥哥是一樁大事，只要有一夜睡眠不足，第二天就會帶出了標誌，垂頭搭腦，臉皮發黑，眼睛裏布滿紅絲，就算勉強的撐起眼睛，也會不停的打哈欠；弟弟卻是一隻「夜貓子」，一夜兩夜不睡覺，根本就看不出什麼。看他大哥現在的這副神情，大概睡不好覺已經不止一宵了。

被劉一民糾纏得萬般無奈，劉一卿只好轉動著腦袋，回臉朝外，眼睛也沒有睜開，只把嘴巴露出來，微微啟動，說了一個地名兒，聲音還卡在喉嚨裏，教人根本就聽不清。

劉一民揣摩著他大哥的口型，問道：

「你說——陳樓？大哥，大哥，你是說爹到陳樓去了麼？」

劉一卿遲遲鈍鈍的沒有反應。娘在那邊接口說：

「是啦，你爹去了陳樓，過午就去的，到現在還沒有回來，我和你大哥正在等他呢。」

劉一民這才擱下行李，向娘的身旁偎過去：

「娘，爹去陳樓做什麼？那陳爺爺的病，不是已經給他治好了嗎？」

娘很疲倦的嘆了一口氣，好幾次欲言又止，似乎她要說的那件事情是極複雜、極曲折的，一時不知從何處說起。這時候，剛才推揉不醒的大哥卻忽然開口說話，冷不防的，還以為他在發囈怔呢——

「爹治得好他的病，可治不好他的『魔道』！讓他躺著還好，他一能下床走動，我們全家人可就不得安寧，天天來吵，天天來鬧，再這樣下去，我也會跟他一樣，人快要發瘋了！」

話說得很清楚，不是在發囈怔，劉一民卻聽得糊里糊塗，完全找不出眉目。那位陳爺爺倚老賣老，人不大講理，這是他領教過的，而且還不止一次；可是，來吵來鬧總也得有個因由兒，如果毫無緣故，又吵個什麼勁兒呢？過去那幾回，小叔離家出走，其後又寫信退婚，那位陳爺爺上門罵人，因為「理」是在他那邊兒的，也只好儘著他罵去！後來得知小叔陣亡的消息，那老頭子還硬說這消息是假造的，是一個騙局，怎麼也不肯相信，說什麼「活要見人，死要見墳」！當時所表現的那份兒多疑，那份兒頑固，就已經到了無理可喻的程度！劉家無可奈何，只好拖著他走了一趟徐州府。到了那裏，小叔的墳是他親眼目睹，他在墳前哭倒，幾乎送掉老命一條，若不是「劉先生」隨侍在側，悉心照料，多半他就有去無回，去得了徐州府，回不到郜鼎集了！而回來之後，「劉先生」三天兩回的往陳樓跑，「葆和堂」不花錢的藥，被他吃下去幾十服，這才算把一條老命保住，縱然他不知道感激，總也該接受事實，他還來吵些什麼？鬧些什麼？難道還非要劉家賠出一個活生生的小叔，去作他陳家的女婿不可？如果真是這樣的話，劉一卿倒不是咒他，這位老長輩的神智是真的有了問題，郜鼎集附近地區又多了一個瘋子！

這些事情，從大哥那裏是問不出個所以的，必須向爹、向娘去問，才能弄清楚其中的底細。可是，爹不在家裏，娘又顯得無情無緒，一副不肯多說話的樣子，要是再不識相，多言語，恐怕就會有人倒楣，挨耳刮子也許是不至於，罵幾聲，說幾句，那是大有可能的。

劉一民只好把這些問題先悶在心裏，只向娘作了一個請示：

「娘，天這麼晚啦，爹還沒有回來，您又這麼牽掛，我想到陳樓去接他老人家，您看，好嗎？」

娘先是輕輕的搖了搖頭，然後又重重的嘆了口氣，那意思，是要他不必去，去也無益。

劉一民不敢多說，心裏可又急又躁。自己不覺得，大概是把那些抓耳搔腮的小動作，都給帶出來了。

娘看了他一眼，這才緩緩的說：

「你不用急，這件事情不是你小孩子能插得上手的。現在地面上很平靖，不像前一陣子那樣亂鬨，到處都是惡人；你爹回來得再遲些，娘也不用擔心。娘擔心的是，今天你爹到陳家去求情，不知道能不能求得准？……你去，又有什麼用？」

劉一民越聽越糊塗：

「娘，您說什麼？求情？」

「是啊，咱們的理短，人家的理長，也只有多說好話，求人家體諒。」

聽娘的口氣，爹今天到陳樓是負荊請罪去的！可是，為什麼呢？劉一民思前想後，也找不出劉家有什麼對不住陳家的去處，要說是有，那就只有小叔悔婚這件事情，而小叔他已經不在人世了呀！在過去這幾年裏，為了這件事情，劉家的人自知理虧，連被看成小孩子的劉一民在內，都處處向陳家低頭，不知道賠了多少禮，不知道受了多少氣，那還不夠麼？

停了一下，娘又慢悠悠的說：

「如果陳爺爺肯體諒，那最好；要是他咬住一個理字不放鬆，你爹也只有答應他。那樣的話，對咱們劉家倒沒有什麼，只是苦了他們陳家的那位二姑娘啦！唉，這都是命啊！」

聽到這裏，劉一民才開始有些明白，——說是明白了呢，可也明白得不徹底。就像是窗櫺上糊了一層白棉紙，現在又往上頭塗了些桐油，看上去似乎是透亮透亮的，真要想把窗外的景物看清楚，卻仍然是一片模糊。那樣的「故事」，劉一民倒是也聽說過、看到過，戲文裏有，章回小說裏也有，而在現實的生活中，畢竟是少而又少。莫非陳爺爺他古書讀得太多，又加上病後體弱，頭腦不好，真的變成了「魔道」？

又坐了一會兒，娘實在是熬不下去了，就站起身子，向兩個兒子吩咐著：

「你們再等會兒吧，我進去躺著啦。」

劉一卿本來正混混沌沌的，這時候大概是剛好睡醒了一覺，精神稍稍轉好，頭腦也比較清楚了。劉一民本來想把大哥也攆回屋裏睡覺，有他一個人在前頭替爹等門就好，他大哥卻像是才剛剛看見他似的，親親熱熱的話起家常來了。

「聽說你在府城裏考了個第一？不容易！爹娘都很歡喜，我這作大哥的也很有面子！往後，你儘管好好的去唸書，家裏的事，有我！」

劉一民向大哥謝過，又詫異的問道：

「家裏是怎麼知道了的？」

劉一卿原原本本的說：

「是城裏的包老師，昨天專程來到郜鼎集，同時辦了兩件事，一件是向咱爹咱娘報喜，說他剛剛得到從府城來的消息；另一件就是替陳爺爺傳話，跟咱爹訂下今天的這個約會。」

劉一民又有些迷惑：

「陳爺爺家的事，怎麼也拉上了包老師？」

劉一卿詳細的報導著：

「當然少不了他啦，他不也是個秀才嗎？聽說那陳爺爺這一回做得很絕，前幾天就送出了帖子，把咱們城武縣有功名的老先生，都請到陳樓去，兩個舉人，十幾個秀才，要由這些人出面兒主持，把陳、劉兩家的事，來一個公決公議。你想啊，弟弟，這些人，連同你那位包老師，都是和陳爺爺一個鼻孔兒出氣的，有誰會向著咱們呢？爹今天是『單刀赴會』，到了那裏，還不是一切都聽陳爺爺的？我看哪，你就專等著辦這件喜事兒吧！」

劉一民大驚失色：

「我？怎麼個辦法？」

劉一卿不但把箱子蓋兒打開，而且把箱子底兒上的隱密也都給抖露了出來：

「娘剛才沒告訴你嗎？要你捧著小叔的神主牌位，去陳樓『迎』小嬸兒過門呀！」

劉一民的心裏一涼，好像有一股子冷風吹了進去；窗櫺上塗了桐油的白棉紙，也突然給換上透明透明的玻璃片兒，把剛才那一片模糊的景物，都清清楚楚的顯示出來。其實，剛才在他心靈的窗口，他已經看到這件事的輪廓，只因為他不敢把那層薄薄的窗紙戳破，所以在他沒有看得太清楚之前，就遮遮掩掩的躲開了。

雖然事情並不完全出乎他的臆料，可是，當他大哥那樣直接了當的說給他聽，劉一民仍然不免被嚇了一跳，出乎本能的就往外推擋著：

「這都是陳爺爺想出來的主意？又為什麼一定要我去呢？」

老實頭兒劉一卿的嘴角上，竟然現出一絲不懷好意的笑容：

「這當然是咱們那位陳爺爺指定的！他不但要你去把小嬸兒『迎』回來，而且，他還逼著咱爹答應他，要把你過繼在小叔的名下，換句話說，你往後要將小叔、小嬸兒當作爹娘，『迎』進門來的小嬸兒，也就由你來奉養！——兄弟，這些條件，都是那陳爺爺當面兒提出來的，我實話實講，可沒扯一句謊！」

劉一民也相信他大哥說的是真話，因為，這些話太離奇，不要說他大哥沒有這份兒能力，就是他自己，要他信口胡編，也是編不出來的。而這些真話聽在他的耳朵裏，何止是驚異？簡直就把他嚇了個半死！對小叔，不論在生前或死後，他都是以作小叔的侄兒深感榮耀的，可是，在他的觀念裏，叔侄就是叔侄，父子就是父子，對那些「過繼」、「出嗣」之類的字眼兒，他自來就很有反感，總認為那是宗法社會中一種極不合情的陋規，甚至是一種人格上的屈辱！怎麼也不會想到，在他自己的頭頂上，也懸著這樣的一個圈套！而且，這個主意還並不是自家的尊長想出來的，竟然來自一個外姓人的脅迫，這未免太離奇了！

最氣人的是，那姓陳的老頭子在背後算計他，他現在知道了這件事，卻發現自己毫無辦法。唯一的希望是在爹的身上，只要爹不答應，那糟老頭兒的如意算盤就打不成，劉一民忿忿的說：

「哼，出這種餿主意，損人不利己，爹才不會答應呢！——大哥，你說對不對？」向大哥問了這一句，完全是缺乏自信、尋求支持的意思。劉一卿偏偏心拙口笨，不會做好人，說出來的話都是弟弟最怕聽的，問了還不如不問：

「你問我？我看哪，爹是非答應不可！你想想就知道，今天這個場面，舉人、秀才十幾個，說起話來都是引經據典，酸氣沖天，爹被他們圍在中間，熏也熏昏了！而且，這件事情，連爹也覺得自家沒有理，理是在人家那一邊兒的，陳爺爺又請來那麼多有學問的人撐腰，你說，爹還能不答應麼？」

劉一民當然也瞭解這種情勢，所以才口硬心虛。他大哥說爹今天這一去好比是「單刀赴會」，其實，如果說得更確實，這齣戲應該叫作「舌戰群儒」才對，爹那有諸葛亮的本事？那些老先生們可都是得「理」不饒人的！而且，老先生們所持所守的「理」，都是從古書上來的，寫下來頭頭是道，說出來振振有辭，做起來可就不一定能完全合乎時宜。而那些老先生們也根本不理會「時宜」這一類的問題，自管把他們認定了的死理，奉為金科玉律，雖然他們自己也未必能一體遵行，卻絕對不容許別人有半點兒違背。和這樣的人辦交涉、談條件，那是極難極難的，只有你讓他，不會他讓你，這還有什麼可談的呢？只怕是爹一到了那裏，就像被押上了公堂似的，這邊吆喝一聲，那邊訓斥幾句，「被告」根本就開口不得，最後也只有低頭認輸，一切秉承「法官」們的意旨行事，這即是陳爺爺所說的「公議公決」了。

那十幾位有功名的老先生，劉一民認識的沒有幾個，除了陳爺爺，就只有城裏的包老師和部鼎集的王秀才了。這兩位和劉家叔侄都有師生關係，他們能不能幫得上忙呢？尤其是包老師，是舊派人物當中比較有新頭腦的，想來他不會贊成「和神主牌位結婚」這一類的把戲，可是，就算他仗義執言，拔刀相助，也畢竟是人單勢孤，在那批人當中，是絕對的少數。再說，包老師的思想觀念，新的舊的都有，在這件事情上，他究竟會站在那一方，還很難推想，更不敢抱有太大的指望。

劉一民越想下去，越覺得情勢對自己不利，而他大哥劉一卿把該說的話說出來之後，心裏沒有什麼負荷，又恢復了他剛才的老姿勢，往櫃臺上一趴，就睡得昏昏沉沉的。劉一民知道，和大哥討論這件事，也根本討論不出什麼結果，不如索性請他回房安歇，自己一個人在前頭等候，反正爹在天亮以前總會回來，一切都等爹回來了再說。

劉一卿似醒非醒，人就迷迷瞪瞪的往裏走，走到屏風附近，又忽然轉身，像說夢話似的，安慰了弟弟幾句：

「弟弟，你也不用著急，反正是，你一向很喜歡小叔的，就是教你給小叔、小嬸兒當兒子，那也沒有什麼關係，咱們還一樣是親兄弟！」

說罷，就搖搖擺擺的拐過屏風，踱到後院裏去了。

只賸下劉一民獨自一人，心裏的紛擾反倒寧靜了些。他想著，事情如果真的這樣發展下去，那也是無可如何，外姓人的餿主意，他可以不接受；可是，只要爹點了頭，難道他連爹的話也敢不聽麼？教他怎樣做，他也只好認了。不過，有一件事他必須堅持到底，那就是，他可以奉養小嬸兒一世，恪盡人子之責，但他絕對不改口。爹要是逼著他非改口不可，他就去向小嬸兒苦苦的央求。想到這一層，他的情緒就漸漸平定，緊張狀態也漸漸鬆懈，坐在爹常坐的那張大椅子裏，為了使自己坐得舒服些，身子就越來越矮，眼皮子一沉，意識一下子朦朧起來……

大概就在他剛剛閉上眼睛的時候，他朦朦朧朧的感覺到有人在身旁走動，又朦朦朧朧的聽見上門板的聲音，心裏還想著：爹還沒有回來，怎麼大哥就把門關上了呢？也想睜開眼睛看看，無奈上眼皮似有千斤重，任他怎樣費力的去撐，也沒有辦法把兩眼裂開一條縫，掙扎了一陣子，最後只好放棄，就這樣像一隻大龍蝦似的，佝僂著身子，窩在那張大椅子裏，沉沉睡去。

當他能夠撐得開眼皮，已經是第二天早晨，「小泥鰍兒」正爬在他身上，向他附耳密語：

「小叔，你從府城裏，給我帶回來的好東西呢？」

這是他出發到府城去的那一天，親口向「小泥鰍兒」承諾過的，當時只是順口一說，沒想到這小傢伙還真是記在心裏了。在府城裏的那幾日，考前緊張，考後無聊，有一陣子就把這句承諾忘得光光的，還幸虧臨回家的那天下午，幾位學弟上街買東西，才提醒了他這件事。學弟們都家境不錯，又正是只知花錢樂、不知賺錢苦的年紀，買起東西來都大手大腳的。其中要數劉一民最小器，禮物卻買得很齊備：兩瓶「木瓜酒」，給爹；一匣「柿餅霜」，給娘；帶給嫂子的，是幾尺新時樣兒的大花布；帶給大哥的，是一對兔毛做的「耳烘子」；再就是專意為小侄子買的「好東西」，是一柄用桃木製的「大關刀」，豎起來有三尺多長，比「小泥鰍兒」的頭頂還高。這幾份兒禮物，總共花了他一塊大洋錢不到。還是他這幾日一直在別人家裏混吃混喝，省了一些開銷，不然的話，買禮物的錢早就吃到他肚裏去了，當「小泥鰍兒」這樣甜甜蜜蜜的叫著，他這個「小叔」可就不好當了。

把「小泥鰍兒」高高舉起，輕輕的放他落地，這才發覺自己身上蓋著一件土繭綢的長大褂，是爹出門作客才穿的。劉一民怔了一下，把小侄子拉在懷裏：

「爺爺是什麼時候回來的？」

「小泥鰍兒」瞪起一對大眼睛：

「不知道哇，爺爺正在吃早飯哪。——嗨，小叔，有沒有好東西嘛？」

劉一民也學著小侄子的口氣：

「當然有哇，你等著，小叔馬上就拿給你！」

不過是一把木頭刀而已，就在郜鼎集附近地區的鄉會和廟會上，也有賣這類玩具的貨攤子，並不是什麼稀罕物兒，可是，「小泥鰍兒」哭著鬧著多少，卻始終沒有弄到這樣的一件「武器」，首先是奶奶不許，她說她最看不得小孩子玩刀弄槍的——

娘的理由是：

「這世界還不夠亂的麼？小孩子不擺弄這些『凶器』，長大了也自然不會有那種暴惡的性子！大家都謙謙恭恭、和和平平的相處，人才能安安穩穩，歡歡喜喜的活下去！」

劉一民也曾代「小泥鰍兒」求情：

「哎呀，娘啊，有什麼關係嘛，都是些假的啦！」

娘卻拿定了主意，完全沒有商量的餘地：

「不行！我不許！小時候玩慣了假的，長大啦還愁他找不到真的嗎？作這些『凶器』的人，都該關進監牢裏去！先顧得自己賺錢，就不怕教壞了人家的孩子？不行！我不許！」

在這個家庭裏，奶奶是最疼小孫兒的，如果有爺爺不准做的事，靠著奶奶的護庇，瞞上不瞞下的，也許還能在背地裏想法子。現在是奶奶這一關過不去，那就算毫無機會。「小泥鰍兒」的玩具，也就只限於「小麵人兒」、「大瓷貓」之類，和平倒是蠻和平的，可是，畢竟是不合一個小男孩兒的脾胃。每一次帶他去逛廟會，總都是笑著去，哭著回，外人不明底細，還以為這「小泥鰍兒」是一個爺爺不愛，奶奶不疼的孩子！這些情況，看在劉一民的眼裏，對小侄兒的遭遇是很同情的，但也只限於同情而已，總不能為著讓小孩子滿意，卻惹得老娘生氣！

這次在府城裏，為了買這個「好東西」，也曾經反覆考慮，再三猶豫，最後還是賣玩具的一句話，助長了他的膽子，這才下定決心，銀貨兩訖。

那賣玩具的說：

「這是真桃木做的哎，辟邪！」

有了這個理由，也許娘肯接受，當然咧，瞪兩眼、罵幾句，那是免不了的，而為了讓「小泥鰍兒」有一件像樣子的玩具，只要娘不太生氣，就讓他落幾句壞評語，也算值得。

這一把花了五枚大銅板買來的木頭刀，在「小泥鰍兒」的眼裏，卻如同稀世珍寶。只聽得他發出一聲歡呼，劈手把「大關刀」奪走，先在屋裏胡掄亂舞的比畫了幾個招式，然後威風凜凜的「殺」往後院去了。接著，後院裏的家畜們就遭了一場劫數，只「殺」得雞飛鵝叫，那隻又饞又懶的大黃貓，也連聲慘嗥的上了樹。

劉一民微微一笑，把爹的大褂在屏風上掛好，又將行李中的幾件禮物取出，左手提著，右手抱著，越過庭院，逕自往上房裏走。娘正站在上房門口，露出一臉驚愕，向小兒子責備說：

「『小泥鰍兒』手裏那把刀，是你帶給他的？去給他奪下來，燒掉！」

劉一民一本正經的說：

「娘，不能燒！那把刀是桃木做的，給『小泥鰍兒』玩一陣子，對他有好處，他往後就再也不會頭疼發熱、撞神中祟了！不然的話，我怎麼敢買回來呢？」

雖然嫁了一個鄉下醫生，婦道人家到底不能完全沒有迷信，遇上小孫兒有些什麼不好，一樣的會去求神拜廟，對小兒子的這番說辭，半信半疑，不是完全的聽不進去，說話的口氣就有些猶豫：

「胡扯！這話是從那裏聽來的？」

劉一民正著臉色，眼皮子眨也不眨：

「這話，大家都知道的嘛！娘，您沒看見那捉妖的老道都拿著桃木劍嗎？」

娘並沒有完全祛除疑惑，嘴裏卻不再說什麼，劉一民知道他的妙計已經奏效，「小泥鰍兒」手裏舞弄著的那把「大關刀」，大概可以保住了。

進了上房，先把那幾份兒禮物，遞到各人的手上。娘心裏高興，嘴裏卻少不得的要罵上幾句：

「這孩子，買回來這許多東西做什麼？你帶去的錢又不多，自己就不吃不喝，餓著肚皮擺闊？」

爹的臉上略帶笑意，對小兒子頗表嘉許：

「真的考了個第一？那可是不容易！你包老師對你又誇又讚的，教你過兩天進城看看他去，他說要好好的獎勵你！」

哥哥、嫂子對他送的禮物，也都十分滿意。嫂子把那塊花布放在身上比了又比；哥哥也把那對「耳烘子」一試再試，說是大小正合適。

吃過早飯，爹到前頭藥舖裏去，劉一民跟在身後，小聲兒問著：

「爹，您答應了沒有？」

「劉先生」抬頭向小兒子望了一眼，先點著一袋煙，噴出一大口煙霧，才徐徐的說：

「哦，原來你已經知道，那也好。」

劉一民急得想跳腳：

「爹，您真的答應了？」

「劉先生」滿臉無奈的神情：

「怎麼能不答應呢？事情本來就該這麼做的！過去我一推再推，實在是佔不住一個理字，縱然別人不責備，自己也問心有愧！現在定規出來這個辦法，是出自十幾位同鄉長輩的公議，大家都認為這是陳、劉兩家的一樁美事，我，我怎麼能不答應呢？」

劉一民垂頭喪氣：

「這麼說，過幾天就要我抱著小叔的靈牌，把小嬸兒『迎』過門來？爹，我總覺得這樣做很怪！在本鄉本土，真有人這樣做過麼？」

「劉先生」向小兒子「說古」：

「怎麼沒有？根據咱們城武縣縣志的記載，在宋、元、明、清這四個朝代，訂親未娶而夫死守節的烈女，就出過十多位，其中有一位還是咱們劉家的祖先呢！縣城裏衙門口西邊那座石牌坊，就是旌表她老人家的！……」

劉一民搶著說：

「可是，爹，現在已經是民國十幾年了呀！」

「劉先生」也承認這一點：

「是啊，時代不同啦。原先，我也是這樣說的。可是，那些新派話，不但我說不上來，老先生們更聽不進去！自己都說不順口的，又怎麼能勉強人家同意呢？所以，說到最後，還是接受了大家的公議！」

生平第一回，也是他畢生僅有的一回，劉一民對他爹「劉先生」感到極不滿意，外貌上不敢有所表示，內心裏卻在大聲的叫喊著：「爹！您的嘴怎麼就這樣笨呢？在學校裏開辯論會，討論這一類的問題，都是新派占上風的！報紙上，這一類的文章也有的是！人家都說得很有理，怎麼就是您——您的嘴怎麼就這樣笨呢？」不過，劉一民也曉得，這樣埋怨著，對爹是極不公道的。因為，不管怎麼說，爹總是上一代的人，也很少有機會去接納那些新理論，偶然從小叔的藏書看到一星半點的，恐怕也會觸目驚心，根本就看不下去。昨天那齣「群英會」，如果「會」中曾經有過辯論，爹的立場顯然是站在「反方」的，說出來的話連自己都不相信，又如何能夠服人？這跟一個人的嘴巴笨不笨，也完全沒有關係。

說是不敢在外貌上有所表示，人小量淺，那會深藏不露呢？恐怕還是無意中顯現了形跡。他爹「劉先生」對這個小兒子的無禮，倒是不忍責備，只是向他深深的注視，把他內心的隱秘，都看得透透的。

「劉先生」安慰著小兒子：

「一民，你不用急，這件事情，暫時還不會辦的，也許會十年二十年的拖下去。」

劉一民正在想自己的心事，爹說的話，就沒有聽得十分仔細，還以為事情有了轉機：

「爹是說，小嬸兒不到咱們家來了？」

「暫時不會來。這是陳二姑娘——也就是你小嬸兒她本人的意思。這位姑娘個性很強，遇事都有她自己的主張，當著那多位老前輩，她也敢說敢講，不像一般沒出閣的女孩子那樣，見了人就躲就藏。她的意思是，當她爹——也就是你『陳爺爺』——在世之日，她要在家作一個孝女，侍候她爹一輩子；而當你『陳爺爺』百年過後，她要求咱們劉家把她接了過來，一間破屋，三餐粗食，給她一個安身立命的所在。」

劉一民這回聽得很仔細，可是，聽到最後，結論原來是這個樣子的，這仍然不合自己的心意。他感到很失望，咬著嘴唇說：

「哦，這樣說，小嬸兒她還是要來咱們家了？難道就沒有別的辦法了麼？」

「劉先生」的臉上忽然籠罩著一層寒霜：

「辦法倒有，也是你小嬸兒自己提出來的。她說，要是咱們劉家不把她接過來呢，她還有一條退路，就是離她家只有幾里路的那座『後堌堆廟』！……」

提到「後堌堆廟」，不必細說，劉一民也知道那是什麼去處。就在從郜鼎集到縣城的中途，那條老官道的北側，一前一後，有兩座大堌堆，相去大約有二里路，遙遙相對，上面各建有一座廟宇，前面這一座，另有一個正式的名稱，叫作「白雲寺」，後面那一座，就被人喚作「後堌堆廟」。「白雲寺」本來是由和尚主持，後來不知道是怎麼的，忽然換成一家帶有眷屬的道士；「後堌堆廟」則始終住著一群尼姑，一代又一代的，衣缽傳授，時間相當久了。

小嬸兒說她要到「後堌堆廟」去，就是想「出家」的意思；「出家」未必是她的本意，無非是表示她心念堅決，絕無二志。劉一民瞭解到這一點，不禁內心肅然。剛才有一句話，在他舌尖上翻了幾翻，幸而被他及時堵住，才沒有脫口而出，否則，那對小嬸兒將是一種大不敬，不但會惹得父親生氣，他也會愧悔無及，一輩子都不能原諒自己。

「劉先生」靜默許久，又接住剛才的話頭說：

「你小嬸兒的意志那樣堅決，咱們能夠不答應麼？你小叔和你小嬸兒是在十年前就訂了親的，既然訂了親，她就已經是咱們劉家的人。現在你小叔死了，要是女方同意取消婚約，那當然最好，從此之後，陳、劉兩家就沒有什麼瓜葛。可是，不但女方家長你陳爺爺不肯，就是當事人陳二姑娘——你小嬸兒也自有主張，站在男方的立場，這事情該怎麼辦呢？我也知道時代不同了，現在的官府，不會再替你小嬸兒立一座貞節牌坊。可是，不管怎麼說，她自願為你小叔守節，這總是一樁美事。我是這麼想的，你認為呢？」

要是幾分鐘以前，爹這樣問他，很可能他就會希律忽碌的說出一大堆話，現在，當他瞭解得更多，卻覺得那些話都已經失去「時效」，而且，也不應該由他來說。這麼一轉念間，剛才腦海裏波濤洶湧，一下子就變得風平浪靜，空空洞洞的，再想從裏面「撈」出幾句話來，恐怕都不容易。

爹既然問到他，又不能裝聾作啞，也只好像撈魚一樣胡摸亂抓，隨口拼湊了幾句話：

「守節是一樁美事，那應該指已經結過婚的，小嬸兒還沒有過門呢！這種事情，我覺得，最少是，呃，不應該鼓勵！……」

爹很快的把話接過去：

「如果她本人堅持要這樣做呢？別人也很難阻止，是不是？以你小嬸兒那副剛烈的性子，她自己既然拿定了這個主意，那就不是別人能夠阻止得了的！她把話說得很清楚，擺在她面前的只有兩條路，你說該教她怎麼走？」

劉一民也急急的表明態度：

「我絕對不改口！」

話說得太突兀，「劉先生」似乎誤會了小兒子的意思，也像一般作父親的那樣忽然失去了耐性，一下子把臉拉得好長，把眼睛瞪得好大，把鬍子撅得好高：

「什麼？你說什麼？」

劉一民也毫不退縮，表現得很堅決：

「我是說，等到把小嬸兒『迎』進門來，我可以奉養她一輩子，可是，我絕對不改口！」

「劉先生」這才聽清楚小兒子是在爭些什麼，臉色也就稍微緩和了，用一種商量的口氣說：

「又不是把你過繼給外人，是你自家的親叔叔，而且，你不是和你小叔感情最好麼？」

劉一民平平板板的說：

「父子就是父子，叔侄就是叔侄！」

「劉先生」把煙灰磕掉，又裝上一袋新的煙絲，用火紙媒子點燃，一口一口的抽著，將自己的面孔藏在煙霧裏頭，過了很久，才揮手把煙霧攆開，臉色也似乎變得開朗起來。

「這件事兒，以後再說吧。——有一個好消息，我還忘了告訴你，你聽了，一定會高興的。」

好消息？那來的好消息？劉一民露出滿臉的迷惑，被飄過來的煙霧嗆得直咳嗽。光是出嗣過繼這件事兒，就帶給他很大的困擾，儘管他很堅定的表明了態度，卻並沒有得到他爹「劉先生」的承諾，「這件事兒，以後再說吧！」顯然它還是懸而未決，而由「陳老頭兒」設計的那個圈套，也仍然在他的頭頂上搖晃著。按下這件事兒不說，另外還有一個問題使他深感煩惱，那就是，他這次奉父母之命考學，考是考上了，而且還僥倖得了個第一，可是，緊接著的就是註冊繳費，這一大筆錢從那裏來呢？他知道到時候他爹一定會把這筆錢湊出來的，也知道他爹必然會為著籌措這筆錢而費盡九牛二虎之力。就是這種情況，最使他擔憂發愁。如果說，只為了教他多讀幾年書，而連累到全家人節衣縮食，受累吃苦，他覺得這種書還不如不讀！書能不能讀得好還在未知之數，他這個「敗家子」卻是做定了！分析自己的處境，真可謂憂患重重，內外交迫，爹卻告訴他說，「有一個好消息」，實在想不出這個「好消息」是從那一位過往神靈腳趾縫兒裏掉下來的？

停了一會兒，「劉先生」才繼續說：

「這個好消息，是從你包老師那裏聽來的。當時人多，又有別的事情攪和著，你包老師來不及細說，我也沒有聽清楚。好像是，『一高』的老師，為了紀念你小叔，要募集一筆錢給你，叫作什麼『獎學金』的。包老師說，這筆錢數額不多，不過，你進入中學第一年的學費和生活費大概是儘夠了。包老師還特別告訴我，也要我轉告你，這筆錢，是榮譽，不是救濟；是獎勵，不是餽贈；名正言順的該由你得，也並非由於你是你小叔的侄子。」

「劉先生」說這番話，是說得很用心的，特別是其中幾句重要的言語，他是一邊想，一邊說，就像在複誦什麼文件似的，還有意無意的模擬著包老師說話的口氣，儘其所知，完全告訴了小兒子。而劉一民卻聽得很費勁兒，一邊聽，一邊想，最後總算弄懂了大概的意思，還有很多地方留著空隙，恐怕那是連「劉先生」自己也填補不起來的。

劉一民歪著腦袋思索：

「獎學金？我們這次到府城去考學，也有老師陪著，怎麼沒有聽他說過？」

「劉先生」向小兒子提示著：

「你要是不累，明天就進城去看看包老師。詳細的情形，包老師自然會告訴你。就是不為這件事，你也該進一趟城的。這回考學，你得了個第一，老師們都高興的了不得。尤其是你包老師，一再的當著眾人誇獎你，說你有才情，說你有志氣。」

年輕人性子急，既然應該去，何必等到明天呢？當天午飯過後，劉一民只略略的打了個盹兒，就精神抖擻的出門進城，直接來到包老師的家裏。

原以為包老師見到他這位得意弟子，會有許多好聽的話要說，不料，劉一民從包老師這裏所聽到的，好聽的話沒有幾句，告誡和訓誨倒說了一大堆。對包老師這種「當面壓、背後捧」的作風，劉一民早就有過「身受之痛」。過去在「一高」讀書的時候，他每次考試都能名列前茅，當時包老師是他班上的「級任」，也就是說，在校內二三十位老師當中，就數包老師和他的關係最「親」，可是，他隱約記得，包老師當面給他的鼓勵極少，恐怕還遠不如他從校長手裏接受的獎品和獎狀多。你考了第二名，他會說：「再努力！」下次考了第一，他還是沒有好臉色，卻又警告你：「要保持！」總而言之，要想當面從包老師那裏接受幾句獎勉之詞，那是極難極難的。也就因為這個緣故，他才落下「包公」、「老包」、「包黑子」那些外號，可見他的「鐵面無私」，早是有口皆碑了。偶而聽包老師說起他那些已經不在門下的昔日弟子，這位老先生卻又改了脾氣，揄揚讚譽，無所不至。於是就給人一個印象：包老師從前教過的那些「高足」，最壞的也總有幾分可取之處；而眼前正在受教中的這些「蹩腳」學生，不論你成績多高，操行多好，總還是有毛可吹，有疵可求。劉一民以為自己是已經熬出頭來的，卻發現包老師還是和他在校的時候一樣嚴厲，大概是他來得太遲，好聽的話都「吹」進別人耳朵裏去，只賸下一些告誡和訓誨，是特意留下來款待他的。

首先，對於劉一民在府城裏得了個榜首這件事兒，包老師就認為「那沒什麼稀奇」，縱然不能說是由於「一時僥倖」，最少也靠了「三分運氣」。包老師很「科學」的向他分析著：

「我聽說，你完全是靠一篇作文，才壓倒了別人，而作文的分數最沒有標準。我一生都在讀文章、寫文章、改文章，在這一方面體會很深，其中的滋味，可以用八個字說盡，那就是：『成敗在己，毀譽由人！』古人所說的：『文章千古事，得失寸心知。』不也就是這個意思麼？有人說，看文章也就和看女人一樣，遇到那絕色美女，大家自然是有目共睹的，可是，那種『絕色』畢竟是少而又少，正如白居易所說：『天下無正色，悅目即為姝。』這完全看各人自己的喜好，就沒有什麼客觀的標準可言了。一篇作文，遇上了『知音』，而又是一個成見極深、主觀很強的人，心裏一高興，他就會大大方方的給了你九十分；碰到另一個人手裏，也許就會認為連六十分都不值！你不妨計算一下，如果你那篇作文只得到六十分的話，在這次升學考試裏，你會排名第幾呢？縱然還能榜上有名，名次也必然很低，對不對？所以，考試能否得中那要靠自己的實力，至於什麼第一名、第二名，倒是沒有多大關係，七分實力再加上三分運氣，如此而已！你可不要把自己估錯了，一次賣了個好價格，就認為自己的文章真是那麼值錢了！」

包老師的苦心，劉一民倒是能夠瞭解的，他是怕年輕人一時占了便宜，就忘了自己姓甚名誰，從此飛揚跋扈，到最後一敗塗地。於是就在他體溫最高的時刻，往他耳朵裏灌幾句冷言冷語，這就像鍛鐵煉鋼似的，先趁著機會，多敲他幾錘，再一下子把他插進涼水裏，去去他的雜質，消消他的火氣。包老師用心良苦，這法子對他也很有效，當時聽著不舒服，事後卻發現得了不少的好處。

問起「獎學金」的事，包老師倒是興致勃勃，向劉一民說了很多。原來這筆「獎學金」的設立，就是出於包老師的倡議，不但獲得校長先生的准許，也得到全體老師的支持，紛紛解囊捐輸，共襄義舉。照包老師的構想，本來是不打算讓老師們出錢的，而是以地方上的大戶富商，作為募捐化緣的對象，老師們只要動動腿、張張嘴，奔走遊說，就會有很好的成績；後來碰過幾個釘子，才知道事情並非如此容易，而老師們當仁不讓，義不容辭，這第一批「獎學金」，幾乎沒有驚擾外人，完全是「廟裏的和尚自己擠出來的」，校長先生和包老師本人都各捐了十塊大洋，其他老師們三塊、五塊不等，合計起來剛好達到百元之數，發一名「獎學金」是綽綽有餘了。

包老師笑吟吟的說：

「這也對，先出錢，再出力，將來到廟外頭化緣去，人家才不會嘲笑和尚們只長了一張嘴！」

一聽這筆錢全是老師們拿出來的，劉一民覺得有些不安：自古以來，都是學生拿錢孝敬老師，古代叫「束脩」，現在叫學費，離開師門之後，這份兒恩德，也是一生一世報答不盡的；那有學生才剛剛離校，師恩未報，卻先來「倒打一耙」的道理？

劉一民才剛剛說得半句：

「老師，我覺得——」

包老師就替他接了下去：

「不忍心接受，是不是？你認為，教書先生都是兩肩擔一嘴，只有老師『吃』學生，那有學生『吃』老師的？我記得，以前看過你一篇作文，好像是說你將來也要走這條路的，如果你把老師看得這麼可憐，衣缽相傳，你怎麼能接得下來呢？告訴你，你這種想法是錯了的！學校裏的老師，最少也受過中等教育，如非家境富裕，那能供應得起？除了其中一兩位，沒有誰靠這份兒薪水過日子，否則，像前幾年七折八扣，又拖拖欠欠的，一家人豈不要餓死？現在國家統一，一切都步上正軌，苦日子已經過去，就單說那一兩位家境較差的老師，只要薪水能按時發放，生活也決無問題，你儘管放心就是！」

劉一民勉強的辯解著：

「我不是這個意思，老師，我只是覺得，這個獎學金是用我小叔的名義，而錢是由各位老師拿出來的，第一屆就由我領回去，倒好像是專為我設立的，豈不是無私有弊？所以，我覺得——」

包老師的臉上有了不豫之色：

「你覺得，你不配？說什麼無私有弊，這私弊是由何而起？當初我提出這個動議，你們才剛起身到省城去，依老師們的估計，你輟學幾年，功課俱已荒廢，根本就考不取，誰也沒有想到你會得了個第一！獎學金用你小叔的名義，那是因為你小叔為國捐軀，是本校創設多年以來的第一位烈士；把獎學金頒發給你，是因為你條件符合，老師們一致通過的！這根本就是兩碼子事，不必要把它拉扯在一起。做人的道理，第一要訣就是不自疑，你小小年紀，疑心病怎麼這樣重呢？就算你信不過自己，難道也信不過你的老師？」

這一罵，倒罵得劉一民心裡踏踏實實，不再胡猜亂想的。只是他稍稍的有些不好意思，面對著包老師光風霽月的襟懷，為自己的心胸窄小、瑣瑣碎碎而赧然羞愧。

好在包老師並不是真的生氣，氣也只是氣他的年幼不懂事，當他低頭認罪，露出一臉悔悟的神色，包老師那裡也就風收雨止，不忍深責，只重重的告誡了他幾句：

「你們劉家子弟，都很有骨氣，這一點我是知道的。可是，有骨氣也不能表現在這上頭，若是你分不出公私，論不清親疏，長處可就變成了短處！還有兩句話，你要給我牢牢的記住：『傲骨不可無，驕氣不可有！』人的資質都差不了多少，聖賢愚劣，全靠後天的修養工夫，你能不能成器，就看往後這幾年了！」

當天晚間，劉一民被包老師留下來，吃了一頓很精緻的晚餐。在座的，除了主人老公母倆，還有一對年輕的姐弟，是包老師的外孫和外孫女。弟弟也是「六中」的學生，敘年庚比劉一民小兩歲，論班次比劉一民高一級，還是位「學長」呢！那位姐姐也是在府城求學的，讀的是「後師」，更是一位「前輩」，「後期師範」相當於高級中學，劉一民還得三年以後才能進得去呢。

那天的晚餐，吃的是小籠蒸餃，餡兒有葷有素，葷的是雞肉，素的是大磨香油炒茄子丁兒，包師母手藝高，她做的蒸餃，劉一民以往也吃過，不論是葷的素的，吃起來一口一個，真是好吃極了。那天有女生在座，他的吃相就拘謹得多，雖然也吃了不少，因為不習慣那種細嚼慢嚥的吃法，吃得再多也像是沒有吃飽。人家那兩姐弟到底是讀了中學的，不但吃相斯文，而且態度大方，在飯桌上有說有笑，對比之下，劉一民就覺得自己又土又呆，坐在那裡，渾身都不自在，飯吃了一半，就藉口路遠天黑，向包老師、包師母提前告辭，從包家「逃」了出來，而當他走出大門以外，卻又對那間充滿著書香氣味的廳堂戀戀不捨。

第十五章

從民國十七年的秋天，劉一民開始過著他連續六年的中學生活。雖然在那兩千多個日子裏，也有旱澇，也有風雨，是會干擾著他的生活，影響到他的生命的，不過，大致上說，他這段求學的過程還算順利，是他這一生當中最安定也最「富裕」的黃金時期。

第一個學年度的學雜費和生活費，就完全是仰仗那一百塊錢的「獎學金」來支付的，一年下來，還有不少的賸餘。這一方面是由於他出生在農村，這幾年又受過貧困，本來就不是一個會花錢的人；另一方面，也因為學校生活安定，環境單純，而當時的物價又低，對一個來自鄉下的中學生來說，那筆「獎學金」已經超過他的需要，他自覺著過得很闊綽了。

府城當然比縣城大了許多，可是，大儘管大，它仍舊是一座交通閉塞、風氣純樸的城市，和縣城相比，不過就是多了一些店舖，幾家茶館、酒樓和戲園子，這對劉一民都沒有多大誘惑，有些地方，也並非一次都不肯去，——去過一次也就儘夠了，不會為了吃喝玩樂而增加很多開銷。吃住都在學校裏，住宿舍幾乎是不要錢的，另外還供應專用的自修室，校園內花木扶疏，景色清幽，那古老的藏書樓，和高大的海棠樹，過去聞名已久，現在都由他儘情享受。每月的伙食費也很便宜，月初「入爨」，先交上四塊錢，主副食等等的一切在內，到了月末，還能再賸回來一角兩角，叫作「伙食尾子」。雖然所費不多，吃的還挺講究，一年四季，都是白麵饅頭，一日三餐，飯桌上有魚有肉，只吃得身上長膘，嘴裏流油，比一般人家的飯食，要高著幾個等級，再有多餘的錢，也實在花不出去。

到了第二年暑假裏，他爹「劉先生」早早的就把學費準備出來。雖然以他上學年度的成績，他還有資格成為那筆「獎學金」的得主，而且，聽包老師說，經過這一年來的「休息」，縣城裏的幾家富商和四鄉的幾家地主，都已經恢復元氣，有了餘力，原先老師們找上門去碰過釘子的，現在卻自動的大破吝囊，踴躍捐輸，募到的「獎學金」數目增加了一倍，可以有兩個名額，不像上一年由他「獨吞」，別人就再也沒有機會。父子二人經過一番計議，決定還是放棄。他爹「劉先生」的意思，是認為凡事都應該先儘著自己，「那有自家放著閒錢不用，卻去接受別人幫助的道理？」劉一民也看得出來，就在這短短的一年間，家中的經濟情況已經大有好轉，既然爹能夠負擔得起，那筆「獎學金」是用他小叔劉大德的名義設立的，自然是頒發給別家子弟才更有意義。

為了這件事，劉家父子和包老師還曾經有過一番爭執，最後，還是劉一民說了幾句很得體的話，包老師才不再堅持。

劉一民是這樣向包老師說的：

「既然叫作『劉大德烈士紀念獎學金』，我們劉家如果有力量的話，不是也應該出一份兒錢麼？老師說今年有兩個名額，那就再增加一個好啦，這第三名是由我爹捐出來的，又由我領了回去，這樣一來一回，不就符合了老師您的意思？」

包老師不但同意，而且對劉一民臨時編造的這番話甚表嘉許，他先往劉一民肩膀上重重的拍了幾拍，又朝著「劉先生」拱手作揖，然後還豎起左手的大拇指，連連點頭說：

「好！好！好！這真是有其父必有其子，有其叔必有其侄！賢喬梓這種做法，合情合理，有仁有義，我包某人除了佩服，別無話說，實在太難得了！」

當面捧人，而且捧的是他自己的學生，以包老師的個性來說，這大概是他生平第一遭。這樣的優遇，劉一民也不曾從包老師得到過第二回，雖然他從此更受到包老師的賞識和抬舉，進一步的把師生關係變成了親戚關係，而他老人家的這種「口頭嘉獎」，卻比那一百元的「獎學金」更為難得，是在一時失察的情形之下脫口而出的，而且僅此一次，下不為例。

家境轉好，不到開學的時候，學費就已經籌措出來了，更無須借貸典賣，奔走張羅，劉一民負笈府城，過著養尊處優、四體不勤的生活，心情上也就輕鬆了許多。郜鼎集劉家雖然兩代行醫，家道卻非富厚，除了「老劉先生」所遺留的一排三大間的「葆和堂中藥舖」，和藥舖後頭的一座院落，再就是「劉先生」本人前些年買下來的那片菜園子，此外就一無所有。醫生這門子行業，有人能靠它升官發財，開一間藥舖，更像是設了一處大買賣，劉一民的那位「城裏的堂伯父」，就有著這份兒能耐；也有人只會給別人治病，不能替自己救窮，部鼎集「葆和堂」前後兩代的「劉先生」，都是屬於這一型。在那些闊醫生的眼中，像他們父子這種不會賺錢的鄉下醫生，都是違反「行規」、也對不起「祖師爺」的，自己受苦受累，那是罪有應得，連帶著太太兒女都過不到好日子，也只能說是命該如此，不凍死餓死已經是祖宗庇護，神靈保佑。不過，傻人也有傻福，當年頭兒轉好，鄉親近鄰們都從生死邊緣掙扎了回來，手頭也稍稍寬鬆了些，早先欠下的醫藥費，他們就會自動清理，眼前再有點兒病痛，請醫抓藥，也都是現金交易，就這樣水養魚、魚幫水，在那些好親鄰的關注之下，劉家的人雖然沒有半畝田地，卻能夠不耕而食，不織而衣，也一樣的苦盡甘來，衣暖食足，把那段窮日子給熬了過去。

至於那些種田人家，一年以前，大都是半飢半飽的，幾乎活不下去，才不過一年的工夫，有了一麥一秋兩次收穫，他們的日子就好過得多了。劉一民發覺到，這些吃慣了苦也受慣了窮的鄉親們，看似愚懦，實際上卻是十分堅強而又富於韌性，不但在疾病災難中能咬緊牙根，苦苦支撐，當那些疾病災難過去之後，他們更有一種使自己迅速復元的本領。主要的原因，是由於他們欲望不高，所求者甚少，只希望生活中沒有太大的災禍，太多的干擾，在自家的土地上，辛勤的工作著，然後，能夠吃幾頓飽飯，睡幾夜安穩覺，他們就會很快的忘記了那些飢餓和寒冷，那些冤屈和驚恐，而在憨厚的臉上，綻露出誠懇的笑容。

而土地是最不辜負人的，只要和著汗水，把種子播撒在土壤裏，有輕風吹拂，有細雨滋潤，有陽光給它溫暖和養分，它就會生牢固的根，發肥壯的芽，開美麗的花，結豐碩的果，成百倍、成千倍的回報給辛勤的主人。而依賴土地生存的人們，也是最容易滿足、最知道感激的，他們在冰天雪地中等候春雷，在乾旱的季節裏盼望著雲霓，在工作時埋頭苦幹，揮汗如雨，而當災難終於遠離，田地有了收成，一家溫飽無虞，卻把這些都歸之於天恩祖德。所以，在農村裏，最能夠表現人心歡愉、點綴昇平氣象的，就是那一年當中的幾個大節氣，郜鼎集附近地區，幾乎每一個村莊都在作「平安醮」，每一座寺廟都在唱酬神戲。

民國十八年的春節，是劉一民自有記憶以來，最像個「年」的樣子，雖然劉家的情況有些特別，也一樣能從院牆以外，聞到「年」的氣味，聽到「年」的聲響，看到「年」的色彩。劉一民的小叔劉大德是在民國十六年的初秋去世的，不論是兄弟關係或叔侄關係，按照服制，都早已經滿了「除服」的日期，可是，因為信息來得太遲，在心理上總覺得那是一年以內的事，所以，一直到「除夕」的前一日，劉家上上下下，都還帶著「孝」的。吃「年夜飯」的時候，「劉先生」先領著全家人拜神祭祖，又特別教劉一民在他小叔的神主案前上香磕頭，然後才正式宣告「除服」，這表示往後可以恢復正常的生活了。由於事先沒有準備，大人們都還穿著舊衣服，只給「小泥鰍兒」換上一套鮮亮的棉襖棉褲，原先為他而設的許多戒條，也同時宣布解除。小傢伙喜出望外，像掙脫繮繩的小馬駒子一樣到處撒野，揮舞著他的「大關刀」，招引著一大群穿新衣、戴新帽的「小嘍囉」，把過年的歡樂，也帶進劉家的大門裏來。

春節過後一連串的節日，情況也都比往年熱烈。老百姓的心裏，似乎是一方面要彌補過去遺失了的，另一方面也在向未來的新歲月表示感謝，這種心理常在一些人家自編自寫的「春聯」上表現出來。大年初幾，劉一民去親戚家拜年，一路上看見過不少的「春聯」，都是過去不常見的。有兩副「春聯」的印象特別深刻，他在許多年以後還仍然記得，一副是：「中華自古風土好，民國即今雨露多。」另一副是：「欣逢中華大一統，喜見民國萬萬年。」作「對聯」的人並不怎麼有學問，連平仄詞性都不甚明瞭，意思卻是好的，很能表達當時老百姓的心聲。若干年之後，劉一民本人成了編寫對聯的老手，好幾回想起這兩副「春聯」，也曾打算替它改動一兩個字，使之平仄和諧，對仗工穩，拿起筆來，卻覺得於心不忍，而且，也沒有把握一定能改得好，弄巧成拙，反倒把它那純樸自然的風味給破壞了，所以在記憶裏，就一直保持著它的老樣子。從這兩副「春聯」，就可以看出當時老百姓的心理，在飽受荼毒、久厭干戈之後，對那個「大一統」的局面是多麼滿足，他們真以為這就是太平盛世了。

以當時地面上的情況來看，也的確教人有耳目一新之感，最讓老百姓感到輕鬆的，就是自從「國民革命軍」越過縣境向北推進之後，部鼎集附近地區，再也看不見一個穿軍裝的人，甚至在縣城裏也是如此。對這種現象，老百姓自己可以解釋，「軍人」本來就分作兩類，一類是從前盤據各地的那些老軍閥，一類是新起來的「國民革命軍」。軍閥是已經被打倒了的，那群「穿軍裝的土匪」，在「國民革命軍」急追猛打之下，日暮途窮，丟盔卸甲，他們那種狼狽的樣子，老百姓都親眼看到過，死的死，逃的逃，從前的威風煞氣統統都沒有了。就拿張宗昌的這支兵馬來說，當他正做著「山東督軍」還兼著「直魯聯軍總司令」的時候，到處的招兵買馬，大量的擴充實力，「會說掖縣話，便把洋刀跨」，他的掖縣老鄉也真是吃過香、沾過光。可是，曾幾何時，張宗昌一敗塗地，最後的一部分殘餘，也在他掖縣老家被包圍繳械，收拾得乾乾淨淨的。「國民革命軍」打了勝仗，統一全國，人數雖然眾多，卻只有一套新的制度，不再是老軍閥那種「打天下，爭地盤」的作法，戰事結束之後，軍隊被集中起來住在營房裏，像城武縣這樣的小地方，根本就看不到他們的影子。老百姓對這種情形，起初是不適應，而在習慣了之後，都感到很高興，精神上也就漸漸放鬆，自由自在的，把自己「封」為「萬歲大國民，一品老百姓」。

還有一個現象，也使老百姓感到很新鮮，也很納悶，明明是真的，卻遲遲的不敢相信。前幾年，在北方農村裏，有兩句話到處流行：「山上一群土匪，城裏一群土匪！」善良百姓就夾在這兩群土匪中間，活得好艱難。現在，城裏那群土匪被打倒，被推翻，他們的孿生兄弟——山上那群土匪，也忽然消失不見。自從「國民革命軍」像清除垃圾似的自南而北「掃」了過去，不但郜鼎集附近地區，就是城武縣全境之內，便不曾再發生過一件殺人越貨打家劫舍的案子，甚至連那些惡名昭彰、被看成像「陰陽界」、「鬼門關」一般凶險的去處，在從前，不要說尋常行旅，就連大隊「官軍」都不敢輕易進入，現在卻通行無阻，連一個敲悶棍、截道兒的小毛賊都沒有，真變成了章回小說裏所說的：「青天白日，朗朗乾坤。」老百姓對這種情形，簡直不敢信以為真，可是，時間久了，由耳聞而親經，也就不得不信。心裏仍然感到很疑惑：那些土匪究竟到那裏去了呢？難道真的像那些神棍巫婆所說，是「玉皇大帝」派下來那位笑口常開的「彌勒佛」，用一隻「乾坤袋」，把那些惡人都給「收」走了麼？

關於「土匪是怎樣消失了的」這個問題，一向愛動腦筋的劉一民，也是千思萬想，想不透其中的道理。一直到民國二十年的年底，在他自己的婚禮上，來了一位不速之客，現身說法，向他作了一番解說，他才算大致的明白了。

「城裏一群土匪」，和「山上一群土匪」，這是民國初年的兩大害，而「國民革命軍」完成了北伐大業，把兩大害一掃而空，對北幾省農村裏的善良百姓來說，這真是出水火，登衽席，十幾年來附骨纏身的痛苦，一旦霍然消除，吃飯也香，喝水也甜，喘氣兒都喘得舒服。

可是，這種好日子過了沒有多久，一場驚天動地的大戰，又在郜鼎集附近地區爆發了。先是在北伐期間參加了「國民革命軍」陣營的「西北軍」，為了爭番號，搶地盤，反對戰後編遣，在民國十八年十月間，公然抗拒中央，實行叛變，由陝西出兵，攻入河南省，下洛陽，圍鄭州，人多勢眾，來勢洶洶。迫使中央不得不下令討伐，派出幾路兵馬，雙方在隴海路西段和平漢路南段列陣對敵，把剛剛平靜下來的中原地區，又煮成了一鍋開水。

這「西北軍」的首腦馮玉祥，是民國初年幾個大軍閥當中的「後起之秀」，他出身行伍，用人練兵，都有他自己一套獨門的工夫，而且，最善於利用機會，在夾縫裏佔別人的便宜，就仗著頭腦靈活，由一名小校脫穎而出，而成為能夠和吳佩孚、張作霖分庭抗禮的大頭目。吳佩孚和張作霖都吃過他的悶虧，也都對他恨之入骨。「直系」和「奉系」曾經兩次發動大戰，各有一勝一負，原是勢不兩立的死對頭，唯獨在「向馮玉祥報仇」這件事情上有了默契，雙方行動一致，南北夾擊，把「西北軍」逼在長城一隅，必欲置馮玉祥於死地。就在這時候，「國民革命軍」從廣州誓師北伐，吳佩孚倉皇南下，正好替勢孤力蹙的「西北軍」解了圍。馮玉祥就是這種情勢下加入了「國民革命軍」的，後來被編成「第二集團軍」，由馮玉祥擔任總司令，在北伐時期的軍事行動中，沿平漢鐵路北進，一路上攻城掠地，也曾立下過一些汗馬功勞。他的投效，對「國民革命軍」固然是很有幫助，就是對他自己、以及「西北軍」的那些將領們來說，又何嘗不是一個大好轉機？如果他能從此站穩立場，不再把軍隊看作私人的武力，他就算是修成了正果的。無奈他思想落伍，雖然換上了「國民革命軍」的制服，卻改不掉老軍閥的舊習氣，每攻佔一地，就畫入自己的勢力範圍，在北伐已經完成、全國即將統一的時期，北方有五個省主席是由他的部將出任的，這個人的用心也就可想而知。當軍事行動結束以後，國民政府從北洋政府手裏接下一個爛攤子，外債纍纍，國庫空虛，為了減省軍費，與民休息，決議大量裁減軍隊，馮玉祥本來也同意了的，後來卻心生疑慮，認為這個措施對他不利，於是，重施故技，要用武力保全他既得的利益，一場大戰就由此而起，馮玉祥和他手下的幾員大將，都是禍首罪魁。

由於「西北軍」一直是在北幾省活動，而軍中一些驍勇善戰的將領，又有不少個是山東人，所以，鄗鼎集附近地區的鄉親們，對馮玉祥這個傳奇性的人物，一向是興趣濃厚；而民間有關他的評論，也是好的壞的都有，不像對張宗昌、孫傳芳之流，那樣的怨聲載道，罵不絕口。老百姓談到他的時候，都喊他「老馮」而不名，這其中，似有幾分親暱，也似有幾分尊敬。人們對他最不滿意的一件事，就是他過河拆橋、扯人後腿的事兒做得太多，因此而落下「倒戈將軍」這個外號。從前他東倒西倒，被他「倒」掉的都是些老軍閥頭子，口碑比他更糟，雖然有人批評他不仁不義，但也有人很欣賞他這種「用壞法子懲治壞人」的絕招，豆棚瓜架，津津樂道，而認為那一類的「故事」很值得傳播，說的人和聽的人都有消痰化氣、清心醒脾的效果。那曉得，他倒來倒去，這一回竟然拆起中央政府的臺來了！不但老百姓中間沒有人再說那些偏袒他的話，就連追隨他多年的一些老弟兄、老部下，也覺得他這一招做得太霸道、太過火了！

以當時「西北軍」的實力，這場野火既經點起，本來是不容易平息的，所幸馮玉祥手下的將領們人心不齊，有的人表面服從，行動上卻很消極；更有的明裏暗裏向中央輸誠效忠，不肯跟著「老長官」胡鬧下去。這表示時代畢竟是進步了的，「西北軍」第二代的將領們，有國家觀念、民族意識的已經不乏其人。就因為內部不和，馮玉祥點起的這場野火，也就很快的被撲滅了，前後歷時只有一個多月。

老百姓額手稱慶，總以為這一戰既然定出了輸贏，往後就不會再有別的事故發生，縮減軍隊的計畫可以順利進行，從此偃武修文，卷甲藏兵，把節省下來的軍費，用到建設國家的事項上面去。那曉得，一波未平，一波又起，自馮玉祥稱兵抗命以後，類似的事件又發生了好幾回，最後就釀成了一場大禍，幾乎把北伐大業艱難締造的成果，全部給破壞了。

這場「中原會戰」，是從隴海路東段的江蘇碭山縣、河南歸德府開始的，這些地方，離部鼎集都不過百里左右，可以說是就在自己的家門口，看熱鬧看得最清楚。和許多鄉親們一樣，劉一民可真是被這個大場面給嚇呆了，不知道那些大人物們在鬧些什麼，更難預料將來會有個什麼樣的結果。那兩句常常被人當作咒語唸誦的俗話，這時候又可以用上了：「是福不是禍，是禍躲不過」反正是遍地狼煙，滿天烽火，躲也無處躲，就只有挺直了脖子等著。

這場大戰，馮玉祥仍然是主角，另外還加上山西的閻錫山，和廣西的李宗仁。這三個人就是北伐期間第二、第三、第四集團軍的總司令，當北伐完成，還曾經由「國民革命軍」的蔣總司令率領，在北平西山碧雲寺拜祭　孫中山先生的靈櫬，可以說都是打倒軍閥、救國救民的功臣，現在卻為了戰後裁減兵額的問題，損及他們私人的利益，而協同一致，和中央作對，紛紛派出軍隊，向中央軍——也就是北伐期由蔣總司令直接指揮的第一集團軍——展開攻擊。這次發生在民國十九年三月間的禍變，雖然有人稱它為「中原會戰」，其實是全國性的一次大動亂，戰火蔓延，遍及南北各地，只有極少數的幾個省分，是聽不到槍聲、看不見火光的。

馮玉祥、閻錫山、李宗仁這三個要角，所共同擁有的武力，幾乎要占到全國軍隊的三分之二，三個人聯手合擊，在他們自己的心裏，必然是認定勝券在握的，更為了壯大聲勢，又勾結了三年前在武漢搞「寧漢分裂」、而十年後又在南京組織偽政權的汪精衛，到北平舉行「擴大會議」，成立「國民政府」，推舉閻錫山為「國民政府主席」，於民國十九年九月九日上午九時就職。這本來就是一齣鬧劇，民間更流傳著不少「故事」，據說，曾經有一位「閻老西」很信仰的大相士，替他卜了一卦，說是他就職的日期和時辰都選得不對，因為裏頭有四個「九」字，四九三十六，——「三十六計，走為上策」，這個「主席」怎麼能「坐」得長遠呢？後來果如所料，這位「閻主席」就職之後，因為阻擋不住中央軍猛烈的攻勢，就在九月十八日通電下野，他的「國民政府」，只有短短九天的壽命而已。

「中原會戰」是民國史上的一件大事，這次會戰的勝負，受影響的將不限於一時一地，而是會決定整個國家命運的。如果馮、閻、李那一方得到勝利，等於是張勳以後的又一次「復辟」，北洋政府借屍還魂，中國仍將陷於群雄割據、分崩離析之局。劉一民在長大成人以後，曾經讀到過不少有關這次戰役的專著和回憶錄，很多人都表示當時的局勢撲朔迷離，勝負很難預測；劉一民在戰事最緊急的時期，卻曾經在心裏告訴自己：「不要緊的，中央軍會打贏這一仗的！」事後證明他當真具有「預言家」的能力，雖然那時候他只有十九歲。

他的信心，是從部鼎集一位老鄉親那裏得來的，並非無憑無據。那位老鄉親姓宋，是劉一民祖母娘家遠房的侄子，算起來劉一民應該叫他「表叔」的。這位表叔少年時期，原是一個浪蕩子弟，他雖然不是宋家的本支，家裏也頗有幾頃田地，不幸父親早死，寡母守節撫孤，對他拘束不住，沾染上吃、喝、嫖、賭各種惡習，把分在他名下的一份兒田產，禍敗得乾乾淨淨的，羞愧無地，悔也太遲，就在民國創立、滿清顛覆的那一年，單身獨自，從家鄉「逃」了出去。據他自己說，離家之初，本來還不想當兵的，可是，人在異鄉，又身無一技，謀生很不容易，這位表叔在各處晃盪了一陣子，後來落得貧病交迫，為了有一口現成飯吃，才鼓起勇氣，加入軍隊，無巧不巧的，就和馮玉祥有了長官部屬的關係。那時候馮玉祥還沒有混起來呢，好像是才剛剛由什麼「營管帶」升了團長的。這位表叔經人引薦，就在那個團裏占了一個名額。這一幹，就幹了十七八年，馮玉祥的場面越來越大，一些老部下都水漲船高的升了官，當年的列兵，有好多位都做了「總指揮」，還有的兼著「省主席」，劉一民的這位表叔雖然沒有多大能力，也仗賴著長官提拔，老弟兄幫忙，當他民國十八年請假還鄉，已經官拜「少將旅長」，年紀才四十幾歲，也算是春風得意，衣錦榮歸。不知道他在外頭受了什麼刺激，這次回來，就不想再出去，把他從前典押給別人的田產贖回，修墳墓，造房子，大有告老還家、優遊林下的意思。他那老長官馮玉祥似乎還不肯放過他，好幾回派人促駕，要他再回到軍中去，他卻費盡唇舌，向來人解釋，說自己健康不佳，身心俱瘁，不能再替老長官效力。

有一回，還特別把來人帶到「葆和堂」中藥舖裏，請劉一民的爹「劉先生」替他證實，說他「身染重疾，不堪服役」。看他的臉色，一副飽經風霜、抑鬱寡歡的樣子，也許他的身體真是有些不對勁兒，可是，「劉先生」也曾對他細心診視，發現他那十幾年軍旅生涯熬鍊出來的體格，比同年歲的莊稼漢子還要壯實，如果他真是覺得自己有病的話，他的病也不在身上，而是在他的心裏，這種事情是騙不過醫生的。表兄弟促膝密語，這才挖出了他的心事，劉一民在旁邊聽得明明白白，就是表叔的這番話使劉一民有了信心，不論那馮玉祥手下有多少兵馬，士無鬥志，絕對打不過堂堂正正的中央軍。

這位將軍向「劉先生」剖心相告：

「有些話，我實在是不願意說，說了，表哥您也未必能夠瞭解我；不說呢，又怕表哥您誤會我在外頭做了什麼不名譽的事兒，所以才棄職潛逃，不敢再回到軍隊裏去。不是的！從前在家鄉的時節，我年輕不懂事，確實是荒唐過一陣子，可是，當了兵以後，我那些毛病就都改過來了，老弟兄們送我一個外號，叫我『宋老實』，您就可以曉得我的為人了。我在外當兵十八年，一直追隨『馮先生』，他的確是一位好長官，對待弟兄們有恩有情。我感到難過的是，當兵這些年，身經數百戰，很少是為了國家出力。過去，場面小，階級低，大家都聽『馮先生』一個人的，他教我們打誰，我們就打誰。民國十六年，『馮先生』帶領我們，參加了『國民革命軍』，這一回才算是走對了路子。現在，北伐成功，全國統一，老百姓安居樂業，當兵的解甲歸田，各人做各人的營生，這是多麼好的事情？偏偏『馮先生』又有了意見，教我們槍口對內，和中央軍作戰，這在道理上怎麼能說得通呢？『馮先生』口才再好，這一回，他的話也是說不圓的！一些資格老、階級高的，都勸『馮先生』不要多事，可是，誰勸他，他罵誰！不管他說得多麼天花亂墜，我是再也不信他這一套了！還不止是我，許多老弟兄都有一肚子苦水，就這樣糊里糊塗的打下去，大家不是都成了叛逆？過去為救國救民而流血流汗，那血汗都是白流了的！要是在這一次戰役中受傷陣亡，那更是不值得！不過，話再往回說，『馮先生』對待我們老弟兄是真好，整個『西北軍』就像一個大家庭似的，要我跟著韓復榘學，把隊伍拉跑，接受中央軍的番號，再調轉槍口，對著自家人開火，那種事情，我也做不到！所以，我只有耍死狗，請長假，賴在老家不走。表哥，您不知道，我又煩又惱，心裏真是苦透了！」

雖然是表兄弟，過去他在家鄉的時候，由於環境不同，秉性各異，兩個人走的並不近乎，何況又經過十幾年的隔離，彼此的生活情況，更沒有半點兒相似。他說的這些話，「劉先生」聽是聽得懂的，卻插不進嘴去，想要安慰他幾句，竟不知由何說起，也只有陪著他唉聲嘆氣，相對無語。

劉一民想起前幾年在縣城裏看見過槍斃逃兵的，不禁替這位表叔擔著心事，在旁邊問了一句：

「您不肯回去，他幾次來催，那『老馮』會放過您麼？」

這位表叔很古怪的笑著說：

「你是怕他們把表叔抓回去槍斃囉？大概是不至於。我跟了他十八年，沒有功勞，也有苦勞。人各有志，不可強求。別說是長官部下，就是至親的父子，父親也不能強迫兒子去做那些大逆不道的事。譬如說，假設你爹是個老糊塗，教你去偷雞摸狗，殺人放火，你去不去呢？更何況，『馮先生』現在要我們做的，比偷雞摸狗、殺人放火要嚴重得多！因為不肯跟著他胡搞，我就請長假，回老家，沒有帶走他一兵一卒，一槍一炮，這能算是對不起他麼？有些老夥計做得更絕，甚至在陣前起義、降順了中央的，也不只韓復榘一個！就是現在還跟著他的那些人，大部分都不同意他的做法，在戰場上誰肯以性命相拚？去年在洛陽、鄭州那一次，就是這樣敗了陣！這一回也沒有什麼兩樣，沒上陣就已經輸定了，只有『馮先生』他自己還不知道！」

這次大戰，雖然戰線很長，北起山西、河北，南到廣東、廣西，幾乎把全國各行省都籠罩在一片硝煙磺雨裏，主戰場還是在中原地區，也仍然以馮玉祥的「西北軍」為主力。照這位表叔所說的，「西北軍」的多數將領都深明大義，知道這場大戰打得沒有道理，只為了老長官、老部下的關係，才不得不接受「馮先生」的驅使，心不甘、意不願的，打仗如何能打得贏呢？劉一民的這位表叔，追隨馮玉祥已經有十八年之久，在資歷上也只比「老二營」的弟兄略遜一籌，官拜「少將旅長」，也算得一位高級幹部。他的這些牢騷話，大概就可以代表「西北軍」多數將領的想法。儘管大頭目野心勃勃，底下的人卻士氣如此低落，馮玉祥還是從前的馮玉祥，「西北軍」可不比從前的「西北軍」了。

後來的發展，果然正如劉一民的這位表叔所預料，大戰從離部鼎集不足百里的馬牧集揭開序幕，中央軍在東，「西北軍」在西，雙方調兵遣將，都用盡全力，在朱集、柳河、野雞崗、蘭封……這些隴海鐵路的站頭上，都曾經有過極激烈的戰鬥，蔣總司令把火車廂當作指揮部，親自在第一線督師，中央軍士氣高昂，節節勝利，戰局就逐漸的由東向西轉移過去。至於北方的閻錫山和南方的李宗仁那兩支叛軍，更是畏首畏尾，不堪一擊。閻錫山的「晉軍」曾經從德州侵入山東，佔領濟南，攻下泰安，眼看著就到了孔老聖人的家鄉——曲阜，害得「衍聖公」發出電報，向閻錫山請命，要求援引「耶路撒冷」事例，雙方交戰，避開聖地，保護聖蹟。不久之後，「晉軍」就被逐退，閻錫山在濟南站不穩腳，也趕緊的退回石家莊去。這場大戰共歷時半年有餘，當中央軍收復潼關，攻進西安，閻、馮下野，汪精衛逃走，一場戰禍就宣告結束。

這場大戰，除了「奉系」少帥張學良在東北按兵不動之外，全國各地的軍隊，幾乎都被捲了進去，有的聽命於中央，有的附和閻、馮那一派，也有的朝秦暮楚，東倒西歪。有兩個小軍閥，是這類人物的典型，一個叫石友三，一個叫孫殿英，這兩個人原先都是馮玉祥手下的將領，在這場大戰當中，短短的幾個月裏，他們叛而復降，降而又叛，反反覆覆的好幾回，好像每一回都能從中取巧，不但保全了實力，還能佔到些便宜。

不過，老百姓是看得清清楚楚的，提到這兩個「寶貝」，沒有人瞧得起。比較受重視的是張學良，自從民國十七年六月間，他父親張作霖在皇姑屯被日本人炸死，所遺留的基業就全部由他繼承，成了「東北軍」的新首領。當「中原會戰」最激烈的時候，正因為他按兵不動，更顯出有舉足輕重的份量，而成為雙方爭取的對象。後來，他態度明朗，表示擁戴中央，閻、馮斷絕了指望，才不得不宣告下野，匆匆收場。中央軍雖然贏得勝利，國家所受的損害還是很嚴重的，最明顯的一項就是裁軍的計畫未能貫徹，一些軍閥的餘孽還繼續存在，而由於軍費支出浩繁，也加重了國家和老百姓的負擔，使得建設的工作受了阻礙。

和過去的一些戰亂相比，這一次戰役在民間所造成的驚擾和損失，可以說是相當輕微。中央軍固然是不擾民的，「西北軍」也很注重紀律，即使在戰事正進行的時期，雙方將士都能約束著自己，對老百姓客客氣氣。劉一民的家鄉部鼎集，和他負笈求學的府城裏，雖然不在火線上，也都算是交戰地區，雙方兵馬，你來我去，老百姓卻能照常的生活，照常的工作，學校裏也絃歌不輟，並沒有耽誤多少功課。

劉一民從民國十七年秋季進入「六中」就讀，到民國二十年的夏天，三年肄業期滿，他就算是在「初中部」畢業了。依他的本願，原是打算投考「後師」的，現在卻由於兩個月以前發生了一件事，使他改變了主意。在郜鼎集教了一輩子書的王秀才，兩個月前，一病不起，由王秀才主持的「縣立郜鼎集初級小學」，就面臨著存廢的危機。這所小學是由王秀才一手創立，要是從它的前身那座私塾算起，歷史也相當長久了的，而今由於王秀才的去世，——不，說實話吧，縱或王秀才不死，這所小學也可能辦不下去，因為在北伐成功的第二年，「柳坊寨」那邊也成立了一所初級小學，校址就設在「柳坊寨」東寨門外的「白雲寺」，老師是「簡易師範」畢業的，雖然也是一個人在唱獨腳戲，卻身具一十八般武藝，照著功課表上課，該教什麼就教什麼，不像王秀才這裏每一節課就在講「國文」。這麼一來，就成了王秀才的勁敵，學生們寧可多走幾里路，也不肯整天跟著王秀才唱書歌子。才不過兩年的工夫，兩所學校就分出了優劣，那邊的學生越來越多，這裏的情況也就越來越不「景氣」，王秀才抑鬱而死，可能這也是病因之一。當時的小學老師，本來就很「缺貨」，而像「縣立郜鼎集初級小學」這種幾乎要關門的學校，更沒有人願意來接王秀才的遺缺，眼看著這所小學就辦不下去了。劉一民覺得這椿責任正落在自己身上，雖然他不曾對王秀才作過任何承諾，但是，郜鼎集是他的家鄉，這所小學也是他的母校，如果在王秀才身後連家鄉僅有的這所小學都維持不住，那將會使得這位教了一輩子書的老人死不瞑目。於是，他就改變主意，決定不再升學，先把王秀才遺留的這根棒子接下來再說。

可是，他的這項決定，卻受到很多人的反對，特別是「一高」和「六中」幾位最關心他的老師，都要他把心胸放寬，把目光看遠，要愛惜自己所擁有的資質，要把握自己所遭逢的機會，不可畫地自限，不可自暴自棄。

老師們的意思，似乎真是把他看成一個「能讀書的料子」，本身的資質足夠，而家庭的環境又允許，繼續讀下去，會有一番成就的，如果只混到初中畢業，就輟學不讀，實在是非常可惜。劉一民本人倒並不這麼看得起自己，早在他讀「一高」的那兩年，可能是受到他小叔那番「讀書救國論」的鼓勵，他的志願就是作一名小學教師，後來他小叔去世，在遺書裏特別給他留了一段「寄語」，更使他堅定心意，要繼承小叔的遺志。現在有了機會，既能實現自己的願望，又能服務桑梓，並且對他先師王秀才和他小叔的叮囑都有了交代，可以說是一舉而數得，這有什麼不好呢？因為自己很有主見，所以，老師們的勸告，對他並不具有多大的說服力，而最後卻仍然不得不勉從眾議，把他的求學生涯再延續下去，於是老師們皆大歡喜，都說是「孺子可教」，而認定是自己的一番話有了效果。

其實，真正影響了他的，只有兩個人，一個是他最最敬服的包老師，另一個就是包老師的外孫女，——本學年剛從「後期師範」畢業的王正芳女士，也就是他後來的妻子。

把劉一民婚姻的對象，說得這麼直接了當，似乎很缺少浪漫的氣氛。事實上，在那個時代，婚姻本來就是一樁很呆板、很嚴肅的事，像劉一民這樣能夠在婚前和對方見過幾次面，甚至還曾有過直接交談的機會，這已經算是很「自由」、很「新潮」的了。

第十六章

在此之前，劉一民和包老師的外孫女，總共只見過兩次面，第一次——也就是他剛剛考取「六中」、被包老師留住吃蒸餃的那一次，大概是真的不期而遇，另外的一次機會，似乎是這位好心的外祖父有意安排的，只是劉一民這方面的頭腦不夠靈活，當時還不曾領會到，被人家當作小猴兒耍了。事後還落下不少的笑料，多少年以後，還有人拿它當笑話說。

第一次不期而遇，要說劉一民對那個女孩兒完全沒有注意，那不是實話。人已經長到十七歲，又不是天生的殘廢、白癡、低能兒，遇到年歲相若的女孩子，異性相引，怎麼可能不注意呢？要說是印象模糊，沒有看清楚，那倒是真的。也不是不想看，而是因為對方太明亮、太耀眼，就像入夜之後天空上又升出一輪新太陽，金光閃閃，照得人眼花撩亂，越是想留下印象，越是對不準焦點，「沖」出來的照片就模模糊糊了。又加上老師和師母在座，他這作學生的可比不得嫡親的外孫女，有許多規矩要遵守，這一來，就得忍受雙重拘束，也就等於是戴著兩道鐐銬，害得他綑手縛腳，吃也沒有吃好，當然就會影響到視覺和聽覺。要是有人逼著問他，對那女孩兒印象究竟如何？恐怕他只能籠統的說：「嗨，很好。很漂亮，很大方，很爽朗。」再要他往細處講，大概他就說不出什麼。而且，面對著這位漂亮、大方、爽朗的「窈窕淑女」，他心裏可絕對沒有「君子好逑」的念頭。理由很簡單，齊大非偶，兩個人的條件實在太懸殊，別的不說，只論教育程度，誰願意娶一位比自己高著三個年級的女生作老婆？差不多可以作老師了！所以，那天見過面之後，雖然他眼前常常有一個人影兒搖晃著，頂多也只像閉著眼睛在回想一張看過的「年畫」那樣，想歸想，心裏頭可是坦坦蕩蕩，沒有任何企圖。

第二次見面，是在劉一民升上三年級的那個學期中間，離第一次見面已經整整兩年。他利用周末，請了半天假，回過一趟家，他爹「劉先生」告訴他，包老師留過話，如果他最近回來，不論那一天，都要他回學校的時候到包家繞一個彎兒，說是有點子「小東西」，要託他帶到省城去。到了包老師家裏，才知道所謂「小東西」原來是一套新被褥，重量大約在十五斤左右，是外婆怕今年入冬以後，天兒會特別冷，再給外孫女兒加送一套，鄭重拜託，要他親送面交。當時的節令還早，大約是「重陽」剛過，早晚已經很涼快，中午前後有大太陽當頭，小棉襖還穿不住，他頂著那套打成包的新被褥趕路，曬是曬不到，身上可真暖和。

他一路流汗，一路在心底盤算：「六中」和「後師」是兩所學校，都在府城裏，相隔倒是不遠，可是，聽說那「後師」的「女生宿舍」，是出了名兒的門禁森嚴，包師母還特別囑咐說要「親送面交」，這不是麻煩麼？哦，有了，包老師的外孫叫王正華，也是「六中」的學生，比劉一民高一個年級，因為是同鄉，又有包老師這層關係，平時就常有來往，乾脆把這份兒差事推在王正華身上，自己就省了這一趟。

那曉得，王正華那小子奇懶無比，要他給他姐姐送被褥，他竟然不肯去，還嘻皮笑臉的跟劉一民耍貧嘴：

「什麼？你教我送去？這真是『大懶支使小懶，小懶支使白瞪眼』，你以為我也像你一樣傻啊？上星期我才去過外婆家，真要是該我送的話，還用得著找你嗎？去吧，乖孩子，我外祖父——你包老師喜歡的就是像你這樣的乖孩子，他派你擔任這份兒差事，想必是對你有些好處的，不會白白的支使你！」

說罷，就從床上轉過身去，埋頭苦讀，——讀他手裏的「七俠五義」，對劉一民再也不睬不理。

在王正華這裏碰了釘子，劉一民無處可推，也只好受人之託，忠人之事，硬著頭皮，「親送面交」，把那套新被褥「頂」到「後師」的女生宿舍去。

果然名不虛傳，女生宿舍高牆深渠，幾乎就像一座「女子監獄」；那「舍監」也就像一名獄卒似的，把劉一民「拘禁」在會客室，仔仔細細，要「審問」他的來歷。

他知道，以他和王正芳的關係，是一時說不清楚的，靈機一動，就報出了王正華的名字。那「舍監」看上去像個「伶俐鬼」，其實也是有眼無珠，居然就被他矇混過去，真拿他當作王正芳的弟弟。

王正芳接到通報，快步走進會客室，幸而還認得他是誰，只在臉上露出一抹驚異之色，大眼睛眨了幾眨，嘴角微微往上翹，又帶出一絲狡獪的笑意。

旁邊有「舍監」在監視，這「姐弟」倆也就一問一答的說了些家常話。王正芳問的都是外婆家的事，劉一民也還能勉強應付。那「舍監」聽了一陣，似乎認為沒有什麼可疑，也就漸漸放鬆了戒備，正好這時候又有別的事務，她竟然把這「姐弟」倆留在會客室，自己走向對面的一間小房子裏，目光可見而耳音難及，就給了王正芳和劉一民說真話的機會。

那女孩剛才的表演很自然，現在卻有些羞怯，一張清水臉兒紅得像薔薇花似的：

「你這個人，怎麼冒充我的弟弟？我還當你——挺老實的哪！」

劉一民看不見自己的臉紅不紅，只能感覺到兩頰的熱度，貼一張單餅上去，大概也能「烙」得熟。他又氣又惱的說：

「還說呢！你那個弟弟可真是懶得出奇，我要他送給你，他就往我的身上推，還說我來一趟會有些好處的！……」

那女孩兒粉頸低垂，把兩根從肩膀上「流」下來的髮辮拈在手裏。那髮辮，那手指，黑的漆黑，白的雪白，就像她那對大眼睛一樣黑白分明，也像她那對大眼睛一樣會說話兒，會向人傳遞消息。

劉一民覺得這個畫面真美，把他裝在腦子裏的「年畫」上的「四大美女」都給比了下去。劉一民看得癡癡的，一時之間，也忘了自己身在何地。

有一個聲音，從對面傳向他的耳際，細如柔絲而又十分清晰：

「好啦，好啦，別生氣嘛。來給我送東西，讓你受了勞累，我向你道謝，這還不成嗎？」

不過就是這幾句普通的言語，卻似乎有形有質，像流水，在他心底流過來又流過去。不知道什麼時候，有人在那裏埋下一粒不知名的種子，現在受到流水的滋潤，就變得鼓鼓脹脹的，好像要發芽兒的樣子。

費了好一會兒的工夫，劉一民終於把內心的秩序恢復，這才想起來應該說點兒什麼，正待開口，忽然聽見那女孩兒提高了聲音說：

「弟弟，你說這些東西都是你們學校裏的劉一民同學帶到府城來的？那，你回去，可要好好的替我謝謝人家，免得人家在背後說咱們姐弟不懂事！」

轉頭一瞧，哦，原來是那「舍監」公事完畢，正往這邊走過來了。

劉一民自覺著臉上的熱度還沒有退去，而且還有繼續升高之勢，也承認自己性情淺露，不能收放自如，唯恐再多待一會兒，就會露出馬腳，萬一這對假姐弟的騙局被人看破，對她，對自己，都會有極嚴重的後果，還是及早撤退的好。於是趁著那「舍監」還沒有走進會客室，就站起來向「姐姐」告辭，說是學校裏還有沒做完的功課，再不快些回去做，明天就來不及交了。和那「舍監」在會客室門口擦肩而過，劉一民聽見自己心跳的聲音比鼓還響，不知道那「舍監」聽到了沒有？

走出幾步，又聽見那「舍監」在背後說：

「你弟弟是怎麼啦？臉紅得像關公似的？是不是他功課不好，你罵了他？」

也聽見那女孩兒泰然自若的回答：

「才不哪！我弟弟的成績好得很，他生氣，是為了別的事！」

這時候，劉一民已經走出那座像城堡一樣的大門，驀然回頭，正好看到那女孩兒站在會客室的門口，很自然的向他揮手：

「弟弟，再會！回去要好好的用功喲，保持你第一名的好成績！」

這話自然也是對他說的。至於她的那個「真弟弟」，在「六中」也是風雲人物，正課以外，各方面都有一手兒，人也長得雄姿英發，而且聰明外露，就是不肯在課本上下工夫，成績總是在全年級倒數二十名前後，也還不至於落到留級降級的地步。在操行方面，也是大過不犯，小過不斷，老師們都對他很頭疼，卻又無可如何。「真弟弟」和「假弟弟」是完全不同的兩個類型，所以，他和王正華雖然已經同學兩年多，平時也來往不少，熟是很熟，卻始終交不成朋友，這大概就是孔子所說的：「道不同不相為謀」。至於那位姐姐在「後師」的情形，劉一民也曾有意無意的向人打聽過，所得的「情報」不少，歸納起來說，她，不是像劉一民這樣的「書呆子」，考試卻總在前幾名；也不是像王正華那樣愛活動，對音樂、體育各方面卻也很內行；一個小學教師所需要的各項能力，她幾乎是有才皆具，無美不備。剛剛升上三年級，就已經被府城裏一所很有名的私立小學給「訂」了去，將來能被她教到的學生，可真是前世修來的福氣。

第二次見面以後，又差不多快一年了。以往每過完一個學期，放假回家，本來是要走一條路的，而女生家裏總會有長輩來接，虎視眈眈，看守得十分嚴密，別說像劉一民這種臉皮子薄的，就連那些老臉厚皮、平時一有機會就向女生大獻殷勤的男生們，在這個場合也得特別的守規矩，結果是男一群、女一隊，根本就走不到一塊兒去。現在臨到劉一民初中畢業，也正是王正芳離開「後師」，準備到小學去任教的時期，劉一民很想把握這最後的機會，和王正芳再見一次面兒，也並不是懷有什麼野心，只不過是想在今生今世，再看看她的笑容，聽聽她的聲音。那曉得，一打聽之下，才知道老天爺連這點兒機會都不給，原來「後師」畢業的日期比「六中」早，因為畢業以後還有一段日子的「實習」，學生們都提前離校了。

從府城回到部鼎集，有一陣子，他也不免害著一種「有所思」的症候，好在煩心的事情很多，升學和就業的抉擇，也是其中之一，以毒攻毒，倒把他神思恍惚的毛病給治好了。因為他一直拿不定主意，不，應該說是他一直在固執己見，對老師們的勸告，沒有認真的去考慮，包老師就派來一個學弟，把他給「傳」了去。

照包老師的意思，不但不同意他輟學，而且也不希望他去投考「後師」，而要求他仍然留在「六中」就讀，準備在三年以後，再繼續深造。包老師說：

「你在『六中』讀書，應該知道『六中』的學生有一句口號：『六中，北大，哥倫比亞。』這些年來，已經成為一個傳統了。『六中』的學生，投考『北京大學』的錄取率很高，『北大』畢業，再繼續到美國深造的，也有了好多個。依你過去這三年的成績，只要能保持下去，考大學絕無問題。上天給你這份兒秉賦，你總要盡力而為，怎麼可以半途而廢？」

包老師替他設計的前途，他簡直想都不曾想過。別說是出國深造，就是到北平考大學，也並非考得取就能唸得成的呀。「柳坊寨」孫家有一位少爺在北平某大學唸書，聽說每年的開銷要八百塊銀元，這個數字簡直嚇壞人啦，就算孫家那位少爺的手筆特別大，照這個數字再打個對折吧，也不是一般人家能負擔得起的，而且，大學的修業年限，總共要四年呢！

四四一千六，乖乖，這是多大的一筆財產？花這麼多錢財去供應一個大學生，這何止是「鍍金」、「包金」，簡直整個的都成了「金人」！一般人家的子弟，誰能有這個福分？就憑他劉家這麼一點子家當，那更是想都不要想！聽包老師說得那麼起勁兒，劉一民不禁暗暗發笑，起初是笑在心裏，一時忍俊不禁，就笑到臉上來了。

被他那怪樣子逗弄著，包老師也忍不住的要笑。扯了扯嘴角，又正起臉色說：

「這孩子，你笑什麼？哦，你是笑我在打如意算盤，不曉得一個大學生每年要花多少錢，對不對？我當然曉得！也和你爹討論過，你爹告訴我說，這幾年家運不錯，除了供應你現在讀書的開銷，還年年都有賸餘，存起來就是準備你繼續讀書的。再說，離你考大學的日子還有三年呢，只要年成一直好下去，不見得你劉家子弟就唸不起大學，這有什麼好笑？」

劉一民不願意討論這個問題，因為沒有必要。他把臉部的肌肉抽緊，聲音卻還是輕輕鬆鬆的：

「不是的呀，老師，我最大的志願，只打算像老師這個樣子，一輩子在小學裏教書，要升學的話，考上『後師』也就可以了，跑到北平去做什麼？咱們城武縣，總共也沒有幾個唸大學的，我不唸，又有什麼可惜？」

這幾句話，卻勾引起包老師的滿腹心事，就把劉一民當作了成年人，透露了縣裏的一些「秘聞」：

「一民，你聽說沒有？跟咱們縣境鄰接的單縣和曹縣，這兩年都成立了『縣立初級中學』，只有咱們城武縣還從缺！你知道是為什麼嗎？校址是現成的，經費也可以籌措，最大的困難就是請不到老師！前幾日，縣城裏的士紳還為此事開過一次會，算來算去，全縣只有五個人唸過大學，再加上像我這樣在『優級師範』、『法政學堂』肄業而今尚在人世的，總共也不到十位！山東省乃鄒魯舊邦，本來是文明昌盛之地，孔子門下的七十二位賢人，有十幾位就出在咱們這個區域。就在滿清年間，讀書的風氣還是很盛的，誰想到今天淪落成這個樣子？就因為大學生太少，才希望能會增加幾個！讀書也不是完全為了自己，為國家、為鄉里服務，總也是知識越高越好。實在是考不上、唸不起，那當然是沒法子，但凡有這個資質、也有這種能力的，就不能畏縮，不該逃避！」

照包老師這種說法，似乎唸大學不只是一項權利，也變成一種責任了。這是一頂「大帽子」，壓得劉一民抬不起頭也張不開口，原先自以為理直氣壯、「不讓於師」的那些話頭兒，現在聽起來理也不直、氣也不壯了，根本不敢提出來向包老師訴說，只能在自己心裏嘀嘀咕咕，聲音也越來越小。

唯一可以說得出口的理由，就只賸下郜鼎集那所沒有了老師的「縣立初級小學」，劉一民特別強調說：

「那也是我的母校，眼看著它就這樣關閉了，我心裏好難過！我雖然只是初中畢業，人也有二十歲了，在郜鼎集附近地區，撇開那些遠走高飛的人不說，沒有誰比我更適合，我要是閉著眼睛裝糊塗，那不也是一種逃避麼？」

原以為這個題目會把包老師也給難倒了的，不料這位即將年滿七十歲的老先生，仍然是頭腦細密，顧慮周到，早已經替這個題目作出答案了。

包老師捋著鬍鬚說：

「這個問題，當然要先解決。要是咱們連現有的鄉村小學都維持不住，那還成立『縣中』做什麼？就算將來多了幾個大學畢業的人，也都願意回鄉任教，有老師，沒學生，『縣中』也一樣的辦不成！今天我找你來，就是跟你商量這件事情，我向你舉薦一個人，你要是認為他能替得了你呢，就把這千斤重擔，由他挑起，你儘管回到『六中』安心唸書去；要是認為他不如你，這件事情就從此不提！你看，怎麼樣呢？」

劉一民向包老師打聽著：

「老師，您舉薦的這個人是誰？」

包老師似乎心情很好，居然跟學生玩起「押寶」的遊戲，而且把「寶盒」按得緊緊的，不等到劉一民押好賭注，就不肯將盒蓋掀起：

「那個人要我暫時守密，現在還不能告訴你。先說，我剛才提的條件，你是不是答應了？」

劉一民還想從包老師嘴裏套出些消息，又旁敲側擊的問道：

「是本地人呢？還是外鄉人？」

包老師笑吟吟的說：

「當然是本地人！你們那部鼎集又不是什麼寶地，而一份兒鄉村小學老師的薪水，也不足以教人見財起意，外鄉人怎麼肯到你們那種窮地方去？像你爺爺、你爹那樣的聖賢，世間能有幾位？」

劉一民悶了一陣子，又忽然冒出一句：

「這個人，夠不夠格呢？」

他所以有此一問，是因為他曉得不少這一類的事實，由於小學老師太「缺貨」，而北伐以後這幾年間，又到處都在增設學校，校址可以利用祠堂或是廟宇來「改造」，師資可就不那麼容易解決，萬不得已，只好找一些不夠格的人來充數，劉一民當年在「一高」的同窗，有那年歲較長而又有了家室之累的，就這樣順理成章的當起了「猢猻王」。小學畢業的人教小學，這也算得是「儒林外史」、「今古奇觀」了！

包老師側著頭、偏著臉，從老花眼鏡的鏡框外面，向劉一民斜視著，很得意的說：

「論資格，你只能算是勉勉強強，人家可是綽綽有餘喲！——我說，一民哪，你現在用不著這麼挖空心思，想從我這裏問出他是誰。我說過要暫時保密，今天就不會告訴你。這樣吧，今天，你先回去，另外再訂個日子，我約他，和你，到我家裏來見個面兒，你就代表部鼎集，好好的求求人家，可要表現得有誠意喲，否則的話，人家還不一定肯哪！」

聽包老師的口氣，好像劉一民就是那所「縣立部鼎集初級小學」的「校董」似的。事實上，也差不多就是如此。部鼎集雖然也有人熱心教育，都是只管出錢、出力，不管出人的，如果他真能替部鼎集請到一位好老師，那些人高興都來不及，沒有誰會不同意。

本地人，資格綽綽有餘，這位「好老師」究竟是誰呢？劉一民在回程中想了一路，合乎這個條件的，倒是也想出了幾個，又一個一個的否決掉，那幾個人都是早就想到過的，如果可能的話，也就不必麻煩包老師了。而除了那幾個人之外，劉一民擠破腦袋，再也想不出還有誰符合這個條件。想了一路，他只能作出這樣的一個結論：包老師是「一高」的「開山祖師」，也是城武縣教育界的「龍頭大爺」，大概他的口袋裏另有人才，不是眼前眾人皆知的這幾位，那就無從猜起了。

到了約定的那一日，劉一民依時來到包老師的家裏，只見門庭寂寂，包老師獨自在書房裏寫字，聽到劉一民進去，就招呼他過去扯紙研墨，一邊寫著，一邊曼聲吟哦，態度閒適之至，不像是有客人要來的樣子。莫非他老人家完全忘記了約定的事？

劉一民不敢多嘴，只有耐住性子等下去。一直等到快吃午飯的時候，才等到問話的機會：

「老師，您說的那個人來了沒有？」

包老師正在處理那寫好了的幾幅字，用鎮紙把字幅的上端壓住，從書架的頂層飄飄下垂，讓它們由「臥姿」改成「立姿」，手底下正忙著，頭也不回的說：

「來啦。」

來啦？怎麼不見人影呢？莫非是來過又走啦？不是說要跟他見上一面的麼？劉一民覺得這兆頭不好，就向包老師打聽著：

「那個人——願意不願意到郜鼎集去呢？」

包老師把幾幅字「掛」好，退後幾步，瞇起眼來瞧著。大概是興會淋漓之際，字寫得很滿意，看了又看，愛不能釋。自我陶醉了一陣子，才收回眼光，轉過臉去，回答劉一民的問題：

「好像是——願意，也可能——還在考慮。待會兒吃飯的時候，你再美言幾句，我想事情會成的。」

等到師母喊他們吃飯，還是不見人來，進入飯廳之後，卻發現包老師的外孫女王正芳在座，看見他進去，很大方的向他打著招呼：

「嗨，劉一民，好久不見了，你好？」

在這裏遇到王正芳，雖然不是完全的出乎意料，也有一種喜出望外的感覺，劉一民心裡真是高興極了，如果只有他們兩個人，他會有很多話要說，可是，主座上還有那二老，劉一民就又犯了第一次和王正芳見面的那種老毛病，笨嘴拙舌，不知道該說些什麼才好，只是傻傻的招招手、點點頭，就算了。

雖然不敢多說話，看倒是著實的看了幾眼。一年不見，王正芳的頭髮還是那麼黑，臉和手還是那麼白，一對大眼睛依然是水靈靈的，上翹的嘴角，也依然帶著一絲狡獪的笑意。離開學校，身上還是穿著一件「陰丹士林」布的大褂兒，只是不像學校裡的制服那樣肥肥大大，剪裁得更合身，看上去也就更成熟了，更像個小學老師了。

包老師最先擱下筷子，當他離座而起，忽然凶巴巴的對劉一民說：

「你這孩子可真是有些莫名其妙，剛才人不在眼前，你絮絮叨叨的問個不了；現在人就坐在你對面，該你說話的時候，你怎麼倒不說了？」

劉一民被罵得丈二金剛摸不著頭腦。回頭一瞧，包老師已經離開飯廳，踱到書房去了。當他再扭回頭來，就看到坐在對面的王正芳，正在抿著嘴兒直笑。他才意味到這是怎麼一回事情，而腦子卻變得更加混沌，對自己已經弄清楚了的這種情況，不敢信以為真。

他愣愣的向王正芳發問：

「真的是你？」

王正芳收起嘴角的笑紋，臉上的神情似喜似嗔，聲音也清清冷冷的：

「如果是我的話，就那麼可怕嗎？」

劉一民趕緊的解釋：

「不是的呀，我只是——」

女孩兒嘴快，把他的話岔成了兩截：

「先問你，歡迎不歡迎吧？」

劉一民的口才恢復正常，頭腦也靈活起來：

「當然歡迎，而且深感榮幸。只是有點兒信不及，我知道你在府城裡已經有了好工作，怎麼肯下喬木，入幽谷，離開府城，到我們郜鼎集去？」

王正芳一笑如花開：

「從什麼時候起，郜鼎集成了『你們』的？我家住在『旗桿王樓』，離郜鼎集只有十二里路，我們村子裡的人，買賣交易，趕集趕會，都是到郜鼎集去，我還一直以為，郜鼎集是『我們』的呢！你要是喜歡畫圈圈兒，也請你以後不要畫得太小，好不好？還有，你那種『下喬木、入幽谷』的說法，我也不願意接受，難道說，『咱們』的郜鼎集，不算是一個好地方麼？」

這番話，雖然是笑著說的，詞鋒卻很犀利，每一個字，都像是一根小小的刺，被刺者受傷流血是不至於，也足以使劉一民為自己的失言而滿懷羞愧。

劉一民很艱難的分辯著：

「郜鼎集當然很好，可是，再好也不能跟府城比呀，那是大地方啊！」

王正芳的笑容更燦爛了：

「大地方？有多大？你大概還不知道吧？我是在天津衛出生的，在北平唸的小學，在青島唸的初中，這些地方也都不算小吧？大小有什麼關係呢？有人環遊過世界，最後還是要回到家鄉來！難道說，如果把郜鼎集變得跟上海一樣大，你會覺得它比現在更可愛？」

劉一民張口結舌，再也回不出話來。怪不得這個王正芳比起一般唸「洋學堂」的姑娘更大方，她的口音清脆爽朗，也跟家鄉話有點兒不一樣，敢情人家是從大地方回來的，坐過電車，喝過自來水，不像劉一民自己這樣的呆頭呆腦，土里土氣。奇怪，怎麼從來沒有聽包老師說過這些？要是早知道的話，劉一民也許就越發的自慚形穢，對這位走南闖北、從都市裏回來的大小姐，敬而遠之，越發的不敢招惹。

包師母坐在旁邊，靜靜的觀賞，一直到女方得理不饒人，而男方又顯得有些怯場，才不偏不倚的說了幾句公道話：

「我們這個芳丫頭啊，什麼都好，就是這張嘴巴太厲害，往後可得改一改！——一民，你也不用讓她，她爹是個新派人，自幼就把她慣得像男孩子一樣，她強，你要比她更強！」

王正芳向包師母撒著嬌：

「哎呀，外婆，我跟劉同學在討論問題哪，您不要打岔好不好？」

包師母很慈祥的笑著：

「好，好，我不說，我不說。」

王正芳隔著桌面，把上身往前一探，像逗蟋蟀似的，用嘴角的笑意撩撥著他：

「怎麼啦，劉一民，你怎麼不說話兒啦？」

劉一民面紅耳赤，披肝瀝膽的：

「我，我可沒有什麼惡意！——」

王正芳很肯定的點著頭：

「是啊，我知道啊，不然的話，才不會跟你說那麼多哪！——我要代替你，到『你們』的部鼎集去教書，你看我，究竟夠格不夠格？」

劉一民說得很老實：

「你是『後期師範』的畢業生，肯去教鄉間的初級小學，資格已經超過了很多。」

王正芳很熱切的問道：

「這麼說，你可以放心的回『六中』去唸書了？」

劉一民還有些遲疑：

「我是怕你受委屈……」

王正芳很爽朗的笑著：

「受不受委屈，那是我的事。咱們現在就一言為定，我去教書，你去升學，誰也不許反悔喲！」

劉一民還想說什麼，剛說出了兩個字：

「不過——」

下面的話還沒有連成串，就被王正芳揮揮手給打散了。王正芳用纖纖白手往外一指，作了一個「請」的手勢，很俏皮的笑著說：

「噯，劉一民，別這麼嚕囌，好不好？作文有了結論，再往下寫就是廢話了。我希望你說話也能像你的作文一樣，利利落落的，乾乾淨淨的！你到書房裏找我外公去聊天吧，我要幫著外婆做家事，不陪你啦。」

就這樣把他從飯廳裏趕了出來。其實，劉一民並不是要說什麼反悔的話，而是想到一些現實的問題，要跟王正芳研究一下。既然她不愛聽，那就去和包老師談談吧。

到了書房，包老師並不多問，似乎已經料定了他們的談判是怎樣進行的，一見面兒就數落了他一頓，而且完全是警告的口吻：

「正芳肯到郜鼎集去，可完全是為了你。換了別的女孩子，也沒有人敢這樣做的。往後，你可要好好讀書，再不能三心兩意，不然的話，你可就辜負了她！」

劉一民雖然覺得包老師的說法，是把整個的責任都推了給他，這份兒「人情」實在太大，但也不好分辯什麼，只好唯唯諾諾的應承著。

包老師又說：

「縣政府這方面，我會託人去辦。你放心，有正芳這樣合格的老師派在那裏，郜鼎集的初級小學一定會維持下去。還有一件事，就是正芳在郜鼎集吃和住的問題，我這裏有一封信，是寫給郜鼎集『宋團總』的，請他出面兒安排，找一戶環境單純、門戶嚴謹的人家，問題就解決了。你回去不妨告訴你爹『劉先生』，也請他留留意。正芳雖然能幹，到底是個女孩子，這些事情，都要替她安排好，免得增加她一些無謂的煩惱。」

劉一民很熱心的提出建議：

「何不就住在我家裏？我到省城去唸書，家裏有一間房子是空著的。寒暑假回來，我可以在前頭櫃臺裏面打地舖……」

話還沒有說完，就被包老師一口否決了。而且，說話的口氣很惡，劉一民的一片好心，倒好像冒犯了什麼人似的：

「那不好！你不要亂出主意，就照著我的辦法做！哪，信在這裏，你可以回去了！」

王正芳就這樣到了郜鼎集。而劉一民也只好遵守信諾，放棄了「後師」不考，直接升入「六中」的高中部就讀。不過，儘管是這樣的做了，他可並不指望三年後一定要考大學，反正高中的資格和「後師」是一樣的，「一高」有幾位老師，就是唸的高中部，一樣的在小學裏教書，好像是，比「後師」畢業的還吃香呢！原以為王正芳來到郜鼎集之後，會增加兩個人見面的機會，過了半個學期，他才發覺到，這機會比過去一同在府城裏讀書的時候更難得，因為中學和小學的假期是相同的，他從府城回到郜鼎集的日子，也恰是王正芳從郜鼎集回到自己家裏去的日子，雖然同在一地，真像「參」、「商」二星似的，此出彼入，永遠碰不到一起。只能從旁人嘴裏，知道一些伊人的消息。

使劉一民感到欣慰的是，王正芳真是一位好老師，不但有教學熱誠，而且有行政方面的能力，把王秀才遺留的那座毫無制度的「私塾」，很快的就洗髓換骨，變成一所新制的學校。學生的人數，也比王秀才在世之日增加了不少，過去「跳」到「白雲寺初級小學」的那些學生，都絡絡續續的又「轉」回來了，剛入學的新生也比較踴躍，劉一民的侄兒「小泥鰍兒」，改了大號叫「劉天龍」，也在這一年入了學。學生人數一多，作為校址的「宋家祠堂」就變得很熱鬧，不像從前那樣冷落；而且，劉一民還聽「小泥鰍兒」說，他們每天兩次放學的時候，都要排隊唱歌，使得郜鼎集那兩條古老寧靜的街道，也因此而顯得有生氣了。

不但學校辦得很有起色，王正芳自己似乎也建立了很好的聲譽，是郜鼎集和附近地區，人人稱讚的「女老師」。在那個年頭兒，「女老師」雖然早就有了的，不過，那是在城市裏，像郜鼎集這樣一個風氣未開的小村鎮，忽然來了一位「女老師」，這比什麼戲班子裏新添了一個唱「花旦」的女演員還轟動呢，更何況，她的前任王秀才，是一位鬚髮皆白的老夫子，在鄉人們的心目中，「老師」的形象是已經被固定了的，而新來的這位「老師」，不止性別是「女」，人又那麼年輕，還是一個未出閣的大小姐，就那樣拋頭露面的教起書來，這件事兒可真夠新鮮，「女老師」上課的時候，教室外頭常常有人「參觀」，就連那年老體衰、多年不曾出過屋門的老太太，也經不住別人的攛掇，由媳婦、孫女兒扶持著，老遠的跑到「宋家祠堂」去，就為了去看看那位會寫、會算、會講、會唱的「女秀才」。不過，這番熱鬧，是王正芳初來乍到，一些歡迎式的節目，過了一個月、兩個月，鄉親們就習慣了她，也接受了她，忘了她的年紀和性別，只把她當作一個有學問的人看待，所受到的，正是一般家長尊敬老師的那種禮節。

這些情形，聽進劉一民的耳朵裏，感到很驕傲、很高興，因為這位好老師是他介紹到郜鼎集來的，王正芳的表現如此之好，他當然也「與有榮焉」了。只有一件事情使他不甚滿意，那就是自從王正芳來到郜鼎集，半個學期過去，從來不曾到他家裏拜訪過一回，就算她知道他不在家，可是，家裏還有他的爹娘兄嫂呀，按照傳統的禮貌，不是也應該來串串門兒、認認地方麼？「宋團總」替她安排的住處，是在「宋團總」的一位孀娘家裏，那是一個很奇特、也很受敬重的家庭，上下三代，都是男人早逝，寡居守節，由老太太率領兒媳婦和孫媳婦，撫養著第四代的一個小男孩兒。這個小男孩兒身體孱弱，雖然已經有十歲左右，卻和「小泥鰍兒」同時入學，幸好老師住在家裏，每天領出領回，安全上沒有問題，這才有了讀書的機會，而身體也漸漸壯實，不再像從前那樣面黃肌瘦的。王正芳每天來往於學校和住處之間，都經過「葆和堂」中藥舖的門外，卻從來不曾進去過，這種態度很怪，劉一民頗不諒解。

臨到快放寒假，家裏捎了一封信給他，要他一放假就趕緊回家，不要在府城裏多耽擱。他接到信之後，心裏有些好笑，每次放假他都是急急忙忙的往家裏跑，幾時在外地多耽擱來著？

回到家裏，卻發現全家上下都忙忙碌碌的，還請了幾個裁縫師傅，套棉被、縫衣服，連「葆和堂」中藥舖的木板門都重新油漆過，他住的那間小房子，天棚和牆壁，也都裱糊得雪白，他站在屋門口發愣，幾乎不敢進去。

進了上房，他跟娘逗趣兒說：

「家裏這是在忙什麼？好像是要辦喜事兒似的？」

娘的精神和心情都好，滿臉堆著笑：

「你倒是神猜，一猜就給猜著了！」

一猜就猜著了，可也把他自己給嚇出汗來了！他暗自忖度，全家總共只有六口人，有資格辦喜事兒的，除了他，還有那個？他才唸到高中一年級，就弄個媳婦兒來把他給看管著，這不是坑人麼？他越想越著急，頃刻之間，汗流浹背，臉上也濕漉漉的，一急就急出了眼淚。

他向娘苦苦的央告：

「娘，您不要這麼忙著給我娶媳婦兒好不好？眼前就有個『小泥鰍兒』，您又不愁沒有孫子抱，幹嘛要這樣害我？我不要！我不要！」

被他揉搓著，娘立腳不牢，一下子摔倒在地下的棉絮堆裏，臉上還是笑著的：

「你不要？那你把人家『詎』到咱們部鼎集來做什麼？現在再說不要的話，可也就太遲嘍！」

劉一民跪在地上，露出一臉呆相，伸長著脖頸，翻瞪著眼珠子，那模樣兒，活像一隻鴨子聽打雷：

「您說的是誰？我怎麼聽不懂您說的話呢？」

娘掙扎著站起身來，往他額角上戳了一指頭：

「聽不懂？那是你裝糊塗！爹娘拿錢供應你到府城去讀書，你別的沒有學會，倒學會了什麼『自由戀愛』！爹娘沒有責怪你，你卻撒刁耍賴，埋怨起爹娘來！是真的不想要麼？你只要再說一句，我就教你爹明兒個跑一趟城裏，找到你包老師，把他提的這門婚事給退回去，就說你不同意！」

劉一民如在醉裏夢裏，聽得又驚又喜，還想從娘的嘴裏再求得一次證實：

「娘，您說的可是王，王，王，王正芳？」

娘故意的冷起臉來，

「娘倒不知道她叫什麼名字，只曉得她是『旗桿王樓』王家的姑娘，也是你包老師的外孫女。你這傻小子也不知道那來的福氣，那麼好的一位姑娘家，竟然願意嫁給你，你還直吵著不想要哪！娘再問你一句，到底是要還是不要？不想要你只管說！」

證實了爹娘要娶的媳婦兒是誰，劉一民再不敢吭氣兒，雖然明知道娘是在故意逗他的，卻也硬不得嘴，撐不起架子，只覺得臉上熱烘烘，心裏甜蜜蜜。

他嫂子也在一旁說俏皮話：

「小弟，我知道你一向說話挺利落的，怎麼一提到她的名字，你就成了結巴嘴？」

劉一民招架不住，爬起來就跑，在眾人的譁笑聲中溜出門去。也不完全是怕羞，而是他一下子飲進太多的幸福，像喝了一瓶香香醇醇的美酒，在他的心頭盈滿欲流，他唯恐自己承受不了，會大叫，會歡呼，會在眾人面前出醜，所以他必須溜走，去找一個沒有人看得見的地方，慢慢咀嚼，細細思量，才不會這樣喜心翻倒，暈頭轉向……

喜期訂在舊曆年底的臘月二十七日，離他放假回家的那一天，還有整整的半個月呢。這半個月裏頭，劉家喜氣洋洋，忙得人仰馬翻，只有等著作新郎倌兒的劉一民最清閒。說是把自己關在屋子裏讀書、作功課，那簡直是胡扯，心裏有那麼多的歡樂在吵、在鬧，怎麼可能靜得下來？出去轉轉吧，又怕被人抓住開玩笑，逼得他見到了熟人就躲。正因為無事可做，也沒有人可以陪他聊聊，天天數著日子過，日子就過得特別慢了。

婚禮當然是老式的「拜天地」，劉一民讓自己成為一個上緊了發條的機器人兒，一切聽人擺布，教他作揖就作揖，教他磕頭就磕頭。儘管幾年以前，在他大哥劉一卿的婚禮上，他就扮演過很吃重的角色，然而，主角和配角畢竟是大不相同的，一旦輪到自己，才知道娶一個媳婦兒是多麼的不容易，必須拿出最高的修養，最好的體力，最大的耐性，最厚的臉皮，才能夠六禮告成，兩姓聯婚，和自己喜愛的人兒結為夫妻。

洞房花燭之夜，「鬧房」鬧得很厲害。和劉一民同輩的一些親友，平日心地很善良，做人很忠厚，這時候卻都像害了虐待狂似的，想出各種花招，使一對新人受盡折磨。劉一民好幾次被捉弄得發了急，新娘子卻一直是大大方方的，和和氣氣的，一再的以目示意，要他收起脾氣，捺住性子，不要向自己的親友逞威。等到喜娘請來兩位長輩，作好作歹的，把那些討厭的傢伙給轟了出去，已經是半夜子時。

把門戶關好，劉一民往床沿上一坐，還氣呼呼的說：

「這些傢伙真可惡，上頭撲臉，得寸進尺，鬧得也太不像話了！」

新娘子低鬟一笑，說：

「我知道你不是一個好性子的，可是，今天是咱們的大喜之日，你就不能忍一忍嗎？」

劉一民直著眼睛向他的新娘子注視。雖然在中午就舉行過婚禮，兩個人結為夫妻，到現在已經有十幾個小時，其中有不少的時間，兩個人站在一起，坐在一起，或者是跪在一起，他還一直不曾好好的看看他的新娘子呢。中午在庭院裏行禮，先拜過天地，再向祖宗和爹娘磕頭，兩個人都全身披掛，打扮得像假人兒似的，而且是在眾目睽睽之下，他連頭都不敢抬起，人群中還傳出來粗的、尖的各種怪聲氣：「新郎倌兒在偷看新娘子嘍！新郎倌兒在偷看新娘子嘍！」進入洞房，挑「蒙臉紅」，喝「交杯酒」，他都照著別人的指揮來做，戰戰兢兢，小心謹慎的，唯恐什麼地方出了岔錯，雖然和新娘子離得很近，他所看到的，也只是一張白白的臉，一朵紅紅的唇，包裹在一大堆鳳冠霞帔綾羅綢緞裏，看上去那張臉似曾相識，卻像隔著一團煙、一陣霧似的，不能看得很仔細。一直到喜娘把「閒人」

攆走，新娘子卸下那一身「重裝備」，換上一套比較輕便的衣服，他才確確實實的認出來了，不錯，就是他要娶的這個人。

是因為有了這個人，他才不那麼堅決的反對早婚。今天這一整天，他曾不止一次的在心裏嘀咕著：「萬一娶錯了，那可怎麼好？」暈頭暈腦，連自己的眼睛都信不過，簡直快成了神經病了！現在，他才有機會撥開那些煙霧，把新娘子看得清清楚楚的。燭影搖曳，在新娘子白嫩的臉上，添了一層紅暈，那對水靈靈的大眼睛，躲躲閃閃的，不敢和他對視，似有幾分喜慰，也似有幾分怯懼。真美！他心裏忽然浮現出兩句言語：「閨中美妻，人間仙侶。」不知道是從那一部小說上看來的，也許根本沒有什麼來歷，而是他意興所至，隨口編造的，那也沒有關係，反正他心裏就是這個意思，覺得自己是世間最有福氣的人，對天地神祇都充滿著感激。

他很深情的說：

「我自己是無所謂，只是怕你太累了。」

新娘子卻說得很明理：

「我是有點兒累，可是，又有什麼要緊呢？有些禮俗，都是流傳了多少世代的，想必都有它的道理。就說『鬧房』這件事兒，來的都是至親近鄰，好同學、好朋友，熱熱鬧鬧、喜氣洋洋的，就是鬧得有點兒過分，也不好得罪了他們。剛才我看你氣成那個樣子，請問，要是我不使眼色阻止你，你是不是想找人打架呢？」

劉一民被說得很不好意思，吃吃的笑著：

「那怎麼會？今天是我們結婚的日子，就是發脾氣，我也會適可而止。」

新娘子的聲音低低切切：

「過了今天呢？是不是你會稍不如意，就亂發脾氣？我最怕看到的，就是男人家掄胳臂、動拳頭；最怕聽到的，就是男人家罵人叫陣的那條粗嗓子！今天我嫁給你，要跟定你一生一世，過了今天，你會不會就常常對我吆吆喝喝，摔摔打打的？」

劉一民急得要賭咒發誓：

「那怎麼會？我敬你愛你都來不及，又怎麼會待你不好呢？如果我——」

王正芳唯恐新郎倌兒說出不該說的話來，急忙伸出一隻白手，把劉一民的嘴摀住，聲音也變得細細柔柔：

「今天，可不許說不中聽的話喲！其實，我知道你會對我好，是我自己太多慮了。常常有人說女人家的心眼兒小，我以往還不覺得，現在看起來，恐怕我也犯上這種毛病了！」

劉一民順著勢子，像抓鳥似的把那隻白白的手擄了過來，用自己的一雙大巴掌，給它一鋪一蓋。就在這時候，他聽到自己傻傻的問出一句話：

「噯，我問你，像我們這個樣子，算不算是談過戀愛的？」

王正芳甜甜的一笑，輕聲兒反問著：

「你說算不算呢？」

劉一民如醉如癡之際，說的話也抑揚有致，就像當時正流行的「白話詩」：

「依我看，應該算。如果不算的話，那也沒有關係啦，就讓咱們從今天開始吧，反正咱們的時間很長嘛，有整整的——整整的一輩子哪！」

後來，當劉一民完成學業，進入社會服務，因為他從事的是教育工作，說話的機會很多，久而久之，就養成一種「出口成章」的本事，遇到適當的場合，往往信口開河，滔滔不絕。偶而也會有人送他一頂兩頂高帽子，說他「腹笥淵博，口才極好」。他知道那是胡說，拍馬屁的人沒有認準馬屁股，隨隨便便的一巴掌就拍下去了。說話多不一定就口才好，而「口才極好」的人也未必「腹笥淵博」。真正有價值的好言語，往往在無意中得之，不需要多大的學問，只要發乎至誠；也不需要多高的智慧，只要福至心靈。如果要劉一民替他自己說過的話打分數，他認為，在他一生當中，就數他洞房花燭夜所說的這幾句話最好、也最有用，當時把新娘子感動得眉眼盈盈，恩愛轉濃，也從此奠定夫妻倆金石其堅、歷劫不變的真情。

第十七章

劉一民是民國二十年舊曆年底結婚的。這段時期，看國家整個的局勢，外患日亟，內亂也並未消弭，情況還相當危急，山海關外和長江兩岸，都正有烽火滿天，哀鴻遍地。不過，這些地區，離郜鼎集都有一大段空間上的距離，只就郜鼎集周圍那一片縱橫千里的大平原來說，這卻是入民國以後最平靜的一段歲月。老百姓過厭了逃反避亂、顛沛流離的生活，現在能一家溫飽，也不需要再藏著躲著，就以為災難成為過去，戰亂不會再起，這已經是歌舞昇平的好年頭兒了。

就因為大家的日子都比較好過，平時雖然還是省吃儉用的，遇到婚嫁喜慶的大事，手頭上稍稍寬鬆一些，也還能負擔得起，所以，劉一民的婚禮，比起七年前他大哥劉一卿娶親的情況，要算是相當鋪張的了。不但親戚鄰居都來幫忙，還特別請來兩位廚師，殺豬宰羊，開了一整天的「流水席」，接待那些由四鄉前來道賀的親友們，不論識與不識，也不問送禮不送禮，粗餚薄酒，隨到隨吃，都能飽餐暢飲，扶醉而歸，使得整個的郜鼎集，到處都洋溢著一團喜氣。

婚禮的進行，順順利利；婚後的生活，甜甜蜜蜜。只是在舉行婚禮的當天，發生了一件怪事，使得劉家父子，大費猜疑。事情是這樣的：大概就是一對新夫妻在後面庭院裏「拜天地」的那個時刻，鞭炮聲大作，請來的兩班「響器」也起勁兒的吹奏著，婚禮進行得正熱鬧，設在前頭櫃臺上的「禮房」，由一位略通文墨的遠親主持，老眼昏花，糊里糊塗的，收下了一份兒來歷不明的厚禮。「劉先生」是在當天晚上才知道了這件事，而作新郎倌兒的劉一民知道得更遲，是第二天大清早，被新娘子推著搖著給叫醒，到上房去跟爹、娘磕頭請安的時候，才從爹那裏聽說的，也像爹一樣的滿頭雲霧，猜不出送這份兒厚禮的是何許人物。

打開禮簿來看，上頭記載得很簡單：

「周先生　禮品四色

禮金二十元」

只說這「二十元」的禮金，在那個時代，就是了不起的大手筆，會教人看得傻了眼，聽得變了臉色。而且，更重要的是，這種做法，也完全不合送禮的規矩。

在北方農村裏，送禮就是送禮，除非是尊親長輩，是不興折現送錢的。而以當時的物價來說，如果折現送錢的話，能送個「一元」、「兩元」，就算是很有面子了。如果一筆禮金送到「兩元」以上，那就不像是送禮，而只有一個說辭，或者叫作「賄賂」，或者叫作「救濟」，送這種厚禮如果送得不對路，是會送出毛病來的。

再看那「禮品四色」，更教人驚異不置。最貴重的一項，是一大盒「老山參」，作醫生的人當然知道它的價值；第二項是一大盒「福州桂圓」，也是最上等的品質，每一粒上頭都燙著金字，在北方幾省，這東西也幾乎像人參一樣難得，是被當作「補品」的；另外兩項比較普通，一項是四大瓶濟寧州的名酒「金波露」，一項是濟寧州「玉堂老店」的醬菜四小簍。這四樣兒禮品，不但值得一大筆錢，而且份量頗重，來路很遠，卻並不適宜作為賀人新婚的禮物，倒像是專誠備辦、用來孝敬老人家的。這到底是什麼來路呢？

禮簿上記著「周先生」，這倒是一個極普通的姓氏，在郜鼎集附近地區，就有不少人家是姓周的。可是，能送得出這樣的厚禮，必然有夠得上的關係，想來想去，就沒有一個姓周的能和這份兒禮物拉扯到一起，顯然是記載上有錯誤。

「劉先生」問過那位掌管「禮房」的親戚：

「會不會寫錯了呢？」

那位親戚也是一個有名兒的「槓子頭」，熱心負責，卻不能忍受別人對他的懷疑，氣沖沖的說：

「怎麼會寫錯？趙錢孫李，周吳鄭王，俺把『百家姓』背得極熟，你當俺連個『周』字也不會寫麼？」

問他那送禮的人什麼模樣？他倒是還有些印象，說了一大堆，有許多話是自相矛盾的，完全沒有參考的價值，只有最後幾句，還能稍稍的給人一點兒提示：

「俺看他不像是住在本地，多半是從遠處趕來的。聽他那口音，也和咱們說話差不了多少，很可能是鄉親，在外地當了官啦，發了財啦，穿的那衣服可體面著哪！你多想想吧，人家送了那麼重的禮，你卻想不起他是誰，豈不成了笑話？」

「劉先生」笑著說：

「說來說去，還是怪你，你收下那個人的禮，就不曉得問問他的來歷？只記下了一個『周』字？」

那位親戚粗聲大氣的，敘明其中的原委：

「你當俺沒問麼？俺問了的！只怪他來的那時辰不巧，裏頭正在『拜天地』，外頭更熱鬧，點鞭炮，吹喇叭，敲鑼鼓，把人的耳朵都給震聾了！俺問他貴姓，他說：『免貴，俺姓周。』再問他大名，他說是說了的，俺聽可沒聽清，原想等那串鞭炮響過，再細細請教，那想到，只一眨眼的工夫，人就不見了！你說這個人夠不夠糊塗的？既是送了禮，怎麼不跟主人道個喜呢？連一杯喜酒都沒有吃，一陣清風，就沒有了影子！依我看，人是不會糊塗到這個地步的，莫非他還帶著幾分仙氣？點化成人形，就專為的給你們劉家送來這汪子財帛？……」

越說越離譜兒了，「劉先生」也就沒有辦法再問下去，只好道了勞累，請那位親戚早些回家歇息。

從那位親戚嘴裏問出來的就只有這麼多，其餘的只能靠猜測了。

「劉先生」向兩個兒子說：

「我想了很久，一點兒影子都沒有！你們兩個也多想想，在咱們有過來往的熟人當中，還有往年間逃荒避難，在咱們這裏治過病、抓過藥的那些人裏頭，有沒有一個姓『周』的？」

劉一民邊想邊搖頭，他大哥劉一卿卻有了領悟：

「會不會是──李叔叔？」

自從小叔死後，李叔叔就一直沒有和劉家斷了連絡。有時候他的部隊從附近經過，只要時間允許，他總會到郜鼎集落落腳。軍務倥傯，實在是抽不出身子，他也會託個「便人」，往家裏送些東西，說是替他的好朋友劉大德孝敬大哥、大嫂的。所謂「附近」，是指離郜鼎集三五百里路以內的地區，這就把津浦路、隴海路和平漢路的一大段都包括在內，有一次，李叔叔派了一位副官，竟然是從河南省衛輝府趕來的，一來一回，何止迢迢千里！這幾年來，劉家的人已經習慣了李叔叔的隆情高誼，所以，劉一卿所作的這番猜測，倒是很自然、也很合理的。最近幾個月，李叔叔沒有來過，不知道被派往何方征戰去了。劉一民結婚這件喜事兒，李叔叔還不知道呢，否則，就算他本人不能來，也必然會派人道賀，分享劉家的喜悅。

可是，現在收到的這份兒禮物，卻不像是李叔叔送的。劉一民提出質疑：

「如果是李叔叔，禮簿上又怎麼會寫成『周先生』呢？」

劉一卿作了合理的解釋：

「怎麼不會？李叔叔不是親自來的，派來的人剛好姓『周』，收禮的時候，禮房上請教他：『貴姓呀？』那個人說了他自家的姓，禮簿上也就這樣寫下去了。怎麼不會？一定就是這個樣子的！」

劉一民也覺得有這番解釋可以說得通，他爹「劉先生」則認為絕無可能：

「不會是你李叔叔，如果是他派來的人，都是些精明幹練的青年軍官，那會連話都說不清楚？而且，既然到了這裏，不論時間如何急促，也會進去打個招呼，那能扔下禮物，轉頭就走？再說，你李叔叔派人來，總會寫封信的，每次都是如此，已經成了慣例，這一回怎麼就例外呢？」

這些地方，就看出「老人」的好處了。劉一卿的猜測，連一向被認為記性好、悟性高的劉一民都覺得有理，經過他爹「劉先生」這一批一駁，原來根本就站不住腳。

李叔叔免除了「嫌疑」，另外又想不出其他的「可疑分子」，而這「禮品四色，禮金二十元」卻明明的擺在那裏，究竟是誰送來的呢？父子三人，苦思冥搜，怎麼也猜不透這份兒厚禮的來路。最後，「劉先生」吩咐家人，把這些禮品和禮金都暫時「封存」，在查明來路之前，不准擅自開啟。

按照禮俗，新娘子要「坐房」三日，洞房裏人來人往，熱鬧異常，倒把新郎倌兒擠得遠遠的，根本沒有和新娘子說話的機會。一直到深更半夜，客人散去，劉一民入房安歇，這才是一對新人說悄悄話的時刻。

在說過一些別的話之後，劉一民把白天聽到的這件怪事——一筆來路不明的厚禮，像講故事一樣，對新娘子說得詳詳細細，新娘子也聽得很用心，還問這問那的，似乎覺得很有趣。

聽完了，新娘子嘴裏喃喃有詞，又拿起眉筆，往一張大紅紙上寫了幾個字。

劉一民取笑她：

「你這是幹嘛呀？又唸咒、又畫符的？」

王正芳把那張寫了字的大紅紙，往新郎倌兒眼前一推，說：

「既然咱們家的親友，沒有一個姓『周』的，你不妨在這幾個字上頭，再多用點兒心思，也許就能想出來那送禮的人是誰。」

大紅紙上寫著淺黑色的字，在燭光跳動之下，若有若無，劉一民拿在手裏，調整角度，才把那幾個字看清楚。原來上面寫的是幾個姓氏：「褚、儲、楚、諸、朱、鄒」。

劉一民看得莫名其妙，笑著，問道：

「這算什麼？是偈語？還是口訣？」

王正芳像一位好老師那樣熱心，對這個笨學生指點迷津：

「你不是說，收下這筆禮的時候，正是點著鞭炮、敲著鑼鼓麼？可能禮房先生沒有聽得很清楚。這幾個姓氏，和那個『周』字在音韻上都有些關係，不但讀音相近，發聲的口型也很相似。你仔細想想，在這幾個姓氏當中，能不能找出那個送禮的人？」

劉一民對著那幾個字端詳了一陣。起初，他想得並不認真，嘻嘻哈哈的，把它當作閨房中的一種遊戲；忽然間，他觸動了靈機，兩眼一瞪，好像看到什麼不願意看到的東西，一下子變了臉色。

「嘩，不得了，我想起來啦，這份兒禮，一定是『朱大善人』送來的！」

王正芳也吃了一驚：

「你說的，就是十幾年前，咱爹替他娘治好病的那個土匪頭子？」

劉一民十分詫異：

「怪咧，你才剛進劉家的門，怎麼也知道這回事兒？十二年前，你不是還在北平唸小學麼？」

王正芳神情肅穆的說：

「這件事情，在家鄉這一帶人人皆知，又怎麼能瞞得住我呢？我還知道咱爹因此吃過一場冤枉官司，他老人家卻無怨無尤，表現了最佳的風度。」

劉一民滿臉苦笑：

「什麼？最佳風度？哈，讓你用這種新名詞兒一說，聽起來倒真輕鬆。可是，你曉得當時的情況多嚴重？傾家蕩產，還幾乎要了咱爹一條命！」

王正芳溫婉的點著頭，表示這些情節她都聽說過，又很關切的問著：

「你怎麼忽然想起了這個魔頭？」

劉一民搖著手裏的那張紙說：

「還不是你提醒了我？本來，這幾年沒有聽過『朱大善人』的消息，我已經把它忘得光光的，偏偏你在這張紙上寫了一個『朱』字，咱們收的那份兒重禮，一般人也送不起，你想嘛，不是他，還有誰？」

王正芳的大眼睛閃閃發亮：

「這麼說，那個土匪頭子是來報恩的了？」

劉一民像害牙疼一樣的呻吟著：

「我的天，這個恩他還是不報的好！咱爹當年給他娘治病，管吃管住，施醫捨藥，一文錢也沒有要他的！千不該，萬不該，咱爹不該收下他一根旱煙袋！後來，就是這根煙袋成了『通匪有據』的憑證，被那個活殭屍一般的『錢師爺』，把咱爹給關進大牢裏去！他要是再報恩，不知道會給咱們劉家惹下什麼禍來！不行，我要去告訴咱爹！……」

洞房春暖，心裏又熱，他剛才一進屋，就脫掉了外面的長衣服，現在心裏一急，來不及把衣服穿好，就拎過來往身上橫披著，趿拉著鞋子，拖拖落落的朝外跑。新娘子顧不得害羞，急忙上前一把扯住，可是，儘管她是一雙天足，不像一般纏腳的女子那樣柔弱，到底是力氣太小，那能扯得住他？而劉一民又動作太猛，一時收不住勢子，不經意的往前一帶，倒把扯他的人拉到自己懷裏去，兩個身子就緊緊的貼在一起。

王正芳也並不急著往回退，就那樣靠在劉一民的懷裏，仰起臉兒問道：

「冒冒失失的，你要去幹什麼？」

劉一民急急的說：

「去告訴咱爹呀！既然猜到了那送禮的人是誰，就得快些讓咱爹知道，好及早的防備！」

王正芳騰出一隻手來，指著牆壁上她賠嫁來的一座自鳴鐘，提醒著新郎倌兒：

「你看看什麼時辰啦？這兩天，為了咱們的喜事，爹娘都很勞累，恐怕早已經安歇，現在到上房去，不嫌太遲了些？而且，那土匪頭子既然為報恩而來，就不會對咱家有什麼惡意，你去把爹娘吵醒，白白的讓兩位老人家擔驚受怕的，又有什麼用處呢？」

劉一民稍作尋思，就發現這位賢妻所說的話句句有理，自己的舉動實在太冒失，欠考慮。天這麼晚了，到上房去打門敲窗的，只為了說出「朱大善人」的名字，爹那裏還無所謂，不把娘嚇病了才怪呢！於是就決定暫時壓在心底，到明天清晨再告訴爹也不遲。

第二天，趁著娘不在跟前，劉一民把他的猜測，向他爹「劉先生」稍作透露，「劉先生」一聽就連連點頭：

「你可能是猜對了，除了他，不會有別個。雖然他用心很好，這種不明不白的錢財，咱們也不能收。可是，他神出鬼沒，又不知道他窩在何處，這可怎麼個退法？」

說罷，搖頭嘆氣，眉頭皺得緊緊的。

劉一民很天真的說：

「爹，您不用發愁，也許他會再來，咱們逼著他拿走，不就沒事兒了麼？」

「劉先生」沒有回答這句話。稍稍思索一下，劉一民自己也承認這句話用不著回答，那像個已經結了婚的大男人說出來的？根本是孩子話嘛。

儘管有一塊愁壓在心頭，可是，該做的事情還是得照樣兒去做。劉一民婚後的第三天就是過年，雙方家長事先已經有過協議，要把「三天回門」和「初二回娘家」兩件大事，合在一起辦理。

依照家鄉習俗，這是娘家的人替新娘子向新郎倌兒「報仇」的機會，劉一民心裏惴惴的，卻又不能不去，也只好硬起頭皮，準備把自己變成一隻皮堅肉厚、刀槍不入的「石猴子」，拿出最大的耐性，忍受這些愛的折磨。

洞房花燭之夜，枕邊細語，劉一民對王正芳的身世，已經有了不少的瞭解。原來王正芳的父親是一位老留學生，學成回國，一直在北方幾所大學裏任教，所以她在天津、北平、青島幾個大都市居住過，後來，她的母親——也就是城裏包老師的女兒，在青島因病去世，父親續絃再娶，一對小姐弟頓失所恃，就由外祖父出面作主，把她倆接回故鄉原籍，送到府城裏繼續讀書。

姐弟倆平時的生活，大多由外婆家負責照顧。王正芳的婚事，也是由她外祖父一手安排的。可是，王正芳出嫁以前的那段日子，卻要住在她自己的家裏，「三日回門」這些節目，也都要放在「旗桿王樓」，雖然她母親已死，父親又遠遊不歸，祖父母也早在她出世以前就已經故去，是她從來不曾見過一面的，而今和她最親的人，是她住在原籍的一大群伯伯、叔叔、大娘、嬸子們。王家是一個大族，據王正芳屈指細數，光是他父親的親兄弟就整整有十位之多，另外還有好幾個姑姑，底下的堂兄弟、堂姐妹、表兄弟、表姐妹，簡直就成群結隊，究竟有多少？那就連王正芳自己也計算不清楚了。不過，王正芳向劉一民保證說，當她帶著新婚夫婿「回門」的那一天，她的這些「親人」都會到得齊齊的，一個也不缺少。而且，就因為族大人多，娶媳婦，嫁女兒的喜事幾乎年年都有，捉弄新女婿的經驗也就特別豐富。王正芳一再叮嚀，要劉一民小心應付，既不可鬧成僵局，傷了和氣；也不宜過分老實，毫無心機，處處的上當吃虧，被人看成「傻女婿」，那對王正芳也是一件很丟臉的事，在眾多的姐妹中間，被當作笑話說，你一言、我一語的，能說上一輩子。

為了幫助夫婿應付那步步陷阱，重重危機，王正芳也曾向劉一民作了許多提示，是一位好心的堂姐，在她出閨前夕，暗暗傳授給她的。譬如，進屋落座，先要把那張特別給新女婿準備的椅子查看清楚，也許那張椅子鋸斷了一條腿，也許椅子的扶手上塗了些油漆；如果有人特別殷勤，搶著去做一些丫鬟僕婦做的事，就得提防他不懷好意，遞在新女婿手裏的一杯熱茶，也許是特別泡製的，細瓷茶盅裏面盛的可能不是茶水，而是牛溲、馬尿之類；一隻熱騰騰的「手巾把子」，看上去雪白雪白的，其中也可能暗藏玄機，有的灑了胡椒粉，新女婿擦過臉之後，往往是雙淚交流，還不停的打噴嚏；更有的在毛巾的印花裏蘸了些顏料，大紅大綠，往臉上一抹，那張臉可就熱鬧了。還有，招待新女婿的筵席，也不是好吃的，酒壺裏可能裝的是辣椒水，菜餚中也必定有許多「異味」，甚至還放了一些吃下去就會教人放屁、內急、瀉肚子的怪東西，一個粗心大意，就鬧得人仰馬翻的。總而言之，筵無好筵，會無好會，必須要時時提防，處處戒備，才不至於上了惡當，吃了大虧。

以上這些話，都是在從部鼎集往「旗桿王樓」去的半路上，小兩口兒坐在搭著篷子的「太平車」裏，交頭接耳，私語密議，由新娘子王正芳說給新郎倌兒劉一民聽的。

剛開始聽的時候，劉一民心裏還不免有些怯懼，越說越驚險，越聽越刺激，就漸漸激起了他的鬥志，反倒覺得這場「遊戲」挺好玩的，他決心接受挑戰，奉陪到底，量量自己的勇氣，試試自己的智慧。

他神采飛揚，朗聲一笑，說：

「嘍，聽你這麼講，豈不成了『鴻門宴』、『黃鶴樓』了?這兩齣戲，正好，都是我們劉家的祖先當主角，『漢高祖』和『昭烈帝』福大命大，敵方的千軍萬馬，也都奈何不了他！生而為劉家子孫，這點子膽量總是有的!你放心，我決不會成為一個『傻女婿』！」

新娘子王正芳大概也是愛看戲、愛讀小說的，對劉一民提到的這兩齣戲文，似乎都很熟悉，也能順著劉一民的話語接下去：

「不錯，劉家的祖先有福氣，可是，你也不要忘記，那兩位好祖先的身旁，是有樊噲、趙子龍保駕的，你今天可是單身獨自，雖然在我家裏，我可幫不了你！」

劉一民索性大吹大擂：

「誰說要你幫忙的？只憑我劉某一個人的武藝，天羅地網，龍潭虎穴，我也闖得過去！你們王家的那些大舅子和小舅子，都不放在我眼裏！」

吹牛歸吹牛，劉一民身臨「險地」，可不敢有絲毫的大意。從他在王家那兩根大旗桿中間下車落地邁出第一步開始，他就如至蠻荒之國，如入虎狼之域，把一根心絃繃得緊緊的，將兩隻眼睛睜得大大的，戰戰兢兢，步步為營，而表面上還得做出一副輕鬆自若的樣子，和那些處處算計他的舅兄舅弟笑臉相對，以敦親誼。

老實說，王家那些舅子們實在夠「陰險」的，他們為了給新女婿一個「下馬威」，不惜挖空心思，耗盡氣力，在新女婿出門拜客一路所經之處，布置了許多機關，安排下許多埋伏，所想出來的那些招數，雖非十分險惡，卻都異常巧妙，劉一民若不是得到警告，早就被整得灰頭土臉，體無完膚了。因為他早有戒心，隨時隨地的加意防備：一座門戶應該敞著的，卻有一扇門半開半閉，他絕對不走在頭裏，也絕不用手去推，那扇門上果然有一桶髒水；一條甬道用紅毡鋪著，他寧可繞路行走，以免兩腳踹空，摔一個大跟頭兒。……就這樣見機行事，總能化險為夷，那些舅子們的「黑心」算是白費，而劉一民也緊張得大汗淋漓，渾身冒著熱氣。

最難過的一座關，還是那場「鴻門宴」。舅兄舅弟十來個，團團的坐了一桌，都滿臉堆笑，殷勤勸客，他如果一概拒絕，不吃不喝，那不但有失禮貌，也顯得太小家子氣了；可是，又明明知道那些好酒好菜都是動過手腳的，又苦於看不出絲毫痕跡，舉箸端杯之際，不免畏首畏尾，躊躇再四，唯恐稍有不慎，著了那些舅子們的道兒，把自己弄得十分狼狽。所幸主客們在一起已經「鬼混」了幾個小時，劉一民察言觀色，對王家弟兄的心性品德，也略略的有了些認識，他發覺，在這十來位舅兄舅弟當中，還要以新娘子的親弟弟王正華的心腸最好，這並不是說那小舅子天性仁厚，不願意看到新姐夫當場出醜，事實上大概心裏比誰都急，巴不得劉一民快些上鉤，只是性子較直，修養不夠，喜怒愛惡都在臉上明擺著，一種神情恰是一個信號，這個弱點就被劉一民利用上了。滿桌菜餚，凡是陪客的人輕易不肯下箸的，劉一民也絕對不吃。

每次伸出筷子，就先窺探那小舅子的臉色，如果王正華流露出一種興奮而急不可待的眼神，他的筷子就中途改道，另選其他的目標。這方法很簡單，卻極有效。一頓「鴻門宴」，就靠著這個嫡親的小舅子在暗中「保鑣」，有驚無險的「闖」過來了；只是他吃喝不多，頂多只夠得上一個半飽，卻吃得辛苦極了。

吃過了飯，差不多也就是告辭回程的時候，那位領頭兒整他的大舅子，突然對他親善起來，勾肩搭背，熱熱火火的說：

「傢伙！真有你的！作了我們『旗桿王家』的女婿，按照規矩，占了大便宜，總得吃點兒小虧，三日回門，能夠像你這樣乾乾淨淨的來，又乾乾淨淨的出去，曠古及今，恐怕你還是頭一個呢！眾家弟兄雖然輸在你的手裏，大家夥兒還真是服了你！」

說著，一手豎起大拇指，一手摟住劉一民的脖子，還往前胸後背拍拍打打的，作出許多心服口服的架勢。

不但打了勝仗，而又能得到「敵方」的贊賞，這一仗實在贏得漂亮。劉一民心裏本來就很得意，現在又受著恭維，越發是醉醺醺的、樂陶陶的，就作著「羅圈揖」，打著戲腔說：

「承讓，承讓。多蒙諸位英雄手下留情，小弟這廂謝過了！」

上了車，鬆了一口氣，往車上的大籐椅裏一靠，坐得舒舒服服的。可是，車還沒有走出「旗桿王樓」的地界，劉一民就發覺到情況不對：奇怪呀，無緣無故的，後背上怎麼忽然這樣癢呢？他把一條胳臂從袖統裏縮了回去，曲附往後，在背上癢的地方抓了幾下，越抓越癢，越癢越抓，這一下可就不得了啦，剛才還只是癢在皮膚外層，經過這一陣抓撓之後，就由皮癢到了肉，由肉癢到了骨頭，好像是每一根毫毛孔裏都生出一隻蟲子，越抓就往裏爬，癢得人心慌意亂，皮酥肉麻，別提有多難過啦。結婚才三天，渾身上下、裏裏外外的衣衫袴褂、冠履袍服，都是嶄新嶄新的，一個名符其實的「新人」，身上怎麼會長「蟲子」呢？明知道是不可能，無奈奇癢難忍，也只好冒著車篷子裏的寒氣，把一層又一層的衣服「剝」下來，看看到底是什麼東西在作祟。他坐的這輛「太平車」，正是他家鄉一帶中下人家用來娶親的那種樣式，車框上紮著半圓形的席篷，前後掛著紅布帘子，看上去似乎很嚴密，其實是擋得住風、擋不住冷，車廂裏的溫度，最多也只比外頭曠野上高著一兩度而已，在這種地方脫衣露體，人那有不感冒的？還來不及把外面的衣服再穿回去，就接二連三的打了幾個大噴嚏。車廂裏光線不足，劉一民把抽下來的小褂子拿在手裏，湊近眼睛，仔細審視，看是沒看見什麼，卻聞到一股子氣味，他咕噥著罵了幾句，知道自己害的是什麼症候了。

一個在中藥舖出生長大的人，嗅覺對這類氣味特別敏銳，把幾十種藥材放在一起，再蒙住他的眼睛，不准摸，只准聞，他也能分得清誰是誰。劉一民曉得，中藥裏頭有一種俗名叫作「金毛狗」的怪東西，就正是這種氣味。稱之為「狗」，是因為它雖然不是動物，卻也一樣會「咬」人的，而且「咬」住了就不鬆嘴。

害人的方法是，把它曬乾捻碎，一根根的「金毛」比絲線還細，乘人不備，灑在人的內衣上或者是被窩裏，一遇到汗水浸漬，它就會沾皮著肉，奇癢無比。他對這類藥物，並非一無所知，卻在臨行上車之際，一時大意，著了人家的道兒，那大舅子一定是趁著勾肩搭背、表示親熱的機會，對他下了「毒」的。不恨別人歹惡，只怪自己疏忽，雖然沒有當眾出醜，這回程一路卻受了大苦。

他既然曉得有這類毒物，當然也知道中「毒」之後，最忌諱的就是用手去抓撓，不抓還好，越撓越糟。唯一解救的法子，就是把身上貼肉的衣服統統換掉，再用新毛巾蘸著熱水，在癢的地方細心的擦拭，一遍又一遍的，等到把那些細毛全部清除，自然也就不癢了。可是，他過去卻不知道，癢這種感覺，大概是各種「肉刑」之中最難消受的了，今天算是第一次嘗到這個滋味，癢得他咬牙切齒，鼻歪眼斜，嘴裏頭也噓噓霍霍，很痛苦的呻吟著。趕車的老漢聽到這些動靜，還只當他是得了什麼急病，就一再的揮動長鞭，想快些送他到家，而拉車的三頭老牛，卻依然慢吞吞的踱著「牛步」，這回程的十二里路，還是不多不少的，走了整整兩個小時。

回到家裏，經過緊急處理，癀倒是止住了的，人也弄得十分疲累，又加上在車廂裏那一陣折騰，害他得了重傷風，第二天早晨，真的就賴在床上爬不起來了。這場小病，說是災星照命，不如說是福神降臨，使他獲得爹娘的准許，大白日也公然的躲在自家屋子裏，和新娘子膩在一起，享受著她的千般關懷，萬種溫存。

在自家屋裏納了三天福，一場小病就算已經好了的，只是他嘗到甜頭，很想就這樣一直賴下去，多過幾天好日子，無奈中國人的禮數太多，尤其是對年前剛剛結了婚的這對新人來說，有很多該拜年的地方都是非去不可，人家早就留下整桌的「年菜」，舖好紅毡，在那裏等著呢。新娘子賢慧明禮，也不許新郎倌兒這樣的沒出息，只認得自己的「花媳婦兒」，就忘了那許多該去磕頭的老長輩。賴到大年初六這一日，劉一民被勒逼著起了一個大早，先到爹娘房裏請安，就算是銷了「病號」，然後就有一連串拜年的節目，一天去一個地方，要一直拜到「元宵」。年輕人怕拘束，大概沒有誰不把這些節目看作苦差事的，好在是一對新人同進同出，大篷車的車廂裏「與世隔絕」，雖然不比自家的洞房那樣隱密，這一來一去的路途上，兩個人握手相視，耳鬢廝磨，輕語淺笑，也算得相當「自由」了。

出門拜年的頭一日，先去了縣城裏。這條大官道，劉一民和王正芳都是走熟了的，如果讓這對新人攜手同遊，最多不過一個半小時，就能從郜鼎集劉家，到達縣城裏包家。「劉先生」認為那不像樣子，還是替他們安排了一輛牛車，牛走得沒有人快，坐車也遠不如走路自在，可是，既然這是規矩，那就沒有辦法違背，也只好穩穩當當的，安安靜靜的，由那三頭老牛，拉著一輛重達千斤的「太平車」，把他們咭哩骨碌的馱到城裏去。

包老師和包師母——現在應該跟著王正芳一塊兒喊「外公」、「外婆」了，——正等得心急，雖然三天前已經派人送了信去，一對老夫妻仍然像盼月亮似的，從他們的外孫女過門那一天盼到今日。由喊「老師」到改口喊「外公」，這位老先生對劉一民的態度似乎也改變了不少，不像從前那樣嚴肅了，也不像從前那樣把劉一民看成小孩子了，和藹慈祥，無話不說。

要是依著劉一民的性子，他真想一整天都待在外公家裏，王正芳心裏一定也巴不得如此，可是，另外有一個地方不得不去，只好在吃過午飯之後，就依依不捨的向外公、外婆告辭。

另外那個非去不可的地方，就是劉一民的堂伯父家裏。這位堂伯父前幾年全家搬到省城去，幾乎是斷了來往的，只是輾轉聽人說起，堂伯父在省城裏似乎混得不錯，不但是一位響噹噹的名醫，而且還在張宗昌的督軍府裏有了官職。民國十七年，「國民革命軍」到了濟南，這位堂伯父卻繞遠路回轉家鄉，還住在從前住的老地方。劉一民結婚，堂伯父雖然沒去，卻派人送了一份兒禮，出手還挺大方的。不問過去相處如何，這位堂伯父總是劉家親族中的近支，「劉先生」千叮萬囑，要一對新人去跟堂伯父、堂伯母磕頭，就是劉一民想偷懶不去，新娘子也會謹遵父命，不容他陽奉陰違。其實，劉一民自幼及長，像這樣「奉命行事」，已經記不清做過多少回，最多也只是拖拖拉拉、磨磨蹭蹭的，那敢真的不去？

在堂伯父家裏，劉一民發現了一件喜事，也是一件奇事，年將六旬的堂伯父，竟然新「添」了一個兒子。堂伯父原先只有兩個女兒，比劉一民大著幾歲，住在省城裏的這段時期，都已經先後出閣，嫁的人好像都很有地位。在堂伯父這次回鄉之後，也曾毛毛影影的聽說過，當堂伯父在省城裏最得意的時候，曾經以「乏嗣無後」為由，得到堂伯母的認可，娶了一房姨太太。可是，堂伯父並不承認這件事，家裏的大管家、老媽子們也都一問搖頭三不知。今天劉一民來家拜年，堂伯母卻不打自招，要老媽子把「小少爺」抱出來，給「新嫂嫂」抱抱，好從這一對新人這裏，「借」一點兒喜氣。

老媽子抱出來的「小少爺」，還在襁褓中裏著，可能是天冷的關係，包裹得裏三層、外三層的，只看到一大綑「棉被」，卻望不見孩子。

劉一民自以為很得體的問道：

「這小弟弟是新『添』的麼？滿月了沒有？」

等到新娘子接過那綑「棉被」，他湊近了一瞧，卻發現那孩子又小又「老」，才知道剛才那句話問錯了。

堂伯母很謹慎的解釋著：

「你這個弟弟，是前年臘月裏出生的，已經滿了周歲。都只為，老年得子，生來嬌貴，算命先生說，最好是偷偷的養活著，人知道得越少越好，所以他過滿月、過周歲，都不敢讓外人知道，平時也很少抱出來過。你們剛成婚，是一對福大運旺的新人，才特意的教小弟弟出來見見你們，好從哥哥、嫂嫂這裏，借一點兒喜氣，增一點兒福分。」

新娘子王正芳明慧知禮，善解人意，當老媽子將那綑「棉被」從她手裏接回去的時候，她就把剛才磕頭拜年、堂伯母賞賜的「見面禮」，銀元兩大枚，塞到那綑「棉被」裏去，同時還說了一句善頌善禱的吉祥話兒：

「給小弟弟添福添壽。」

到底人家是坐過電車、喝過自來水的，說的這話多動聽、多得體！堂伯母聽得好不開心，唯恐這句吉祥話兒落到空地裏去，高高興興的吩咐那老媽子：

「趕快接著，趕快接著！謝謝新嫂嫂，謝謝新嫂嫂！」

那老媽子果然就做了一個「接」的姿勢，嘴裏還唸誦著：「收下啦，收下啦，我們小少爺統統都收下啦！」還代表「小少爺」施禮作揖，然後才抱著那綑「棉被」，回到裏屋去。

劉一民也不好老不吭氣兒，又訕訕的問了一句：

「這小弟弟可曾取了名字？」

堂伯父和顏悅色的說：

「取了的。按照咱們劉家的譜系，我和你爹這一代是『大』字輩，你和你小弟弟這一代是『一』字輩，我記得，你是先叫『劉一臣』，後來才改成『劉一民』的，對不對？我給你小弟弟取的名字叫『劉一士』，是期望他將來讀書能有些成就的意思。剛才聽了賢侄媳婦的話，我想再給他取個小名兒，就叫他『福壽』吧！」

也幸虧當時有此一問，大概是冥冥之中，他和這位小弟弟還有些緣分，不然的話，下一次兄弟倆見面，時間上已經過了四十幾年，彼此的相貌自然是全無印象，如非對方的名字喚回一些記憶，怕就會對面不相識而失之交臂了。

一連好幾日，每天都早出晚歸。該去拜年的地方都拜了，該去磕頭的人都磕了。家鄉有一種很過分的說法，形容剛剛結了婚的晚輩到親戚家去拜年的那種辛苦勞累，說是：「兩隻膝蓋骨都是腫著的，前額上磨掉了幾層皮」，這種說法是誇大其詞，辛苦勞累也並不在這裏。令人厭煩的是，結婚和過年這兩件喜慶事兒，傳統上都有著太多一定要遵守的規矩，又有著太多絕對不准觸犯的禁忌，特別是當這兩件喜慶事兒趕在一起，一對新人，打扮得整整齊齊，所到之處，都會有人說長道短，評頭論足，而受到那許多規矩和禁忌的拘束，既不准惱，也不准溜，就只好端端正正、老老實實的坐著，讓人看一個飽，說一個夠，還得處處表現出新郎倌兒的老成、穩重，和新娘子的溫柔、順從。劉一民覺得自己活像一隻受過訓練、供人觀賞的猴子，而且，他脖頸上那道無形的枷鎖，似乎比真猴子的真枷鎖更堅牢。幸而就當他把全部耐性即將用盡的時候，該去拜年的地方都拜過了，該去磕頭的人也都磕到了，「耍猴子」的節目終於宣告落幕。

那天夜裏，劉一民舒舒服服的在床上躺著，忽然轉過臉去，向他的新娘子發表怪論：

「到現在，我才知道咱們中國人——我是說那些老派的中國人，為什麼那樣重視他們的婚姻，不為別的，只因為結一次婚實在太麻煩了！」

王正芳似笑非笑的說：

「怎麼？你後悔了？」

劉一民話接得很爽利：

「不後悔！而且，我很慶幸我是已經結過婚的！要是教咱們——我是說你和我，從頭兒再表演一回，那就不敢擔保我會表演得跟這次一樣好，實在太麻煩了！太累人了！你不覺得麼？咱們這些天簡直就像兩隻猴子，讓人牽著耍把戲，耍得好了，就誇獎幾句，給點兒糖菓吃……」

王正芳心裏想笑，卻冷著臉說：

「我可沒有這種感覺！多半是你平日的性子太野了，是一隻野猴子，稍稍受到些管束，你就深以為苦！哎，我問你，為了娶我，讓你受了許多委屈，你是否感到不值得？」

劉一民其應如響：

「值得，值得，很值得！」

說著，把一隻手臂，從新娘子那白白膩膩的肩頭上伸過去，一下子摟得緊緊的。

王正芳偎在夫婿懷裏，欲迎還拒，用她那半邊兒蓬鬆半邊兒挽的雲鬢霧鬢，抵住劉一民的下巴頦兒，聲音幽幽的說：

「那，你怎麼還有這許多牢騷？」

劉一民變換著姿勢，像一隻大蜘蛛似的，七手八腳，把對方牢牢箍住，等到那軟綿綿的身體放棄了掙扎，他才開口說話：

「不是發牢騷呀，我是在講道理。你想嘛，結婚是咱們兩個人的事，或者再放大範圍，兩姓聯姻，是咱們兩家人的事，跟其他人等有什麼關係？把咱們提溜過來又提溜過去，好像結婚就是表演給外人看的，我覺得，這些陋規都應該改革掉，勞民傷財，對誰都沒有好處！」

王正芳被他箍得幾乎透不過氣，像一隻病蚊子似的哼哼著：

「你這個人，身體的外表這樣熱，身體的內部怎麼又那樣冷呢？」

劉一民張牙舞爪，擺出一副威嚇的架勢：

「好哇，原來你在罵我，說我是冷血動物！」

王正芳趁機脫出重圍，喘了一口氣說：

「不，沒有這麼嚴重。我知道，你並不是缺少這種感情，只因為你從來不曾失去過——不要鬧，聽我說！……不曾失去，所以你就不知道珍惜。你只要想想看，如果這塊土地上，沒有了那些等著你去拜年、等著你去磕頭的人，也沒有了你所說的那些陋規，它將變成什麼樣子？而你，還會像現在這樣留戀它麼？……」

這番話，劉一民當時沒有時間去思索，而等到他能夠體會話中的意義，那已經是許多年、許多年以後了。

第十八章

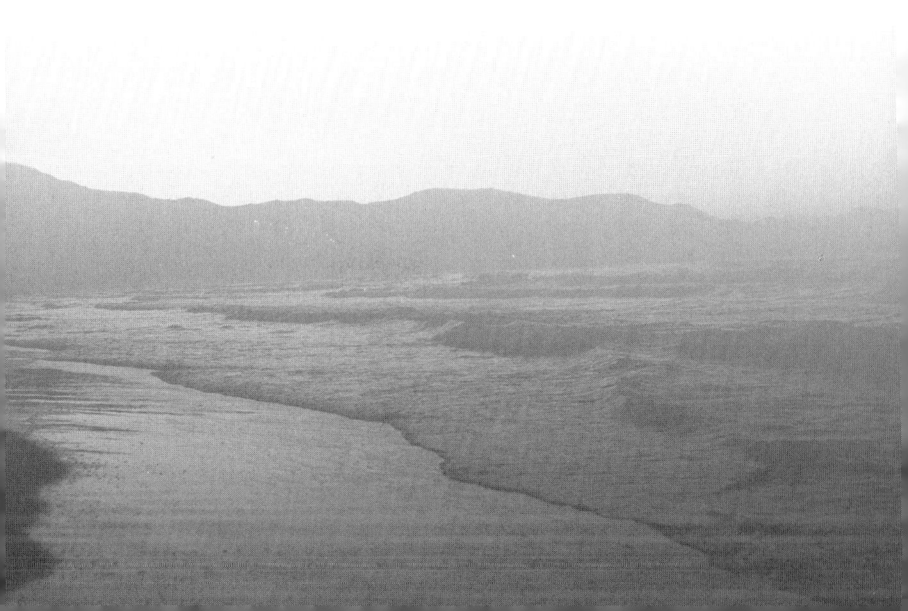

第二天上午十點鐘，劉一民還賴在床上作夢，被王正芳推揉著把他喚醒，他眉眼不睜，還當是又要他出門去拜年呢，就把腦袋縮回到被窩裏，含含混混的說：

「不去了！不去了！不是該磕的都磕過了麼？」

王正芳俯下身去，掀開被角，在劉一民耳畔說了些什麼，他嚇了一跳，這才完全醒過來了。

光著膀子，折身坐起，眼睛瞪得大大的：

「你說是誰？『朱大善人』來啦？」

王正芳替他披上衣服，不驚不忙的說：

「別緊張，有兩個巡警押著他哪，看樣子他是落了網……」

這麼一說，劉一民的臉色更難看了。他匆匆忙忙的穿著衣服，心亂手亂，一再的扣錯紐扣，偏偏裏裏外外長長短短好幾層衣服的紐扣特別多，又特別小，扣錯一個，就會一錯再錯，錯到襟斜領歪，不可開交，只好再重新來過。惹得他心煩意躁，滿頭冒火，索性不扣了，就想那樣蹋里拖拉的往外跑。最後，還是王正芳用嫵媚的笑容把他纏住，以溫柔的雙手，替他將衣服整理得齊齊楚楚，又逼著他洗過臉、漱過口，才偏過身子，讓出通路，劉一民就急吼吼的往門外走。

臨出屋門的時候，他聽見新娘子一半憐惜、一半責怪的說：

「真不知道你在急些什麼?已經結了婚的人,就不再是小孩子了,還這麼喜歡看熱鬧!」

出了屋門，他卻放慢了腳步。究竟在急些什麼，恐怕連他自己也說不清楚，只覺得心裏頭熱騰騰、亂糟糟，就像一鍋煮開了的「雜菜湯」似的，放足了各種作料，反而分辨不清它的味道，也叫不出名堂來了。剛才乍聽到「朱大善人」這個名號，他半睡半醒之際，的確是有些心驚肉跳；繼而又聽說是由兩個巡警押著來的,「朱大善人」已經成了釜中之魚,劉一民的心裏卻更加驚疑，甚至還有幾分惋惜，有幾分憂懼。原來在他心底深處，這個土匪頭子一直占有著固定的位置，他注意「朱大善人」的消息，也關心「朱大善人」的生死。這是一種什麼樣的感情呢？一時之間，他未作分析，更無從歸類，只曉得他急於看到這個人，有不少問題要問、有很多忠告的話要說呢。

遲遲疑疑的走進前面藥舖裏，還不曾轉過那座屏風，就先聽到笑聲盈耳。而笑得最響亮的，就是劉一民的爹「劉先生」，似乎賓主之間，言談甚歡，作主人的更是特別高興，不像是在接待一個披枷戴鎖的囚犯。

劉一民才剛剛繞過那座屏風去，就看到一位衣著鮮亮的壯年漢子離座而起，先向他拱拱手，又一把攥住他的胳臂，笑瞇瞇的說：

「小兄弟，你還認識我麼？我是專程來跟大叔拜年，來跟你道喜的！」

雖然上次見面是在十二年前，當時的「朱大善人」，只是一個二十幾歲的青年，現在的年紀大約是在三旬、四旬之間，人也稍稍有些發福，但是，由於人本來就長得很體面，而如今的穿著打扮，又遠勝過當年，看上去人還是很年輕的，模樣兒也沒有多少改變，漫說劉一民已經知道來者是誰，就是在半路上猛然撞見，他也能認得出這個人就是十二年前在家裏住了多日的那個土匪頭子。

劉一民點點頭，卻不知道該怎麼稱呼：

「認得，你就是朱——」

「朱大善人」很誠懇的說：

「我叫『朱世勤』。小兄弟，你要是不見外的話，就喊我一聲『朱大哥』吧！」

劉一民倒是願意這麼喊的，只是不曉得合適不合適，就扭過頭去，探望著他爹「劉先生」的眼色，「劉先生」笑笑的，似乎也無意阻止，劉一民就決定這麼喊了：

「朱大哥，我結婚那一天，您是不是到部鼎集來過？那份兒重禮，可是您送的麼？」

「劉先生」大概是怕劉一民說出不該說的話來，就含笑接口說：

「不錯，那份兒重禮，就是你朱大哥送的。剛才，把該說的話都已經說明白，禮物和禮金我統統收下啦，你謝謝你朱大哥吧。」

他爹的這幾句言語，完全不在劉一民的意料之內。照「劉先生」平日的脾氣，對金錢的收納，一向是十分謹慎的，真正做到了一介不苟取，這一回，卻為什麼如此「大量」呢？劉一民心有所疑，臉上木木楞楞的，也就忘記了向送禮的人說一個「謝」字，只管把他那驚疑不定的目光，向在座諸人的臉上，巡過來又巡過去。

這時候，那位穿著警官制服的陌生人開了腔：

「朱隊長，您還是把剛才說過的話再說一遍吧，我看這位小兄弟對您還有些不放心呢！」

那「朱大善人」正待開口說話，「劉先生」擺擺手止住了他：

「還是我來告訴一民吧。這孩子有些地方像我，有些地方還不如我灑脫，疑心病可大著哪！——一民，你也該向你朱大哥道喜，他棄暗投明，改邪歸正，接受了招安，現在是山東省政府偵緝大隊的中隊長。這次回到家鄉，是來接老太太到省城去享福的。老太太人好心好，好人就有好報，你朱大哥現在算是走上正路了！」

劉一民聽了這些「新聞」，是真的打從心眼裏感到興奮。正因為他年歲還輕，入世未深，也就和一般年輕人的心性相同，喜歡把善與惡、美與醜……這些互相對立的東西，都分得清清楚楚的，最難忍受的就是黑白混淆，是非顛倒，而最喜歡看到的當然是一個壞人變成好人了。劉一民由衷的向朱大哥道賀：

「朱大哥，您當了官兒啦？恭喜您呀！我就知道您不會——」

底下的話應該是「不會一輩子當土匪」，究竟是長大成人也娶了媳婦的，話還沒有出口，自己先覺得那兩個字很刺耳，於是就「話到唇邊留半句」，硬把它給吞了回去。

那「朱大善人」當然聽得懂劉一民的意思，很不好意思的笑笑說：

「謝謝你，小兄弟。你要想說什麼話，儘管直說就是啦，我現在心裏很坦然，沒有任何忌諱，什麼話我都聽得進去。當初我被逼上梁山，幹了十幾年的土匪，雖然是情勢所迫，到底事情是自己做出來的。原以為這一生一世，就這樣沉淪下去，不料想還有轉機，往後我會盡心盡力，倒不是貪圖什麼功名富貴，只是想替自己贖罪！過去那十幾年，幹那種沒本錢的買賣，說是不造孽，那能不造孽呢？」

雖然「朱大善人」並不諱言這些舊事，談起來總是不愉快的，劉一民就變換著話題：

「那天您既然到了郜鼎集，怎麼只送禮、不見人呢？害得爹和我一直在瞎猜疑，不知道那份兒重禮是誰送的，想了很久，後來才猜想著可能是您。」

「朱大善人」苦笑著說：

「客人那麼多，我怎麼敢露面兒呢？那天我是奉家母之命，來問候大叔的，到了這裏，才知道府上正在辦喜事。我當時又飢又渴，倒真想進去討一杯喜酒喝，可是，人的名兒，樹的影兒，不是一下子就能變得過來的，從前我在郜鼎集一帶也犯過案子，難保客人們當中沒有認得我的，只要有一個人認得我是誰，一聲喳呼，就會鬧得人人走避，那不是很沒有意思？並不是我多慮，是有過這種經驗的。這次我回轉家鄉，從濟南坐火車到兗州，再轉車到濟寧，過了運河，就走的旱路，經過三縣交界的『白浮圖』，正碰上那裏有鄉會，我才一露面兒，就有人喊叫著：『朱大善人來了！』這下子可了不得，在幾分鐘裏頭，幾千人跑得光光的，各種年貨抛撒了一地，只賸下我一個人愣在那空場子裏！……你想想看，小兄弟，那時候我心裏是什麼滋味？如果在你的婚禮上發生了這種事，往後我可怎麼見你？」

「白浮圖」是一座大集鎮，位於單縣、魚臺縣和城武縣的交界處，在郜鼎集的東北方，相去大約二十里路。劉一民曾經到過幾次，瞻仰過那座白色的寶塔，也曉得這三個字該怎麼寫法；一般鄉親不識字，更不懂這「白浮圖」三字是什麼意思，於是就綽著字音胡叫，大多都把它叫作「白虎頭」，居然也另有一番解說。這「白浮圖」在行政區域上是屬於城武縣的，可是，再往南走上幾步，就到了單縣境內，對「朱大善人」來說，也算是本鄉本土，當時在「白浮圖」趕會的人，總有三分之一是他單縣的鄉親，卻對他畏之如虎，到了聞名喪膽的程度。一聲「朱大善人來了！」就能夠把一個辦年貨的鄉會「炸」散，幾千人跑得光光的，這份兒威風煞氣，實在是「了不得」。「朱大善人」提到這一段兒，說話的口氣也很滑稽，劉一民本來想陪著笑幾聲的，可是，看看「朱大善人」的臉色，一臉尷尬，滿面羞愧，似乎他內心懊喪已極，就差著沒有掉眼淚，別人也就不好意思笑他了。

「朱大善人」自嘲的說：

「說起來也真是好笑，從前我當土匪的時候，鄉親們送給我『朱大善人』這個外號，還以為真的有人喜歡我，現在我洗手不幹了好幾年，鄉親們卻看見我就躲，什麼『大善人』呀？我簡直成了『淨街虎』嘍！所以，這一趟到郜鼎集來，特別請了我們單縣公安局張局長來當我的保鑣，免得我嚇壞了別人，也免得別人宰了我！說什麼『放下屠刀，立地成佛』，我只希望有一天能得到鄉親們的諒解，把我當作一個正常的人看待，我就算修成了正果！」

劉一民看他痛苦成那個樣子，卻是自己幾句閒話引起來的，心裏實在不過意，就再變換著話題說：

「朱大哥，你就是送禮，表示點兒意思就好，幹嘛送得那麼重呢？」

說這幾句話，根本沒有什麼特別的用意，無非是想藉此把剛才那個不合宜的話題揭過去，不料那「朱大善人」聽了這幾句話之後，神情越發的惶恐，口氣也顯得更焦急：

「小兄弟，你就別算這筆舊賬了，行不行？為了我送的這份兒禮，剛才我和這位張局長都說破了嘴皮子，劉大叔才答應收下的。你有一句話說得很對，送禮不過是表示點兒心意，又怎樣叫作輕、怎樣叫作重呢？有許多話剛才已經說過啦，現在我只有兩句話向小兄弟交代明白，第一句，我幹這個隊長每月薪餉是六十塊現大洋，這份兒薄禮我送得起；第二句，我現在不偷不搶，每一文錢的來路都是清清白白的！乾乾淨淨的！小兄弟，你要是還有懷疑，我可以對天盟誓！」

劉一民發現，跟這樣一個心裏有「病」的人說話真難，越是怕碰到他的傷處，越是不容易躲閃，顧得住這邊，就顧不住那邊。在這種情況之下，還是盡量的少講話為妙！雖然劉一民心裏有不少的問題在翻攪著，也不敢再多說什麼。

幸好這時候他爹「劉先生」吩咐他說：

「你朱大哥和張局長都有要務，不能多耽擱，我留他們吃了飯再走，剛才已經告訴你娘了，你再去催一催，越快越好。」

劉一民走進廚房，看見娘正帶領著兩個媳婦兒，灶上灶下的忙個不了。娘一邊忙著切肉，一邊嘴裏也不閒著嘟嘟囔囔的說：

「你爹真是老糊塗了！一個落了網的土匪頭子，非親非故，留他吃飯做什麼？當年幾乎被他害死，那還不夠麼？就算不記仇，也用不著拿好酒好菜招待他呀？還不如倒在地下餵狗哪！押他來的那兩個巡警，八成也不是什麼好東西，那有身為解差，卻押著犯人，到老百姓家裏混吃混喝的？我要是不顧全你爹的那張老臉，我就走進前頭舖子裏，把這些人都攆得離門離戶的！我就不信——」

劉一民踅到娘的背後，突然開腔說：

「娘，攆不得！人家朱大哥是專程給爹拜年來的，而且還送了一份兒重禮，我結婚那天，不是有一份兒禮來路不明麼？現在問清楚了，就是朱大哥送的。朱大哥遠來是客，留人家吃一頓飯，有什麼不應該呢？」

冷不防的，娘被他嚇了一跳，舉起鍋鏟，就要往他頭上敲。他一邊說，一邊躲，話說完了，人也跑到廚房外頭去了。

娘忽然想起了什麼，又把他叫住：

「你不要溜，回來給我把話說清楚！——剛才我聽見你在喊『朱大哥』，我問你，你是什麼時候和一個土匪頭子結拜成兄弟的？」

劉一民回到廚房門口，吊兒郎當的說：

「不喊他『朱大哥』又喊什麼？他喊爹『劉大叔』，爹聲叫聲應的，那他不剛好和我平輩？論年紀要比我大上十幾歲，總不能喊他『朱小弟』！」

話是扯成串往外說的，說到最後一句，才發覺情況不對，娘的臉一下子變得煞白，也不知道是在生氣，還是在著急，嘴裏嚷著：

「這可了不得！這可了不得！」

甩下手裏的鍋鏟子，把擋在廚房門口的小兒子往旁邊一推，人就要奪門而出，跑向前頭舖子裏去。劉一民腳快手快，追上兩步，攔腰一抱，把娘牢牢的「釘」住，連聲發急的喊道：

「娘！娘！我是在逗您的！您這樣跑到前頭舖子裏，是要做什麼去？」

「做什麼？我要去把那夥壞人攆走，教他們趕緊的離門離戶，一個也不准留！你爹太糊塗了！太厚道了！要是由著他上那些壞人的圈套，不知道又會惹下什麼滔天大禍！」

娘用力的掙著，那能掙得脫？一個二十歲的兒子，身強體壯的，兩臂總有一兩百斤的氣力，緊緊抱住娘的腰，輕輕往上一提，就提得老娘兩腳離地。

「不要攔住我！不要攔住我！」

任憑娘氣急敗壞的叫著，劉一民就是不鬆手，反倒一旋身子，把娘抱進廚房去，像安撫著一個哭鬧撒潑的孩子，在娘的耳朵邊兒上輕聲細語：

「娘，娘，您不要鬧了，讓外面的客人聽見了不好。……您稍稍安靜一下嘛，等我把話說明白，管保您就不生氣啦。娘，我告訴您，那個『朱大善人』已經不幹土匪那一行了，他接受了招安，現在是省政府偵緝大隊的中隊長，好像比縣裏的公安局長還大著一級喲，那兩個巡警不是解差，是陪著朱大哥來的，都對他客客氣氣。娘啊，您看到一個壞人在變好，一個誤入歧途的人回到正路上來了，您應該覺得高興才是呀！」

說了一大篇話，才把娘的情緒穩定下來，劉一民急忙鬆開了手，同時往後倒退了兩步。

娘緩緩的轉過身子，往劉一民的臉上瞅了又瞅，問道：

「你說的話，可都是真的嗎？」

劉一民很快的回答：

「當然啦。要不是這樣的話，以爹的脾氣，又怎麼肯拿好酒好菜的招待朱大哥呢？早就給攆跑啦！」

娘是真的氣極了，也不管什麼年下不年下，更忘了劉一民剛剛結過婚，而新媳婦兒就站在跟前，抖手就給了他一個大耳刮子，罵道：

「既然是真的，你幹嘛不早說？」

這一回，劉一民不敢再躲，伸過頭去，老老實實的接著。雖然打得並不疼，也得按照小時候挨打的舊規，齜牙咧嘴，作出一副痛苦的表情，再順便「哎喲」幾聲：

「哎喲，娘啊，是您自家性子太急了嘛！說話也像作文章一樣，要有個起承轉合呀，我還沒有說到那一段兒哪，您就發了急啦，可教我怎麼個說法？」

娘想起自己剛才的毛躁，也不禁啞然失笑，又笑又罵的說：

「這孩子，跟自己的娘說話也是作文章嗎？該講的話你不講，你這是自己找打！——不在前頭侍候著，跑到廚房裏來做什麼？」

劉一民這才有機會說明了來意：

「爹要我來看看飯好了沒有，說是朱大哥和那位張局長都身有要務，急著要走，越快越好。」

如果他不來這一趟，酒菜大概已經端上桌了，被他這麼一攪和，反倒擔誤了不少工夫。不過，他來了這一趟也並非全無好處，剛才裏外消息阻隔，家裏只曉得外頭來了兩名巡警，押著一個落了網的土匪頭子，而這個土匪頭子就是十二年前害得「劉先生」吃了一場冤枉官司的「朱大善人」。這個情況，很使得幾個「家裏人」驚擾不安。然後，外頭又傳進話來，要準備酒菜，留客人用飯，雖然不能不順從一家之主的命令，做起來卻是心不甘、意不願，於是就發生了「怠工」的情況，一邊做著，一邊罵著，效率自然就差了。現在對真實情況有了瞭解，手底下也就加快起來，而且，有兩道原先不準備拿出去的好菜，也決定加緊趕工，做出來的這桌菜餚就更加豐盛。

酒席擺在堂屋當中的明間裏，劉一卿和劉一民兩兄弟把桌椅碗筷擺好，就派「小泥鰍兒」——不，應該叫他的大號「劉天龍」，這個小傢伙自從入學之後有了大號，就不准別人叫他的小名兒了。爺爺、奶奶叫他，他還肯答應，包括他爹他娘他小叔在內的其他人等，如果也叫他的小名兒，他就會把眼睛一瞪：「我叫劉天龍！」——派劉天龍到前頭去請，然後，「劉先生」就頭前帶路，把客人們引到後院裏來了。

在堂屋門口，「劉先生」肅客入座，那「朱大善人」卻站住腳不動，誠誠敬敬的說：

「大叔，我還沒有給您拜年呢。」

「劉先生」表示不敢領受：

「來了就好，口頭說說，就等於拜過年了。你尊我一聲『大叔』，我不能不由你去叫，這已經很抬舉我了，那能再真的讓你磕頭？」

那「朱大善人」卻把主意拿得穩穩的：

「不，這個頭是非磕不可！我是奉母命來跟大叔磕頭的，臨行的時節，我娘千叮嚀、萬囑咐，要我跟大叔磕響頭，我要是不磕，我就是不孝！」

「劉先生」拗他不過，只好叫劉一卿兄弟取過紅毡條，在廊廈底下鋪好，自己閃在一旁說：

「上有祖先牌位，你就往上一拜吧，生受你了。」

「朱大善人」跪倒在地，端端正正的拜了下去。「劉先生」在一旁，作揖答禮。跟「朱大善人」同來的那位張局長和另外的一名警士，都穿著整整齊齊的制服，原是不方便磕頭的，被逼在這裏，也說不得，只好跟上來跪在「朱大善人」的後側，叩拜如儀。

磕過了頭，「朱大善人」還是不肯進屋，再三再四的說：

「該跟大叔、大嬸兒磕頭了。——小兄弟，麻煩你把大嬸兒請出來，好不好？」

「朱大善人」口中的「大嬸兒」，就是劉一民的娘。

劉一民心裏想：「你這不是『魔道』麼，我的哥？只曉得你自己得寸進尺，又豈知娘那是這麼好請的！要不是廚房蓋在牆旮旯兒裏，和前頭的舖子有一段距離，剛才一個措手不及，娘早就把你給轟了出去，她老人家怎麼會出來受你的禮呢？……」心裏這麼想著，嘴上可不能說。偏偏那「朱大善人」實心實性，不是說幾句客套話就了事的，請不出他要請的人，他就站在那裏傻等，這個場面就僵住了。

最後，還是「劉先生」讓了步，親自跑進廚房，也不知道說了些什麼，居然就把「大嬸兒」給請出來了，夫妻倆並排站立，生受了「朱大善人」三個響頭，——一點兒也不誇張，每一次叩首至地，都發出「咚」的一聲，不知道這位「朱大善人」有沒有練過什麼「鐵頭功」，可見他知恩報恩，是出乎一片愚誠。

席間言笑晏晏，賓主酬酢甚歡。「朱大善人」把他遣散徒眾、接受招安的經過，詳詳細細的說了一遍。他說，當民國十七年「國民革命軍」過境北進之後，他封刀收山，本來是想從此奉母家居，作一個善良百姓的，卻發現，一個土匪頭子想要洗手不幹，「簡直比妓女從良還要艱難」，逼得他曾經到遠地「隱居」過一陣子。他們單縣有一位鄉親，原先在「西北軍」當兵，在「中原會戰」之前，跟著直屬長官韓復榘，一同歸順中央，韓復榘由中央任命為山東省政府主席，這位鄉親就做了省政府偵緝大隊的大隊長，組織班底，正在用人之際，有人在中間穿針引線，把「朱大善人」介紹到那裏去，和那大隊長一見投機，就被派了一個中隊長的職務，從此效力官府，不再涉足江湖。

飯後，客人告辭，「劉先生」本意是要送出圩子的，到了藥舖門外，「朱大善人」堅請留步，卻向劉一民瞄了一眼說：

「小兄弟，就勞動你送我一段路吧，我還有些故事要說給你聽呢！」

出了北寨門，劉一民才知道這批客人是坐馬車來的，大概是客人們怕給劉家添麻煩，也不願意太招搖、太顯眼，所以，他們在進寨之前，先把馬車安頓在北寨門外的一家小飯舖裏。這種小飯舖，是只供往來客商歇腳打尖，而不能投宿住店的，天到近午才生火營業，日頭下山就關門休息了。後院裏雖然沒有房間床舖，廊廈前倒有一座石槽，可以在那裏加草拌料餵牲口。劉一民送客送到那家小飯舖的時候，車伕已經把馬車套好，正在那裏候著，專等「朱大善人」一到，就可以揚鞭上路了。

「朱大善人」上車之前，把劉一民拉到旁邊，從懷裏掏出一包東西，鄭重拜託說：

「小兄弟，咱們後會有期。這包東西是我特意帶來的，剛才幾次想面交大叔，怕大叔一定會追根究底，要我把這包東西的來歷說清楚，而有些話我又不便出口，所以就沒敢往外掏。現在，就請你替他老人家收下吧。」

說著，就將那包東西硬往劉一民手裏塞。劉一民連連退避，一張臉板得平平的：

「朱大哥，我不問你這是包什麼東西，只請你，怎麼拿出來的，還怎麼收回去！我爹的規矩嚴，你又不是不曉得，既然是你本人都不敢當面交給他，我又怎麼能擔待得起？你何必教我為難呢？」

那「朱大善人」立即道歉說：

「怪我，怪我。小兄弟的脾氣，十二年前，我就領教過，那還敢冒犯你？怪我沒有把話說清楚。我告訴你，小兄弟，這小包裏的東西，本來就是劉大叔的，現在我把它送回來，這叫作『物歸原主』，你還不放心麼？好，好，我現在就打開這小包，讓你看清楚裏面是什麼寶物，你就明白了——」

把小包打開，裏面的「寶物」很出乎劉一民意料之外，原來那裏面非金非銀，而是一隻古色古香的旱煙袋。

劉一民接在手裏，鬆了一口氣說：

「哦，原來是這個，我還以為你又在耍什麼把戲呢！你送來那麼重的禮，我爹不都照單全收了麼？一隻煙袋有什麼不便當面送的？沒關係，我替你轉交就是！」

「朱大善人」卻大有深意的指點著：

「小兄弟，再仔細瞧瞧，這根煙袋，你應該能認得出來！」

劉一民記性和悟性都很不錯，可是，畢竟人還年輕，又不曾染上抽煙這項「雅好」，對煙具這一類的東西，自然就不會多麼留意，在他看來，煙袋就是煙袋，點上火就冒煙兒，外貌上也沒有太大的差別。經「朱大善人」這麼一指點，他用心細看，才看出一些特別的所在，而手裏這根煙袋，也就在他腦子裏「活」了過來。

上等翡翠的煙嘴兒，「湘妃竹」的煙桿兒，高級白銅的煙袋窩兒，還繫著一隻綢緞般柔軟、小牛皮精製的煙包兒……這不就是十二年前由「朱大善人」留贈給爹的那隻煙袋麼？怪不得剛才「朱大善人」說了一句「物歸原主」的話，還以為他是一知半解，亂用成語，原來他這句成語是用對了的！

劉一民十分驚異，結結巴巴的問道：

「這，這，這不就是——你送我爹的那隻煙袋麼？它，它，它是被那個『錢師爺』當作贓物給沒收了的，怎麼會——又回到了你的手裏？」

「朱大善人」臉上出現一種莫測高深的神情，似笑非笑，似怒非怒，說出來的話也教人聽不懂：

「好東西都有靈性，會自己找主人的。像姓錢的那個老不死，他那兒配？」

劉一民試探的問道：

「總不會——是那『錢師爺』送還給你的？」

「朱大善人」沉著嗓子說：

「差不多就是那個樣子！那年秋天，你們貴縣的那位殘廢縣太爺失去了靠山，帶著那姓錢的一塊兒捲舖蓋滾蛋，八輛馬車，兩頂轎子，丫鬟僕役一大堆，還有騎馬帶槍的衛隊，打算著到朱集車站上火車，回到他們『山海關』老家去。我事先得到消息，就把手下的人分作兩隊，一隊在他們身後緊緊跟隨，另一隊就埋伏在『老黃河』底，先把他的衛隊繳了械，再將那兩個貪官污吏，從轎子裏提溜了出來，人已經嚇了一個半死。第一句話，我就找那個姓錢的要這根煙袋，你想，他還敢不還給我嗎？」

原來是這麼一回事兒，劉一民聽得很開心，卻也有些不過癮，就像聽故事的小孩子一樣，聳起耳朵，巴巴的追問著下文：

「以後呢？」

「朱大善人」很簡要的回答：

「以後嘛，我就把他們搜括來的錢財統統留下，把人統統放走啦。」

劉一民聽得很是洩氣，像是上樓梯的時候一腳登空了似的，對「朱大善人」的做法很不滿意：

「放走啦？就這麼容易？哼，這兩個人要是落在我手裏，我就把他們一個一個的——」

說著，咬牙切齒，做了一個「宰掉」的手勢。

那「朱大善人」本來臉色陰沉，看到劉一民做出的那副狠樣子，卻被逗得微微一笑，伸一隻手按住劉一民的肩膀，說：

「小兄弟，你別發狠，我知道你心裏最惱恨這兩個人，可是上天有好生之德，殺人那是這麼容易就下得了手的？不瞞你說，當我安排這次行動的時候，我是存著一份兒毒心的，這兩個王八羔子，假借官府勢力，做了許多壞事，別的不提，只說劉大叔為了替我娘治病，也被逮到大牢裏，吃了十天的冤枉官司，幾乎弄得傾家蕩產的，只算這筆老賬，連本帶利，也得拿兩條狗命來賠，決不能讓他們活著離開此地！……」

劉一民感到很稀奇：

「哦？我們家裏攤上的那件事情，原來你也知道了的？」

「朱大善人」忿忿的說：

「怎麼能不知道呢？自從那年答應了劉大叔，我就不曾在郜鼎集附近活動過，可是，本鄉本土的，左右不過在這百里之內，府上那場冤枉官司，又是地面兒上的一件大事，沸沸揚揚的，總會吹到我的耳朵裏去！小兄弟，你不知道我當時心裏是什麼滋味，府上這場大禍是因我而起，我卻要袖手旁觀，躲得遠遠的！各種方法我都考慮過，攻城、劫獄、拿人來換、出錢去贖……到頭來什麼事都不敢做，唯恐於事無補，反倒火上加油，把情況弄得更糟糕！那真是有氣無處出，有力無處使，覺得自己是一個毫無作為的窩囊廢！只有把一肚子仇恨都壓在心底，和這兩個王八羔子勢不兩立！」

劉一民忍不住的抱怨了兩句：

「既然有這麼大的狠勁兒，後來他們落在你手裏，你怎麼又大發慈悲，把兩個壞人給放了生呢？」

「朱大善人」面帶羞愧：

「大概因為我還不是那種天生當土匪的料子！那天，在逮到他們之前，我是下定決心，要大開殺戒的；可是，看到他們之後，又覺得那兩個人也很可憐，一時心軟，就放了他們一條生路。不過，我雖然沒有動他們，他們可不一定還能活，也許走不出多遠，人就死在半路上了！」

劉一民聽得莫名其妙：

「這話又怎麼說？」

「朱大善人」回想著當日的情景：

「人分三六九等，在生死關頭，原形畢露，看得最清楚。我見過許多膽小如鼠的人，和這兩個人相比，都還算是膽大的。那姓錢的是個糟老頭子，不但沒心沒肝，而且也沒膽，我瞪他一眼，他就渾身打顫，跪在沙土窩裏，磕頭如搗蒜；那另一個——咳，真不知道他是怎麼樣幹上了縣太爺的？身體是殘廢，頭腦也近乎是白癡，把他從轎子裏往外一拖，他就以為要殺他了，屁滾尿流，拉了一褲襠的臭屎！這樣的兩個人渣子，還用得殺他們麼？

我只拿他們陪了陪綁，兩個人就都嚇得昏了過去，一直到攆他們上路，還沒有醒過來呢，是橫著身子扔進轎裏去的。看他們那副膿包相，兩個人都活不長，能活著回到老家，就算是他們的造化！」

劉一民津津有味的問道：

「陪綁？這又是什麼名堂？」

「朱大善人」解釋說：

「還不是跟那個『錢師爺』學來的麼？我聽說他最喜歡玩這一套了，把不該死罪的人五花大綁，和死刑犯一塊兒上法場，等到從法場上再牽回去，腦袋還長在脖子上，靈魂已經出了竅兒，再來敲榨勒索，那就要什麼給什麼，用不著討價還價了。那天在『老黃河』，我就教他們也嘗嘗這個味道，那曉得，這兩個傢伙不禁弄，我只宰了一個人，卻幾乎鬧出三條人命！」

劉一民瞪大了眼睛：

「你是說，那天你真是殺了人的？這兩個人你都不殺，還有誰比他們的罪更大？」

「朱大善人」點點頭說：

「按照幫規，我殺的這個人犯了不止一項死罪，是絕對饒不得的！——小兄弟，我問你，當年那『錢師爺』把劉大叔抓了去，用這根煙袋作為『通匪』的證據，你們就不覺得奇怪麼？那姓錢的又不是能掐會算，他怎麼知道那些事的？」

劉一民恍然大悟：

「哦，你殺的就是那個告密的人，對不對？這個人究竟是誰？」

「朱大善人」說出了謎底：

「說起這個人，或許你還記得，十二年前，你跟著大叔到『清涼臺』給我娘治病的那一回，你就和這個人照過面兒的，我聽說，當時他欺負你是個孩子，還被你往頭頂上重重的揍了一捶。」

這些往事，本來都已經沉在心底，快要消失了的，而今有人提起，就又飄飄忽忽的浮現在腦際，由模糊而清晰。

「哦，你是說你手下的那個癩痢頭？我們劉家跟他無冤無仇，他這是何苦？難道說，就只為我當時打了他那一捶麼？」

提起這些陳年舊事，「朱大善人」也不願意扯得太多，只簡單明瞭的說：

「這個人作惡多端，已經讓他多活了兩三年，他應該死而無怨。在『黃崗集』附近的一個村子裏，他見色起淫心，強姦了一個十五歲的閨女，犯了我約束部下的第一條戒律，他當然曉得該受什麼樣的處置，等到我發覺這件事，人已經跑得沒有了影子，後來，劉大叔吃了那場官司，才知道就是他在暗中搗鬼！」

「有一陣子，他就住在城武縣的縣衙門裏，作了那個縣太爺的保鏢。我幾次派人去堵他，都被他見機溜掉，反倒把派去的人給傷了兩個，那天在『老黃河』，終於把他截住，幾筆賬一塊兒結算，他才受到報應了。」

劉一民拊掌稱快，同時也感到有些怪：

「那個癩痢頭，不也是咱們本鄉本土的人麼？他怎麼也跟著那縣太爺一塊兒走？」

「朱大善人」冷笑了一聲說：

「本鄉本土，他那還能隱藏得住？據他自己招認，跟那批人一道兒走，也沒有安著好心，是打算在半路上找機會下手，發一筆橫財，再遠走高飛，到關外當『鬍子』去。小兄弟，你瞧，這個人先吃掉『臥邊草』，再來個『窩裏鬧』，是他自己把路走絕，別人自然也就留不得他了！」

劉一民完全表示同意：

「你做得很對，這種人當然留不得！聽你的口氣，你就是為了這件事，才不敢把煙袋當面交給我爹的？其實，你不必——」

馬車那邊有人在催，「朱大善人」一邊走，一邊說：

「不，小兄弟，你還是替我遮蓋著點兒才好。劉大叔菩薩心腸，他老人家的想法跟咱們都不一樣。」

說著，到了馬車跟前，「朱大善人」把長衣服的下襬撂起來，用手一按，身子打了一個半旋，人就坐上了「車尾巴」，馬車開動，他身體朝後，向劉一民頻頻揮手。

劉一民趕上幾步，放聲喊著：

「要是爹問起我，我怎麼說？」

那「朱大善人」也高聲答話：

「你少說幾句就是了！不該說的，你儘可推辭不知道，可別教劉大叔為這件事情惱我！——再見了，小兄弟，過一陣子，我還會再來的！……」

劉一民站在路邊，一直望到那輛馬車漸行漸遠，在白茫茫的大地上，變成一個小黑點，最後在那兩行冰雕玉琢的老柳樹中間，消失不見，他才把那隻煙袋揣在懷裏，緩緩的踱回家去。

在回家的路上，他也曾在心裏盤算過，把那隻煙袋呈交給爹的時候，話應該怎樣說。本來，他是想照「朱大善人」的意思，不該說的就少說幾句，可是，被他爹「劉先生」一問再問，到最後他還是和盤托出，一點兒都沒有保留。當時，娘也在旁邊聽著，他說過就後悔自己口太敞了，擔心娘會對那個改邪歸正的「朱大哥」，有著更壞的印象。

「劉先生」把玩著那隻煙袋，內心自不免會生出許多感慨，點頭讚嘆說：

「一件事該怎樣成就，一個人會有什麼結果，冥冥之中，似乎都有定數。就拿這根小小的煙袋來說，它應該歸誰所有，也好像早就註定了，所謂物各有主，不可強求。你朱大哥這個年輕人天性極好，待人很厚，就只是他嫉惡如仇，煞氣太重了！過去他走的那段岔路，對他的性情不可能沒有影響；將來他能不能修成正果，就靠他自己的克制了！」

聽爹的口氣，對那「朱大善人」雖然很表示嘉許，但也不無微詞；劉一民很想替他朱大哥分辯幾句，卻發現在自家的爹娘面前，替一個外人作「辯護律師」，話是很不好說的，深也不是，淺也不是。他正考慮著，卻聽到娘在說話了：

「這個姓朱的，我看他知書明理，是一個好人家的孩子。過去做下錯事，那是被人逼的；現在走上正路，將來一定有出息。信不信由你！」

娘和那「朱大善人」只見過一面，承受了他三個響頭，管待了他一餐飯，論時間，至多不過兩個小時左右，態度上卻有著一百八十度的大轉變，原先對這個名字深惡痛絕，如今卻替這個人說起好話來了。劉一民知道，娘對朱大哥的這份兒好感，完全是出乎婦道人家的一種直覺，這中間沒有多少道理可說，不過，娘肯說這些話，總比吵著鬧著要把人家攆出去來得好，劉一民聽著，心眼兒裏很舒服，也就覺得沒有替朱大哥辯護的必要了。

當天下午，「劉先生」在那根煙袋上花了很多時間，該擦的擦，該磨的磨，收拾得乾乾淨淨，煥然一新。從第二天開始，那根煙袋就又成為「劉先生」的良伴，每日行坐不離，閒的時候就捧在手中，忙的時候就掖到腰裏。看樣子，「劉先生」對這個小物件是真心的喜歡，喜歡它的堅實精緻，更喜歡它所代表的那份兒情意。

每當有人問起這根煙袋的來歷，「劉先生」也不再心存顧忌，反倒高高興興的跟人家講「故事」：

「就是這根煙袋，害得我有十天的牢獄之災。這是『朱大善人』他爹用過的東西，他爹是單縣的一個土財主，被貪官污吏陷害，冤死在監牢裏，因此之故，那『朱大善人』才殺人犯罪，當了土匪。現在，他已經不是土匪頭子啦，在省政府偵緝大隊作了隊長啦。這根煙袋，是他從『錢師爺』手裏要回來的，失而復得，又到了我手裏。是呀，東西的確是好東西，而這份兒情意更可貴，所以，我就收了他的！……」

往後的幾年間，每年正月裏，那「朱大善人」都會藉著還鄉祭祖之便，到郜鼎集來跟「劉大叔」拜年。本來以為像這種非親非故的關係，就算曾經對他有過一點子恩惠，也不是報答不盡的，來過一回兩回，已經算是很有人情味，大可不必年年遠道而來，又磕頭，又送禮。不料那「朱大善人」很有長性，年年如此，成了慣例，生朋友走成了熟親戚。有一年，他還遵從母親的心意，從他單縣原籍，雇了一頂煖轎，把他的老娘護送到郜鼎集來，在劉家盤桓了好幾日，兩位信神拜佛的老太太一見如故，由朱老太太提議，結成了乾姐妹。從此之後，「朱大善人」對「劉先生」改口喊「姨夫」，和劉一卿、劉一民以「表兄弟」相稱。外人不知，還只道朱、劉兩家真有這層親戚關係呢。

白樺小說

【三民叢刊122】

流水無歸程

流水無歸程，說的不是流水，而是像水一般流逝的人，和關於人的似水流年的價值。男子的出身和門第，女子的肉體和靈魂，糾纏交織成一張密密的網，什麼樣的人可以不被困住？已經被困住的人，如何才能逃離呢？「女人對待自己的命運，應該比男人對待他們暗中的敵人還要小心。」

【三民叢刊151】

沙漠裡的狼

人，如何喪失了人性？真能靠自己而免於墮落為獸嗎？書中的七個中短篇，無不扣問人性與獸性的分際：當人迷失了人性的本質，獸性便浮出；然而在獸行遍野時，人性的光芒卻隱隱在角落裡閃動著。

【三民叢刊206】

陽雀王國

作者藉由小說中人物的口：「他們要麼當奴隸，要麼當主子，壓根就不知道人世間有自由這種東西。」仔細體會，原來這是一本現代寓言，從中可以看到整個民族的苦難和人性被扭曲的荒謬歷程，藉此也為時代變遷留下了生動的見證。

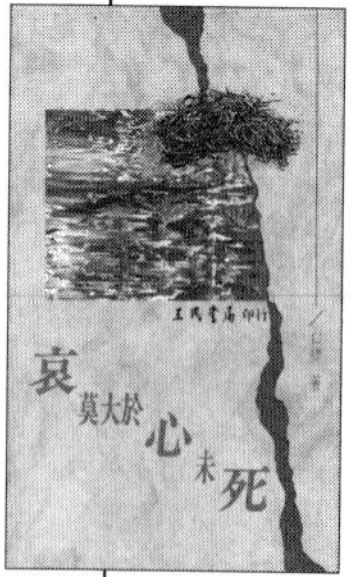

哀莫大於心未死

● 1993年圖書金鼎獎大陸著作獎

追求高尚的革命理想，實現最終的社會公正，解除生民的疾苦。一代，兩代，三代中國人慷慨赴死，視死如歸。秋葉是一個倖存者；他的女友珍妮——一個美籍華人，委婉問他：「你的一生中，在『偉大意義』之外還有沒有屬於個人的生活？」於是，他開始回顧逝去歲月中被扭曲了的片斷的「生活」，卻發現幾乎全都是隱痛……

嚴歌苓小說

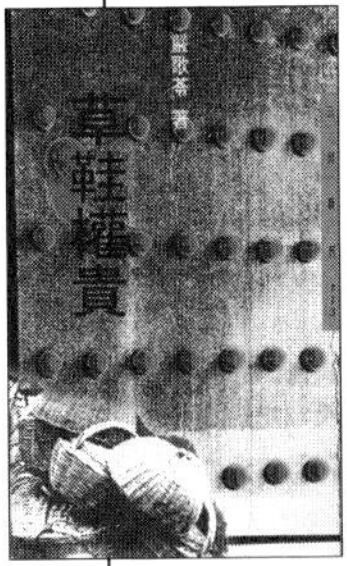

【三民叢刊 113】
草鞋權貴

「冤孽間相互的報復便是冤孽式的愛情與親情?……這一家子，這一世界就這樣愛出了死，怨出了生。」從小鎮來到北京程家幫傭的少女霜降，通過自己與程家三個男人間複雜曖昧的關係，經歷了豪門內的荒唐人生，也見識到這個權貴家族的樓起樓塌。

【三民叢刊 124】
倒淌河

內容包括十個短篇及一部中篇小說〈倒淌河〉，並以此為主流，橫貫所有的時空。不帶男女性徵的愛情故事，漢族男子與藏族小女孩隔著文化鴻溝的情感對話，由「渺小」到「偉大」的荒誕悲劇……（其中〈天浴〉一篇曾被改編為電影劇本，拍成電影，獲得民國 87 年金馬獎最佳影片等七項獎項。）

【三民叢刊 211】
誰家有女初養成

經歷婚姻、兇殺、逃亡，似是而非的戀愛；一對男女違背天性，「炮製」孩子的荒誕悲劇；一場迷戀的起始，背叛而終的情感旅程。

【三民叢刊 295】
穗子物語

●中央副刊、中國時報開卷、聯合報讀書人書評推薦

「人與人之間的關係不一定從陌生進展為熟識，從熟識向陌生，同樣是正常進展。」傷害、被傷害，背叛、被背叛，親情、友情、愛情都成了幻影一般。一幅少年嚴歌苓的印象派寫真，一部最接近作者個人經歷的小說——一個關於穗子的故事。

【文學 006】

口袋裡的糖果樹　　楊　明　著

美食和愛情有許多相通之處，從挑選材料、掌握火候到搭配，每個步驟都必須謹慎，才能得到滿意的結果。相較於料理可以輕易分辨酸甜苦辣，愛情卻常常曖昧不明。《口袋裡的糖果樹》宛如一道耐人尋味的料理，悠遊在情愛難以捉摸的國度裡，時而甜，時而酸，只有認真品味過的人，才知道箇中滋味。

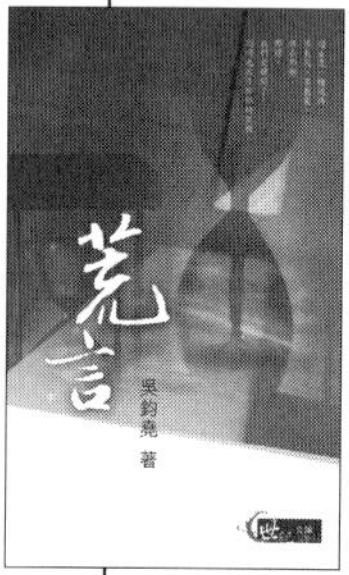

【文學 007】

荒　言　　吳鈞堯　著

●中國時報開卷書評推薦

當時間緩慢而堅決地自生命的罅隙滲漏流逝，記憶如沙堆疊、崩落、四散。作者將凝放在時空裡的過去，收拾成一篇篇記錄自我生命軌跡的「隻字荒言」，面對著一切的終將消逝，「我們何其淺薄，又何其多情」。唯有在對逝去歲月的眷戀凝視中，才能把告別的哀傷，化為一股持續奮起的力量。

【文學 008】

太平洋探戈　　嚴歌苓　著

●中國時報開卷書評推薦

兩部主題、時空迥異的中篇小說構成了本書，「錯過」是它們共同的主旋律。錯過之前，必先相遇；這相遇可能僅是瞬間，但瞬間可以成為永恆。無論是為了自由而相遇的羅杰與毛丫，或是因為避難而相遇的書娟與玉墨，就在這相遇—錯過之間完成了他們人生的劇本大綱……

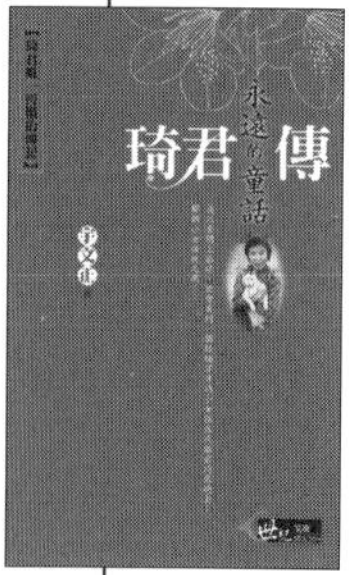

【傳記 001】

永遠的童話——琦君傳　　宇文正　著

●琦君唯一授權的傳記　　●中央副刊書評推薦

知名作家琦君有一個曲折的人生。她的童年，宛如一部引人入勝的童話；她的求學生涯，見證了中國動盪的歲月；她的創作，刻畫了美善的人間。作家宇文正模擬琦君素淡溫厚之筆，從今日淡水溫馨的家，回溯滿溢桂花香的童年，寫出琦君戲劇性的一生。

國家圖書館出版品預行編目資料

大地蒼茫 / 楊念慈著.－－初版一刷.－－臺北市：三民，2007
冊； 公分.－－(世紀文庫.文學010)

ISBN 978-957-14-4667-7 (上冊：平裝)
ISBN 978-957-14-4699-8 (下冊：平裝)

857.7 95026314

© 大地蒼茫（下）

著作人	楊念慈
總策劃	林黛嫚
責任編輯	王愛華
美術設計	郭雅萍
發行人	劉振強
著作財產權人	三民書局股份有限公司
發行所	三民書局股份有限公司 地址 臺北市復興北路386號 電話 (02)25006600 郵撥帳號 0009998-5
門市部	(復北店) 臺北市復興北路386號 (重南店) 臺北市重慶南路一段61號
出版日期	初版一刷 2007年1月
編號	S 856980
基本定價	肆元陸角

行政院新聞局登記證局版臺業字第〇二〇〇號

ISBN 978-957-14-4699-8 (下冊：平裝)